WALLA WALLA PUBLIC LIBRARY

D1706924

THIS BOOK HAS BEEN DISCARDED
BY WALLA WALLA PUBLIC LIBRARY

El paraíso que fuimos

Seix Barral Biblioteca Breve

WALLA WALLA PUBLIC LIBRARY

Rosa Beltrán
El paraíso que fuimos

Sp
Fic

Diseño colección: Josep Bagà Associats

Primera edición
en Editorial Seix Barral
(España): abril 2002

© 2002, Rosa Beltrán

Derechos exclusivos de edición
en castellano reservados para España:
© 2002: Editorial Seix Barral, S. A.
Provenza, 260 - 08008 Barcelona
© 2002, Editorial Planeta Mexicana, S.A. de C.V.

ISBN: 84-322-1128-1
Depósito legal: M. 11.049 - 2002
Impreso en España

Ninguna parte de esta publicación, incluido
el diseño de la cubierta, puede ser reproducida,
almacenada o transmitida en manera alguna
ni por ningún medio, ya sea eléctrico, químico,
mecánico, óptico, de grabación o de fotocopia,
sin permiso previo del editor.

La locura es un sueño que se fija.

JULIO CORTÁZAR

UNO

Fue en el año del perro. No el año del Astuto Guardián del horóscopo chino, sino el año en que el presidente dijo que defendería el peso como un perro y acto seguido lo devaluó. Fue un año de falta de simetría poética: él era el perro y nosotros los que realmente llevábamos vida de perros. De ese año, se decía cualquier cosa. Que fue el año siguiente al asesinato de Sadat, premio Nobel de la Paz, y dos años después de la muerte de John Lennon. Incluso se llegó a decir que fue el año en que apareció el minitel en Francia. O el año en que los duques de Cádiz, don Alfonso de Borbón y doña Carmen Martínez Bordiú, comenzaron a planear su divorcio. Se decía cualquier cosa con tal de no decir lo que queríamos y no podíamos decir: se nos había olvidado cómo nombrar las cosas.

Fue el año en que Tobías se suicidó colgándose de uno de los barrotes del baño. Sus hermanas, Concha y Magdalena, corrieron al oír los gritos y luego vieron cómo su madre deshacía el nudo mientras Aurelia, la criada, trataba de sostenerlo de las piernas.

—Si quieres te acerco una silla —le dijo la señora

9

Martínez a Conchita, que miraba atentísima, como si estuviera frente a un espectáculo.

Cuando lograron desmontarlo, Magdalena fue la de la idea. Fue la primera que dijo «suicidio» y su madre le dio una bofetada por andar diciendo estupideces. Luego se quedó quieta, como si no supiera qué hacer. Entre las cuatro sacaron el cuerpo chorreante que había simulado darse uno de sus largos baños. El cabello mojado se le había pegado a la cara, y cuando lo encontraron ya tenía las extremidades azules. No se movió ni dijo una palabra mientras lo arrastraban. Pero cuando le abrieron una de las manos para darle masaje, vieron una estampa de Judas Iscariote, quien murió ahorcado. Fue entonces cuando la señora Martínez preguntó «por qué» y Tobías, casi sin resuello, respondió que por la Resurrección de la Carne. Aurelia negó con la cabeza, mirando al suelo. Dijo —aunque esto casi no se oyó— que a los dieciocho años el niño ya estaba grande para seguir con el jueguito ese de los Milagros.

No era fácil vivir con un Iluminado.

Según nos contó la señora Martínez, desde su nacimiento Tobías dio muestras de ser un predestinado. La prueba irrefutable era que ya en su primer día en este mundo hizo lo que haría después: se negó a salir. Afuera, todo eran árboles y pájaros, es decir, indiferencia pura. Coches entrando y acomodándose ordenadamente en los lugares señalados del Hospital Español, junto a las flores. El verdadero ajetreo estaba en el quirófano. Allí dentro sólo había ruidos y gritos y tiempo que pasaba. La enfermera contemplaba a la madre jadear con ojos desorbitados, no exentos de pavor. Pero ella no parpadeó cuando le clavaron la aguja en el brazo para acelerar las contracciones, nos dijo, ni se achicó cuando el ginecólogo le hizo un corte (que sonó a cartón) en la vagina. La enfermera le secó el sudor, no estamos haciéndolo bien, dijo el doctor Gómez Tagle, no estamos haciéndolo nada bien, madrecita. «¡Como si él también estuviera haciendo algo!», nos contó indignadísima, y como si a ella no se le hubiera ocurrido en esos momentos nada mejor que sabotearlo. Luego de un rato dio una orden y la enfermera jaló a la madre que pujaba, miró compulsivamente el reloj, sacaron los fórceps. «Ya coronó», dijo, y esto trajo el equívoco y momentáneo recuerdo de antiguas dinastías.

La teoría de la enfermera era la siguiente: ya antes el bebé había querido salir, había echado un vistazo, y al darse cuenta, más o menos, de la clase de mundo que le esperaba, se había aferrado de vuelta escalando hacia atrás, en un intento por eludir el parto. Había dicho «contracciones» y «útero», por lo que la teoría sonaba convincente. Pero como se trataba sólo de una enfermera, el doctor en vez de oírla metió la mano y agarró al niño por la cabeza, seguro de que pronto se vería cómo traía torta bajo el brazo. Y tuvo razón, en cierta forma. Porque al sentir la mano, luego de un alarido atroz, ella se dejó caer hacia atrás, «por fin», se oyó, y alguien dijo que había sido un varón de cuatro kilos y ochocientos gramos, aunque en ese hospital nadie había nacido pesando cuatro kilos y ochocientos gramos. «Siempre hay una primera vez», aclaró el médico y se acercó a la recién parida. Ella miró horrorizada al producto y Tobías pudo saber lo que a tantos toma una vida de búsqueda y desgaste: hijo, he ahí a tu madre.

A partir de entonces quedó hechizado; atraído irremisiblemente por ella como un cuervo por las cuentas de vidrio. Y como nada en el mundo que no fuera su madre le despertaba el menor interés, un día le juró que no la dejaría nunca, por nadie, que estaría siempre así, que viviría a su lado por los siglos de los siglos amén.

Se dice rápido, pero hay que pensar un poco:

Treinta y tres años de ver a su madre en chanclas de felpa, recién despierta, con la melena fanática y rebelde. Treinta y tres años de sentirla rondar por la casa, con los ojos inyectados y el dedo flamígero apuntando al techo. Eso no lo aguanta cualquiera.

Pero él sí y ni se inmutaba. Es más: hasta se sentía contento. Era como si estuviera deseoso de empezar el juego, o como si antes de empezar lo disfrutara. De algún modo. Como si el grito y los castigos fueran cosas que le pertenecieran a él, fueran cosas sólo para él. Y como ocurre siempre con las grandes pasiones, entre más violenta amanecía ella más se aferraba él al gesto de quienes no aspiran sino a la conquista de efímeros imperios: el reino de un olor, la monarquía de un beso. Y a pesar de la derrota en lo que podríamos llamar Su Cruzada, sonreía. Era su forma de ser: él acá y allá ella, sin hablar ni sonreír ni dirigirle siquiera una mirada. Mamá allá y él de este lado, soportando el peso de la fatalidad sin inmutarse.

Cuando ella se internaba en el pasillo, cuando entraba en su cuarto, cuando intentaba salir de la casa a escondidas él la seguía detrás, en una vigilia insobornable. Y luego que se cansaba de su actitud soldadesca se sentaba un poco y se ponía a pensar: si no tuviera esa necesidad tan grande de seguirla estaría jugando al trompo, a los carritos, y no allí, con la oreja pegada a la puerta del baño, cambiando el objeto de su atención, siguiendo esta vez al Enemigo, cerciorándose de que todo estuviera en orden, es decir, que los ruidos fueran los de siempre: el cierre del pantalón, la cadena del excusado, la llave de agua, y entonces se incorporaba veloz, hacía el saludo a un alto mando militar y fingía estar ocupado en observar alguna cosa de interés en el momento en que papá salía del baño. Y así un día y otro día y otro también. Porque era como todos los seres superiores, muy disciplinado; un hombre de hábitos.

En cuanto a sus obligaciones, no eran fáciles, aunque eran pocas. Más bien dicho era una sola: espiarlos. Primero a papá, siguiéndolo al baño, luego a mamita desde un clóset. Todo el tiempo dedicado al espionaje de papá y mamá, mañana tarde y noche. Así que cada vez que entraba en la recámara, en el baño, en el cuarto de estar, era la misma cosa. Callado, viendo a mamita hacerse el pedicure. Mamá sentada en un sillón de la sala como en el trono de una reina que tuviera caprichos, como reinar con un pie al aire, por ejemplo, metiéndose bolas de algodón entre los dedos. Ella reinando y él a punto de presenciar algún milagro. Ella acercándose el pie a la boca como un faquir, soplando, como un yogui concentrado en su postura, y él volteando hacia todas partes, escribiendo garabatos, como un agente encargado de informar al servicio secreto sobre una conspiración planeada en su contra desde su propia casa. Sonriendo. Seguro del mundo. Seguro de estar en lo suyo.

A veces, por las tardes, se metía en la bañera y se ponía a fumar. Flotando entre un montón de colillas apagadas que veía mecerse en torno suyo como mástiles de barcos zozobrados, como juncos, tal vez, en una ciénaga, pensaba: nada. Vivía una vida tranquila, por suerte, una vida sin aspavientos. No necesitamos héroes. A Dios gracias, vivía una vida de paz en tiempos turbulentos. Salvo por los brazos desnudos de mamita, claro, salvo por las piernas y las nalgas y las *desas* desnudas de mamá. «Son pechos», pensaba, y sonreía satisfecho. Salvo por los clavos de Cristo, que murió en la cruz. Entonces venía la recapitulación: hasta el momento en que papá vino por él para llevárselo a casa de tía Amada y de Abuelita, antes, mucho antes de que papá y mamá se separaran y luego se volvieran a juntar, a medias, él tenía detrás de sí una vida feliz, sin acontecimientos, y por eso jamás pensó que pudiera ocurrir en su existencia otro incidente que el de las paperas. Tener paperas a los ocho era normal, nos explicó, pero no haberse metido en una cama nada más a oír cómo alguien (aún no sabía quién) le daba órdenes. La orden explícita de pasarse la vida cuidando de mamá. Y sin embargo, estos percances, por ser pocos, le parecían bien, o no tan mal, después de todo, no tan mal. No le agradaba el mundo en el que ocurren cosas. Era como San Simeón El Estilita a quien lo que ocurría no le agradaba porque iba en contra del proyecto de vida que se había planteado, *I have a dream*: aguardar parado sobre una columna. Cero fuegos de artificio, estarse quieto. Un destino donde ver el mundo y registrarlo era ya bastante encargo como para encima preocuparse de otras cosas.

A sus treinta y tres años, metido en esa bañera, apoderado del cuarto de baño como de un reino mil veces perdido y recobrado, se daba cuenta de que el primer gran suceso de su vida —el único, de hecho— fueron Las Paperas. Y esto se remontaba a mucho tiempo atrás, a esos años de infancia en que a mamita le dio por vestir a sus hijos de pigmeos a punto de desembarcar en la civilización: a Concha y Magdalena con suéteres tejidos, falda plisada y zapatillas de tacón con un moño sembrado de chaquiras, y a él con saco y pantalones cortos, pelo untado con limón y relamido hacia atrás, como un postre negro.

Esa mañana había estado en el fondo del jardín prendiendo velas a escondidas, jugando a sus Vidas de Santos, cuando le dio una comezón terrible y un como dolor de oídos y unas ganas inmensas de echarse en el pasto y revolcarse como había visto hacer a los perros. De lo siguiente prefería no acordarse, aunque esto era imposible porque estar ahí, en el agua, lo obligaba a concentrarse en este hecho y recrearlo una y otra vez hasta el último detalle. Como si no pudiera hacer otra cosa que estar ahí metido, recordando. Como un Marat que no tiene otro remedio que pasar a la historia en su bañera.

Era una mañana de domingo, pensó, era día del padre. Día del Rey del Hogar o Rey de Reyes, y la familia se disponía a visitar al abuelo, quien acostumbraba a festejarse comiendo fabada y callos en el Casino Español. La madre solía acicalar a sus hijos en el siguiente orden: él primero, luego el Nene, Conchita, Magdalena y al final se acicalaba ella misma. Cuando terminó de fijar exitosamente la bonita montaña construida a base de gajos de cabellera, la madre se retiró unos cuantos pasos del espejo, se miró complacida y decidió juntar a sus retoños. Se asomó entre los barrotes de una de las ventanas que daban al jardín, vio a Conchita, la llamó, vio a Magdalena, la llamó también, siguió buscando, buscando y por fin, al fondo, descubrió a Tobías, revolcándose, sólo Dios sabía por qué o para qué. La madre levantó los brazos y corrió a la cocina con la esperanza de poder gritarle desde allí y hacerlo venir enseguida, pero Tobías no la escuchó, o tal vez sí, tal vez la escuchó pero quiso permanecer en aquel estado, entre los matojos, restregándose contra el pasto, ajeno a ese llamado, el llamado del Orden. La madre miró al hijo sin entender, dejó caer los hombros, se sintió perdida. Tobías no escuchaba o no quería escuchar. Qué inútil el mundo, Señor, cuánto padecimiento. Volvió a gritarle, en un último esfuerzo: he ahí el amor de una madre, pensó, la paciencia de Job puesta a prueba, y él volvió a escucharla, pero se mantuvo en aquella actitud de indiferencia. Dios te salve, Reina y Madre, Madre misericordiosa. Él mismo no comprendió este hecho, las ganas de seguir revolcándose, y se encontró dando vueltas, gimiendo y llorando, como un desterrado hijo de Eva en este valle de lágrimas. No le importó que el traje de pequeño señor se ensuciara, con la corbata de moño y la camisa, y que el postre de pelo le hubiera estallado en unos rayos tiesos, y peor: no le importó nada que su madre le gritara Tobías qué no ves que te estoy hablando. O qué.

Lo que ocurrió después entraba en el anaquel de las cosas previsibles y no ofrecía ningún interés, salvo por lo que su madre le había dicho antes de irse y dejarlo castigado con Aurelia. Tras levantarlo de las solapas y zarandearlo como dan ganas de hacer con los enanos que aunque no nos hayan hecho nada nos recuerdan nuestra imagen reducida y dan horror, lo llevó a rastras al fondo del pasillo, lo sentó a la fuerza en un banco y le dijo en un tono de desánimo:

—Sólo Dios sabe para qué te puse un nombre de profeta.

Él se había quedado muy quieto, pensando en el significado de estas palabras, absorbiendo el mundo, como si en vez de un niño fuera una esponja encarcelada, un agujero voraz, negro e insondable. Y como un mecanismo de reloj que se hubiera desenroscado de pronto, volvió a sentir la comezón del cuello y la sensación de placer que le había dado, que le daba, el hecho, no sólo de revolcarse, sino de permanecer sordo a la voz de ella, a la voz del Orden, a la voz supuesta del Amor o de la Dicha, a Cualquier Voz. Las imágenes eran todavía una nebulosa y tal vez nunca hubieran formado una idea concreta de no ser porque en ese momento las pudo juntar con lo que un día le oyó decir al oculista.

Estaban sentados los tres: él, Magdalena y Concha y adentro de Ópticas Lux, en un cuarto, había un sillón que subía y bajaba accionado por un pedal, como una nave (aunque, para ser nave, algo incómoda). Frente al sillón había una pantalla blanca, igual que un cine, y en ella muchas letras. Verdes y rojas, si veía uno a través de un lente especial, todas formadas y todas, o al menos cada renglón, de tamaños distintos. Primero pasó Conchita que no veía nada, se puso a llorar, confundió la E con un tenedor; luego Magdalena, y según pudo oír fue diciendo peor, si esto era posible, equivocándose, las letras. Hasta allí todo iba bien, todos normales, tres hijos como tres soles y nadie que pudiera leer. Luego llegó su turno. No había acabado de proyectarse la hilera número uno cuando él ya había juntado las figuras con el nombre y repetía las letras. Poco a poco fue disminuyendo el tamaño, aún más, y así y todo pudo dar cuenta de cada una, en voz alta, por diminutas que fueran. Con lo fácil y rápido que hubiera sido reprobar este examen. Pero cómo podía hacerlo, si estaban clarísimas; si le habían tocado las mismas letras que a Concha y Magdalena.

El oculista dio entonces su veredicto:

—Tobías es distinto de sus hermanas. Es astigmático.

Su madre lo miró asustada. —Lo otro no me preocupa, doctor, si la miopía es lo de menos, si el papá y ellas y yo somos un poco miopes, pero esto...

—Pues sí —reconoció el oculista—, así es. Qué le vamos a hacer. El niño ve de más.

—¿Ve de más? —y la voz se aflautó por la sorpresa.

—Ve de más. Pero no es grave. Mire usted. En unos años sus hermanas no sabrán qué tienen enfrente ni tocando las cosas. Y en cambio este jovencito —y le guiñó un ojo— verá siempre lo que ellas no pueden ver.

Tobías se sintió perdido: había sido llamado a ver cosas, a oír voces, a encontrar donde otros apenas estaban buscando.

Aquel día, sentado en el banco, decidió esperar. Y así, esperando, se quedó dormido. Y tuvo un sueño: soñó que alguien venía y le asestaba un golpe. Era La Suerte.

Y despertó de malas, sin entender el sentido de tanta violencia.

A partir de ese día se sintió asaltado por unas ansias furiosas de encender velas y ponerse a conversar con los santos. Acomodando altares en el fondo del jardín fue borrándose poco a poco el comentario del oculista. Y mientras sus hermanas se dedicaban a vestir y desvestir a su prole de muñecos, a juntar hojas para hacerles la comida, a meter al gato en la canastilla del nene y vestirlo con un ropón, él fue empezando a coleccionar estampas con las imágenes sagradas, porque sí, nada más por el puro gusto de hacerlo.

Al principio le daba igual tener a la Divina Infanta entre almohadas que al Sagrado Corazón, o la Santa

Mano con su llaga. Cualquier imagen que le trajera Aurelia de misa era para él como una Tierra Prometida. Por aquel entonces las reunía a todas, sin distinciones. Recortaba las estampas o les pintaba cosas y luego las dejaba por ahí, olvidadas. Aún se trataba de una relación sin compromisos: un amor incipiente y, por lo tanto, franco y desinteresado. Pero en cuanto se fue compenetrando en las características que hacían de cada santo un ser particular, empezó a formarse un juicio y a preferir unas imágenes sobre otras. Aurelia le contó todo lo de Santa Rosa de Lima, *Calendario del Más Antiguo Galván*, agosto treinta. Una santa completamente americana y mística. Santa Rosa era tan modesta y le repugnaba tanto que la distinguieran, que cuando sus mejillas palidecieron y enflacaron y las beatas de Lima empezaron a mostrarle su veneración, Dios Nuestro Señor le hizo el milagro de volver a tener buen semblante para que pudiera ayunar impunemente. También le permitió que fuera atacada con continuas enfermedades y perseguida durante quince años por el demonio, cosa que casi la vuelve loca. Según Aurelia, todavía se podía ver el pozo en el que Santa Rosa había echado la llave del cinturón con picos de hierro que llevaba sobre la piel a fin de que nadie fuera a sacarla y pudiera ella sufrir a su antojo.

Después estaba San Martín de Porres, *Calendario del Más Antiguo Galván*, tres de noviembre. Hijo ilegítimo y mulato. San Martín aprendió el oficio de barbero-cirujano y entró con los dominicos, que lo pusieron a barrer la enfermería. Como pensaban que el sol no le quemaba porque tenía la piel oscura, a los pocos días lo pusieron a barrer todo el convento con su escoba. San Martín se dedicó a hacer lo que le mandaban con gusto y soportó sin quejarse los desprecios que provocaban su nacimiento ilegítimo y el color de su piel. Tan bien tomó lo de pasarse la vida barriendo que llegó a ser conocido como Fray Escoba.

Según Aurelia, en el mundo había santos de todo tipo: los que primero pecaron y luego sintieron el llamado, los que no blasfemaron nunca y los que al final de su vida habían soportado la tortura. Las vírgenes morían cantando, los místicos rezando y los santos mártires mirando con ojos agradecidos al Creador. Otros países tenían sus santos propios, le explicó Aurelia, pero nosotros casi no. Nada más San Felipe de Jesús, y con trabajos. Porque México era un país de pecadores. Beatos sí había, como Sebastián de Aparicio, en Puebla, al que sus fieles le habían gastado la pierna de momia de tanto sobarla y por eso tuvieron que hacerle una de madera. Ésa era la pierna que uno debía tocar si iba a verlo. Y beber un poco de agua bendita de la pila donde se persignaban sus fieles y anotar en un libro el favor que se pedía. Era muy bueno tener a alguien como el beato Sebastián de Aparicio, no por lo milagroso, sino porque algo es algo. Así que de tener beatos sí teníamos. Pero santos, lo que se dice santos, reconocidos por la Santa Sede, no. Estaba Juan Diego, al que se le había aparecido la Virgen de Guadalupe, que no era santo. O el Niño Fidencio, que hizo tantos milagros, aunque no alcanzó la santidad. O el Santo Niño de Atocha, que tampoco. Y es que éste era un lugar más propicio para las apariciones. Lo malo con ellas, según Aurelia, es que uno corría el riesgo de confundirse. Una vez que llovió mucho en su pueblo, Tlalixtac de Cabrera, se apareció un duende con un solo pie abajo de un árbol. Al verlo, ella se asustó muchísimo, ella y su prima Alejandrina, porque iban las dos. El duende empezó a dar saltitos, primero alrededor del árbol, luego acercándose un poco. Ella le sugirió a su prima que se hincaran a rezar, por si acaso aquello que tenían delante era un santo. Tal vez fuera, o tal vez no, pero si sí, y rezaban, no iban a condenarse, y si no, ya se encargaría nuestra Santísima Virgen de espantarlo. Luego que dijo esto, Aurelia empezó a rezar. Alejandrina extendió los brazos que tenía desnudos y los puso en cruz. Entonces el santito, o el quién sabe, dejó de saltar y dijo:

—Mira morena, ven.

Eso fue lo único que dijo, así que nunca supieron si fue una aparición bendita o maldita, ni a quién de las dos le estaba hablando. Pero lo que es forma de hombre no tenía. Y santo seguramente no había sido porque si lo fuera, ya estaría en el calendario.

Pero no había que perder la fe.

Lo importante era que teníamos las apariciones, aunque no hubiera santos. Y que aquí se daban como en ningún otro lugar del mundo los milagros. Teníamos los milagros sin la santidad. Como decía el padre Luisito: teníamos los milagros y el pecado. Como hermanitos gemelos, dijo Aurelia. Siamesitos. Como si uno no pudiera vivir sin el otro. Porque por más que se esforzara uno en vida siempre venía el demonio que estaba envidioso de la Santidad. Y por eso, por no llegar a la meta, estaban las beatas comunes. Como una señora de Oaxaca Oax, de nombre Águeda Angulo, alias «La Aguilita», que al morir le dejó todo su dinero a la Iglesia. Al librarse del peso material se sintió tan ligera que estuvo a punto de elevarse a los cielos, allí mismo, con todo y la caja de limosnas, pero Dios Nuestro Señor se lo impidió, y antes de alcanzar la santidad el peso de sus pecados la devolvió a la tierra. ¿Y sabía él por qué? Porque había sido una mujer que hacía la calle. Él preguntó qué era una mujer que hacía la calle y Aurelia dijo: una mujer que hace la calle es una Mujer de la Vida Alegre. Siguió sin entender, y Aurelia lo mandó con el padre Luisito pero le advirtió: mentir es pecado venial, cuidadito y digas que fui yo la que te metió esas ideas. Preguntó en el catecismo y el padre le dijo: una mujer que hace la calle es una Mujer de Cascos Ligeros, o sea, una Mujer de la Vida Horizontal. Tobías se imaginó a Águeda Angulo muy contenta, cargando unos cascos de refrescos vacíos por la calle. Cada vez que le daba sueño se echaba a dormir ahí mismo, en las banquetas, en posición horizontal. Y pensó en San Telmo, que arrastraba sacos de arena por el desierto, llevándolos de un lado a otro sin parar ni beber agua; o San Eustolio, que para mayor gloria de Nuestro Señor cargaba piedras. No le extrañó nada que Águeda Angulo no fuera santa. Junto a los iluminados verdaderos su penitencia no daba ni para ser siquiera una beata.

Pero Aurelia lo contradijo:

—A veces, con arrepentirse es bastante. Porque la vida de una Mujer de la Vida Fácil no es nada fácil.

De esas historias, Tobías aprendió dos cosas: una, que su madre pasaba todo el día llorando en cama desde el nacimiento del Nene —y por lo tanto era en parte una Mujer de la Vida Horizontal o sea una beata—, y dos, que su padre decía que no había que hacerle caso y esto lo decía porque era Librepensador y no había sido aleccionado en los misterios de la fe.

Los españoles nos trajeron la fe y luego, con la República, vinieron a quitárnosla, dijo el padre Luisito. Ah, no, eso sí que no, dijo Aurelia. Lo que se da ya no se quita y con el diablo se desquita, se les quema su casita con tantita polvorita. Y si no, ahí estaba el ejemplo, que cuando es malo, cunde. Porque el abuelo había contagiado al papá y el papá a sus hijas: Concha y Magdalena. Pero al niño no, a ti no, Tobías. A él no, él tenía a sus santos. Y el objeto de tenerlos allí, era recordar que él no era como su papá o su mamá, que él no era como sus hermanas. Tú no; tú eres tú, él era él, hasta el oculista lo había dicho: él veía de más, Tobías.

Poco a poco y a fuerza de oír historias edificantes comenzó a sentirse asaltado por un deseo imperioso de imitar a sus Maestros. Caminar en ascuas ardientes. Atravesar desiertos inmensos sin posibilidad de satisfacer la fatiga o la sed. Ayunar por varios días, encajarse clavos entre las uñas o ponerse piedras en los zapatos. Cualquier idea de sacrificio exaltaba su ánimo, primero con un deseo de cumplir pero más, mucho más, con auténtico deleite. El Tobías de antes, el que se ocupaba de perseguir una pelota y comer polvos de chile a puños se sentía extrañado. Y es que notaba que nada más la idea de propinarse un golpe o aplicarse algún tipo de tortura le producía un gozo inexplicable, y había encontrado un dulcísimo placer en solazarse con la desgracia. Para él sufrir era un síntoma de bienestar general. Los ojos le brillaban ante la presencia de agujas, pero imaginarlas dentro de su carne le proporcionaba una satisfacción perversa y le inyectaba una suerte de vitalidad exuberante. Aunque sabía que ésta era una inclinación poco usual.

Una vez que intentó compartir alguno de sus juegos con Pablito Godínez, el vecino, se había dado cuenta del gesto de incredulidad, primero, y luego de horror de Pablito cuando lo animó a juntar un brazo con el suyo y dejar caer entre ellos un cerillo encendido.

—No, no quiero —dijo Pablito.

—Pero, ¿por qué?

—Porque no.

—Porque no, no es una razón que valga.

—Pues no quiero porque eso es hacerse daño.

Así no había nada que hacer. Si uno no estaba dispuesto a entender las cosas más que de un modo, si todo lo que sabía hacer Pablito era imitar lo que decían los papás de uno, entonces ahí acababa su amistad. Miró el cuerpo debilucho y la cara pálida y azorada de Pablito. Sintió unas ganas enormes de darle un puntapié en las espinillas. O de clavarlo a una estaca y dejarlo allí como a San Simeón. Sin embargo, logró dominarse y le ofreció una alternativa.

—Pues entonces vamos a jugar a los ahorcados. Primero me amarras a este árbol y luego me enredas la cuerda alrededor del cuello, así, y luego jalas con todas tus fuerzas hasta que yo te diga.

Sabía que para Pablito era una oferta muy tentadora porque no le ofrecía ningún peligro. Y en efecto, a Pablito se le iluminó el rostro y hasta se atrevió a proponer:

—Bueno, yo te jalo la cuerda, pero con una condición. Que cuando te apriete y ya no puedas más te hagas el muerto y entonces yo venga en mi patrulla y...

—¡Pero ése es un juego estúpido! —lo interrumpió Tobías, que ya había perdido la paciencia y gritaba—: ¡Nada más se trata de que me amarres y jales y yo te pida más y tú sigas jalando!

—Pues entonces no quiero.

—Pero, ¿por qué no? —replicó él, desesperado.

—Porque no —contestó Pablito—. Porque eso es nada más hacerse daño.

«Hacerse daño», «hacerse daño», las palabras de Pablito se quedaron mucho tiempo sonando en su cabeza. Junto con el rechazo, Pablito le había negado la complicidad. Y al sentimiento de desprecio ahora se unía la vergüenza de haber revelado, en parte, su secreto. Siempre era igual. De día, cuando mamita lo obligaba a salir a jugar al jardín, lejos de su vista, donde no estuviera haciéndole estropicios, él no podía hacer otra cosa que acomodar sus estampas de santos y comenzar con aquellos pensamientos. Pero en las noches, cuando parecía que estas ideas vendrían a morderlo, trataba de convencerse de que él no tenía la culpa de sentir lo que sentía, no, él no tenía la culpa porque no podía ejercer ningún control sobre eso que lo impulsaba a avanzar por ese camino. Como si él se hubiera quedado girando en el sillón de Ópticas Lux y otro hubiera podido bajarse a tiempo y continuar con su vida de antes. Como si un Tobías estuviera empeñado en meter la cabeza en la pila, o en una bolsa de plástico, y cuando ya se viera boqueando debajo del agua y tratara inútilmente de sacar la cabeza en un esfuerzo por librarse de la muerte, justo entonces, apareciera el otro que también era él mismo, dispuesto a juzgarlo y a llenarlo de vergüenza.

Tal vez por eso empezó a portarse como le dijo papá que había que hacerlo cuando él lo descubrió entrando por la puerta de atrás, muy tarde, y lo vio meterse en la boca un puño de pastillas de menta, *ad cautelam*.

De vez en cuando dirigía miradas furtivas a sus hermanos, a los maestros, al interior de la casa. Porque temía, no tanto a ser castigado, sino a que alguien describiera aquello que lo veía hacer a escondidas. Llenar unos baldes de agua y pasar la noche despierto, frente a ellos, sumido en quién sabe qué meditaciones. O juntar unas lombrices, partirlas, y empezar una ronda alrededor de ellas, poniendo los brazos en cruz como Nuestro Señor, y haciendo genuflexiones. Tal vez si Conchita y Magdalena hubieran podido saber que se sentía impulsado a repetir el milagro de volver el agua en vino o a revivir las lombrices y verlas andar, como Lázaro, se hubieran mostrado un poco más comprensivas. Pero el mundo, tal como le había tocado vivirlo, no permitía detenerse a pensar en estas cosas. Así que no le quedaba más remedio que mantenerse callado, silencioso e inmóvil, acostado en su cama, oculto en el ojo del huracán.

No podía explicar de qué huía o por qué temía tanto el reproche de los otros. No podía decir, tampoco, cuándo advirtió aquel deseo imperioso de hacer milagros, como los santos verdaderos. Sobre la cabecera de su cama, en el lugar donde Pablito había pegado unos banderines y unos espantosos retratos de un equipo de fútbol, él había puesto una especie de genealogía celeste. Ahí estaba San Simeón El Estilita subido en su columna, como un ave, expuesto a las inclemencias del tiempo, condenado a pasar sus días en esta incómoda postura. Junto a él, San Macario Anacoreta permanecía desnudo en un pantano, mirando a lo lejos, arrepentido de haber dado muerte a un mosquito.

San Macario se había impuesto la penitencia de quedarse en aquel sitio sometido a las picaduras de moscas y de zancudos que le tenían el cuerpo hecho un pastel de ronchas, así que nadie hubiera podido reconocerlo a no ser por la inscripción. Luego venían, en serie, los santos mártires del Japón. Todos estaban crucificados, como Cristo, pero sus miembros habían sido cortados por sierras mochas. Vistos de lejos parecían un conjunto de árboles recién podados o una escultura moderna hecha con los tubos del desagüe. Pero de cerca, se les veían los rostros suspendidos en aquella mueca de horror que lo fascinaba. Por último estaba Santa Cunegunda, Emperatriz, andando sobre púas candentes. Las plantas de los pies de Santa Cunegunda permanecían intactas, sin punzarse ni quemarse, probando así su inocencia ante los ojos incrédulos de quienes calumniaban su pureza. El cuerpo, en cambio, estaba todo agujereado. Como era una de sus estampas preferidas y la cambiaba continuamente de lugar, había estado expuesta a una ráfaga de chinchetazos, así que Santa Cunegunda tenía los pechos deformes y en medio de las piernas se le había hecho un hoyo muy grande.

La mirada tranquila de San Cirio debía darle confianza y en cambio esos ojos vacíos como dos grandes pompas de jabón, esos ojos que miraban por encima de todo, simulando no darse cuenta de nada eran justamente los culpables de que sintiera una inquietud tan grande. Y era como si esos ojos le preguntaran con fingida indiferencia cómo es que siendo quien era no cumplía con sus obligaciones, cómo es que no tomaba ejemplo y se entregaba a las labores propias de su condición de santo.

Animados por la actitud de San Cirio o tal vez actuando por iniciativa propia, los mártires del Japón habían decidido hostigarlo del mismo modo. Salvo por el hueco que quedaba debajo del escritorio casi no había un lugar de su cuarto que estuviera libre de aquellas miradas. Por lo visto, toda la corte celestial se había puesto de acuerdo para recordarle su circunstancia. Y es que la cercanía de unos santos con otros les infundía valor, les contagiaba las ganas de entrar en contubernio. Hablaban en voz alta o se burlaban de él cuchicheando entre ellos. Ninguno estaba conforme con su actitud ni tampoco estaban dispuestos a dejarlo ir nada más así. Molestos por su pasividad, comenzaban a revolotear por la habitación con cualquier pretexto. Hasta el motivo más nimio los hacía bajar bruscamente y esconderse bajo una silla o detrás de la puerta para atosigarlo. Pero bastaba con que alguien más entrara al cuarto para que Santa Cunegunda se cubriera el cuerpo y San Cirio dejara de mirar con intenciones. Los mártires del Japón fingían entonces hallarse a sus anchas y permanecían colgados, tan tranquilos, con la mirada diáfana y alegre, como si tener cercenados los brazos y las piernas fuera lo más cómodo de este mundo.

De estos hechos, él sacó una conclusión: debía iniciar sus tareas cuanto antes. Y como Pablito había renunciado a jugar con él y sus hermanas no se le acercaban más que a vigilarlo, decidió que había llegado el momento de luchar contra lo que se pusiera enfrente y comenzar con los milagros.

Embebido de esta sensación ya no veía nada: ni el arco que formaban los dos cedros ni el camino de losas que conducía a la parte profunda del jardín. Ni siquiera percibió las sombras que se movían detrás de la valla de helechos ni oyó las risas sofocadas de las niñas. Caminando junto a la pared de rosales el corazón se le llenaba de una gozosa alegría, de una como luz que caía sobre sus hombros, una luz que se sentía como una caricia y que él interpretó como el abrazo del Espíritu Santo. Luego levantó los ojos y apenas tuvo tiempo de ver que las sombras detrás de un piracanto se convertían en tres figuras amenazantes, Conchita, Magdalena y una vecina que le había robado el bilé a mamá y los tacones y que lo estaban señalando.

—Guácala —dijo, con un gesto de asco.

Magdalena, que también se había puesto sombra y rubor, y estaba parada con actitud retadora, intervino:

—Tobías, a que no sabes qué.

—Qué.

—Que se te ve.

Instintivamente, se llevó las manos a la bragueta para cerciorarse de que el cierre estuviera en su sitio, como debía ser. Pero en ese momento estalló una carcajada unánime. Se dio la vuelta para ver a solas aquello que causaba tanta risa a esas niñas y que sin duda provenía de su entrepierna. Pero en vez de poner fin a las burlas este gesto hizo que las niñas aullaran de placer.

—¡Se le veee! ¡Se le ve, se le ve!

La cabeza empezó a darle vueltas; los oídos le zumbaban. No había forma de cubrir lo que se le veía, ni de acallar las voces que se lo recordaban. Tal vez por esto fue que aquel odio de antes volvió a apoderarse de su cuerpo. Súbitamente se bajó los pantalones, los calzones y enseguida surgió algo parecido a una chistorra. Conchita dio un grito, su amiga la secundó y Magdalena miró un segundo, fascinada, y salió corriendo detrás de las otras. El milagro se había operado. Las sombras amenazantes huyeron, esfumándose sin dejar rastro, igual que el demonio del cuerpo de San Eustaquio ante la visión del Señor. Pero algo hizo que aquel primer milagro no saliera como debía porque Tobías aclaró:

—¡Se me ve porque soy hombre, estúpidas!

Y no acababa de guardar la prueba fehaciente de este hecho cuando sintió que dos garras lo alzaban de los hombros y lo arrastraban dentro de la casa.

Zarandeado, abofeteado y clavado al banquito por la fuerza de aquella gárgola que disparaba frases envueltas en dardos de saliva, que lloraba de rabia, y sorbía, y lo atormentaba con una larga historia de acusaciones que él no podía comprender, mudo de azoro y de miedo, oyó que mamita decía mirando al cielo:

—¡Qué te hice para merecer esto!

Según la señora Martínez nos contó años después, esa misma tarde fue a ver al padre Luisito. Fue la última vez que hizo el intento por el lado de la fe. El padre le dijo que estaba convencido de que la actitud de Tobías no tenía que ver con su nacimiento. Más bien se debía a un desajuste momentáneo, propio de la edad. A los niños que están a punto de volverse púberes les crecen los brazos, las piernas se les suben hasta invadirles los torsos, la voz se les aflauta y lo peor: se vuelven mal intencionados. Por qué, sólo Dios sabe, es el precio de crecer. Un precio que, por razones que también ignoramos, debemos pagar los demás.

Pero no, dijo ella, no creo. Mujer de poca fe. ¡Pero si sólo tiene ocho años, padre! El sacerdote torció la boca y probó a transitar otro camino.

—Mira, tráetelo por la tarde, que se una a cantar los misterios del rosario.

Ese mismo día antes de las seis, se operó el segundo milagro de Tobías. Estaba por comenzar el servicio cuando el cura lo descubrió en actitud de ahorcar a uno de los niños del coro. Lo tenía agarrado del cogote y le inmovilizaba el cuerpo con las rodillas. El niño movía inútilmente los bracitos en círculos, como un surtidor de aspas al que se le hubiera acabado el agua. A una señal de alarma del padre acudieron corriendo un par de fieles a donde estaban los niños. Bruscamente lo separaron y lo sacaron a jalones de la iglesia.

Aquella noche, en la penumbra de su cuarto, Tobías

se preguntaba por qué lo habían maltratado aquellos hombres y por qué el padre le habría prohibido volver a cantar en el coro. Después de todo, él no había hecho sino imitar a San Blas Obispo, quien con sólo tocar la garganta de un niño afónico, lo sanó. Sólo que San Blas había vivido en tiempos más comprensivos, antes, mucho antes, cuando los hombres aún tenían alguna esperanza de entrar en el paraíso.

Disciplinada, acuciosamente, Tobías aprovechaba los ratos en que no era visto para hacerse daño. Lo hacía como un estudiante, atento y a solas, concentrado en causarse el mayor dolor del modo más simple. Dedicaba horas a chuparse el labio inferior hasta hacerlo sangrar. Podía estarse días trabajando en una costra. Tenía una verdadera fascinación por la sangre, especialmente si era suya, y cuando la veía salir espesa y silenciosa, pensaba en la sangre de Nuestro Señor Jesucristo que el padre Luisito se bebía a solas.

Poco a poco fue haciéndose especialista en cortarse, en punzarse, en abrir la piel rascando en un mismo lugar con persistencia. Y en vez de ser como la Emperatriz Bonifacia que se dolía de no tener más que siete orificios en el cuerpo, él se sentía feliz de tener tanto cuerpo que explorar y empezó por meterse un frijol dentro de la oreja. Su madre pensó al principio que la inflamación y la fiebre eran causa de una simple infección y le puso cataplasmas de árnica y gotas de manzanilla. Pero cuando el frijol comenzó a germinarle y el pabellón de la oreja mostró indicios de estar albergando un tallo al que se aferraban ya las primeras hojas, cayó en la cuenta de lo que había ocurrido y llamó al médico. Todavía en el consultorio trató de mantener la calma. Pero al salir agarró a su hijo de un brazo y zarandeándolo le preguntó muy tensa: qué hiciste, Tobías. Y él le respondió tranquilo, con la desquiciante voz de la verdad: me metí frijoles en las orejas. La segunda pregunta fue casi peor que la primera. Por qué. Porque él se mantuvo ciego y sordo a esta forma de plegaria, mirando, mirando como un San Cosme fascinado el río de autos a través de la ventana.

Su madre se exaltó. Dios de los Ejércitos. Lo golpeó en la cara, hasta lo empujó. Le echó la culpa a su padre. Luego lo miró con desprecio y le dijo: rebuscado. Siempre había sido así para todo, hasta para nacer. Pero cuando llegó al coche ya estaba calmada. De vuelta del consultorio había pasado por el Pabellón de los Ancianos, por el Pabellón Nueve, área de los enfermos nerviosos, por el Pabellón de Maternidad, se había acordado. En realidad no esperaba que su hijo respondiera. Había hecho esas preguntas como se hacen la mayor parte de las conversaciones del día, como hacemos las preguntas que nos hacen relacionarnos con los otros sin que nuestra idea del mundo se ponga en riesgo. Esperar una respuesta de cualquier tipo hubiera sido contravenir una orden. Hubiera significado aceptar que había en su hijo una forma implícita de anormalidad. Que tendría que ver con que hubiera pesado cuatro kilos y ochocientos gramos al nacer. Y esto era tan absurdo que cualquier cosa que hubiera hecho Tobías resultaba coherente, por contraste. Bajarse el pantalón, mentir, coleccionar las propias costras. Meterse un frijol en la oreja. Tobías no había hecho más que lo que hacen los niños a los ocho años, o nueve. ¿Por qué ponerse a pensar de otra forma? ¿Por qué sucumbir a la tentación de ocupar la mente en contra nuestra? Era hijo suyo, en primer lugar. Luego, era hijo de un padre responsable, que nunca estaba. Pero no; no debía pensar así. Más bien: era hijo de un padre que nunca nunca había faltado a su trabajo. Eso era. Ni cuando ella parió, ni cuando el Nene fue a dar al hospital, ni cuando se murió su hermana, la tía Lelia. Cualquier otro niño sería muy feliz de ser el hijo de esa pareja de personas satisfechas. Y cualquiera se sabría afortunado de tener una familia, y la seguridad de que ésta no se rompiera.

Pero cuando llegó a su casa, ya se le habían olvidado estas ideas. Así que al oír que Rodolfo entraba se sintió obligada a narrarle los pormenores de su más reciente desastre. No hacerlo hubiera sido fallar a su deber de esposa. Ocultarle algo. Sembrar entre él y sus hijos la semilla de la desconfianza.

—Concepción reprobó otra vez dos materias —dijo, mientras él se preparaba un jaibol—. Y Tobías se metió un frijol en la oreja.

Primero enumeró los estropicios, objetiva y fiel a un mandato interior, como si en vez de hacerle conversación al marido le estuviera dando el parte a un alto jerarca militar. Luego se concentró en los detalles. Dar aquel informe equivalía a constatar que eran una pareja sólida y apta para la educación de sus hijos. El recuento de los desastres aportaba una clase de sostén peculiar; la feliz convicción de que en un mundo falto de consideración ellos *se preocupaban*. Sólo que esta vez Rodolfo no tenía ganas de oírlos. Por el momento se declaraba un coronel retirado: que no le vinieran a decir lo que había hecho o dejado de hacer su ejército.

Encarnación vio a Rodolfo sentado en la sala, abriendo con tranquilidad el sobre del correo que traía el *Scientific American*, y el pulpo que acabaría por asfixiar su corazón la hizo preguntarse cómo había podido hacer de ese témpano el recipiente de sus esperanzas.

—¡Qué bárbaro, Encarnación, qué maravilla! —brincó él, de pronto—. ¿Sabes cuántos millones al año reditúa un estudio sobre la Participación de Estómago? Un estudio serio, digo. Bien hecho.

El coronel se había transformado en el hombre de siempre: el hijo del dueño de la planta más grande de colorantes y saborizantes de México, empeñado en duplicar con el menor esfuerzo el capital que había hecho su padre. Encarnación trató de comprender. Quería involucrarlo en una conversación que tuviera que ver con ella, que la invitara a penetrar en su persona un poco, pero la lectura de aquellos informes imponía un límite, establecía la eterna frontera en la relación que ella se veía imposibilitada de franquear.

Y, ¿para qué cruzarla, después de todo? Aun en el supuesto caso de que lograra hacerlo descender a la esfera de los mortales a través de una conversación, lo más probable es que ésta no tuviera que ver más que con temas que ella detestaba, expuestos con un lenguaje que la agredía.

Primero se quejaría de la inflación. Si estaba de buenas, se la achacaría a los obreros que no tienen ni idea de los costos de las empresas, pero eso sí, cómo joden con sus derechos laborales. Si estaba de malas, al pinche gobierno que se roba todo lo que puede y encima le pasa la factura de su ineptitud al sector empresarial. Luego añadiría que el dichoso gobierno no sabía hacer otra cosa que acusar a los empresarios de pasársela haciendo chantajes. Pero esto no era más que otra forma de curarse en salud. Qué bien promocionaba sus propios intereses. Cómo hacía escándalo en cambio ante las mínimas necesidades de otros. Que lo perdonaran, pero lo que hacían los dueños de empresas era puro ejercicio de derecho de conservación. Como decía su compadre Gómez Vega: no era más que «el sacrosanto derecho al pataleo», el último derecho de la vida, carajo.

Cuando agotara el tema, Rodolfo pasaría a cosas más generales. Que no le vinieran ahora con el cuento de que Nixon no podía asistir al juicio sobre el asunto Watergate por lo de la pierna flebítica. Ay sí, cómo no, la pierna flebítica. Por favor, *plis*. Qué pierna flebítica ni qué ojo de hacha. Así estaba el Zócalo de lleno (y juntando los dedos, los abriría y cerraría en señal de pánico). Que si ya sabía lo de Cassius Clay alias Muhammed Alí. Cómo qué; que le había ganado a Foreman. Pero antes de que sonara la campana había extendido los antebrazos y con los ojos cerrados, así, le había rezado a Alá.

—Cómo ves, Güera, ¿qué fantochada, no? A Alá.

«Si las aceptamos, las cosas son como son. Si no las aceptamos, las cosas son como son.»

Después de un rato, Encarnación se levantó y se fue a su cuarto. Se desvistió; se metió en la cama. Sabía de ese modo oscuro como se sabe lo que realmente nos importa que ni ella ni Rodolfo ni el pediatra ni por supuesto la dinámica del Sacrosanto Orden Familiar podían dar una respuesta convincente a por qué al hacer las preguntas que hacía a su hijo no esperaba en realidad una respuesta. Y por qué justamente el no ser incluida en las conversaciones de su esposo era uno de los extraños soportes en los que descansaba la convicción de que el suyo era un matrimonio normal. Eva acercó el fruto prohibido a Adán por querer agradarlo y Dios los corrió a ambos del paraíso. Si no pertenecía al árbol del

Conocimiento, ¿cuál era entonces el fruto con que habría ella tentado a su destino? Y, sobre todo, en función de complacer ¿a quién?

Vamos a ver, pensó. Y se quedó dormida.

Y cuando despuntó la aurora, Yavé mandó llamar a sus ángeles y a través de ellos, le dijo a Lot:

—Levántate, coge a tu mujer y a tus hijos y huye de la ciudad.

Y como Yavé quería salvarlo, y como Lot se retrasaba, lo jaló de la mano a través de sus ángeles y una vez que estuvo fuera le dijo: «No mires atrás y no te detengas en parte alguna del valle.» Entonces Yavé hizo llover fuego y azufre sobre Sodoma y Gomorra. Destruyó estas ciudades y toda la hoya, y cuantos hombres había en ellas y hasta las plantas de esta tierra. Pero Encarnación miró atrás y se convirtió en un bloque de sal.

Sentada en uno de los salones de La Apostólica, cerca del padre Luisito, trató de hacer memoria. Así había estado un rato, en actitud de escuchar alguna frase reveladora, queriendo oír algo que pudiera servirle, mirando en su *Biblia* las letras, a través de la ventana unos árboles, en el cristal empañado su reflejo y en el centro del círculo los lamparones en la sotana del padre Luisito. Hizo cuentas: cuando llegó, Caín estaba matando a Abel, cuando tomó asiento, Noé entraba en el arca con varias parejas de animales puros y otras tantas de animales impuros, hacía unos minutos que Yavé había confundido las lenguas, y Lot ya estaba a punto de dejarse seducir por dos adolescentes, incapaz de darse cuenta de que ese par de niñas rubicundas que caminaban contoneándose frente a él eran sus propias hijas cuando llegó a la siguiente conclusión: todo ese tiempo perdido con tal de que sus hijos pudieran hacer la Primera Comunión. Era la condición que imponía el padre, no iba de acuerdo con que se tomaran los sacramentos a la ligera. Menos tratándose de tiempos de libertinaje y comunismo. Ahí estaba el alboroto de ateos, desde la muerte del Che en Bolivia. Y el hormigueo de estudiantes y amanecer con la novedad de las pintas: «Muera Cueto», «Viva la Revolución Cubana» «Viva Sandino y la Revolución Sandinista». La perversión hecha letra, decía, dolido hasta lo más hondo de que a él le hubieran escrito en la pared de la sacristía con letras de medio metro: «Cuando el padre Luisito gobierne, el mundo temblará», porque tenía Parkinson.

Había que pasar por la catequesis de las madres, ya que los proveedores del hogar (*sic*) estaban partiéndose el lomo (*sic*) en el trabajo (*sic*). Y luego, esperar que ellas transmitieran la importancia del acto a las almas que iban a recibir al Señor. No le quedaba más remedio que seguir oyendo de tierras que se inundaban y mares que se abrían; de plagas, y jinetes, y vacas gordas y flacas. Y sin saber cuándo o por qué, se vio atorada en la historia esa de la estatua de sal. ¿Cuál de todas las veces que miró atrás fue que se sintió perdida?

Vamos a ver, pensó.

Y entonces se remontó al día del encuentro.

Estaba toda vestida de rojo a la entrada del cine Balmori, acompañada de su hermana y su cuñado, quien se había adelantado a comprar unos muéganos. Ella se había quedado mirando el decorado de aquel cine tan bonito en el que se veían las huellas de su antiguo señorío, con el barandal del anfiteatro forrado de terciopelo azul y el techo sembrado de medallones de estuco dorado y

blanco. De pronto, su hermana dice «ahí viene Manolo», ella voltea, y ve que Manolo viene acompañado.
Junto a su cuñado estaba un joven de traje gris, pelo lacio relamido hacia atrás y un bigote perfectamente re-
cortado.

—Fito Martínez —dice su cuñado, y señala a su
amigo con la cabeza, porque trae los muéganos en las
manos.

Aquel hombre la mira fijamente a los ojos y le dice
en tono de quien acaba de cometer un crimen: «Rodolfo Martínez del Hoyo, para servirle», y le extiende la
mano.

—Se ve que es decentísimo —le dice su hermana, al
oído.

Pero ella no vio lo decente, sino lo elegante, que era
más notorio. Al devolver el saludo se dio cuenta de que
aquel hombre traía un saco cruzado, de casimir gris
perla, con unos botones de hueso que abrochaba y de-
sabrochaba, por los nervios. Notó que ella le había gus-
tado y que estaba tratando de impresionarla. Por el
modo cuidadoso con que buscaba las palabras, dese-
chando las más vulgares y buscando las más luminosas,
como quien va separando pepitas de oro de un lodazal,
pudo darse cuenta de que la forma de ser y comportarse de aquel joven no se debía a una condición natural,
sino a un esfuerzo consciente por integrarse al grupo de
la gente de bien y compartir con ellos una fe y un gusto: el gusto por la normalidad. Y como ella no deseaba
otra cosa que tener un porvenir y una familia común
del modo en que lo eran las personas normales se sintió
atraída de inmediato por aquel muchacho.

No había pasado una semana de verlo actuar y oírlo hablar por teléfono y ya deseaba enamorarse de él ín-

tegramente. Quería sentirse envuelta en sus brazos, indefensa e inerte entre los brazos de aquel hombre que era distinto de todos los hombres y a la vez, qué bendición, igual. Y por eso, después de comer chucrut en el Sep's, de pasear por el parque México y luego ir a tomar una nieve al Roxy pasaba las noches soñando con el momento en que podría por fin decirle «sí, sí quiero». Tal vez el matrimonio no fuera el estado perfecto del hombre. Tal vez no era más que la forma idónea de que sus ilusiones se estrellaran de una vez contra los filos de aquel sacramento. Pero de una cosa estaba segura: por lo menos ese día, en ese momento, ocho de noviembre de mil novecientos cincuenta y ocho a las cinco cuarenta y tres pe eme se declaraba partidaria del matrimonio, como tantos millones de mujeres, sin necesidad de explicaciones. Iría feliz al altar, sin saber por qué, pero segura de que al hacerlo contribuía en algo a ennoblecer las filas de un grupo sólido y unido por los mismos sentimientos: el grupo de las mujeres casadas. Quería casarse, había encontrado con quién, y el hecho de no conocer la causa exacta de su deseo hacía que éste fuera más puro y por tanto más verdadero. Y tal vez era ese deseo el culpable de que ahora sintiera el cuerpo granuloso, informe, ahí estaba, ese deseo era el que la había convertido en un bloque de sal. A veces, durante el noviazgo, había soñado con una casa soleada y un marido caballeroso y atento, y tres o cuatro niños bajando una escalera de granito, con una tarjeta en la mano, que le decían «felicidades mamacita en tu día».

Metida en aquella casa se veía a sí misma regando unas rosas, envuelta en un como halo de luz, cuando de pronto era sorprendida por un hombre que se inclinaba hacia ella y con actitud respetuosa le decía:

—Amor mío: beso tu frente inmácula.

Y sin embargo, desde los primeros días de matrimonio se dio cuenta de que la realización de los deseos es algo que ocurre y no algo que se impone. La mañana siguiente al viaje de bodas aquel hombre con quien soñó tener esa familia tan bonita, aquel hombre decente y limpio a quien se entregó por primera vez, se había esfumado. De la entrega sólo quedaba el recuerdo y un moretón en el pecho, porque se le habían clavado los azares del negligé. Comprobó la magnitud de su desgracia tocando el hueco de la cama.

—¡Rodolfooo! —gritó, con la esperanza de que aquello no fuera más que una broma.

Comenzó a buscarlo en el baño, en el pasillo y más tarde en el restaurante y alrededor de la alberca. Se detuvo en uno de los jardines del Hotel Papagayo, ese hotel del que todos hablaban cuando hablaban de Acapulco, y otra vez extrañada, titubeó: ¿y si estaba muerto?, ¿y si se había fugado? No se abandona así a una esposa después de la noche de bodas. Bajó unos cuantos escalones y volvió a la alberca.

Dos cincuentones de aspecto vulgar hacían un claro esfuerzo por aparentar menos años y, sobre todo, menos kilos. Bebían y conversaban mostrando un entusiasmo desmedido con un par de veinteañeras. Había también una pareja de ancianos, de carnes muy blancas, que aprovechaban el sol para ignorarse. Observó a hurtadillas a toda esa gente que se apiñaba alrededor del agua, que se untaba esencias de coco, que miraba vencida el mundo tranquilo en torno suyo y sintió una viva repugnancia. Siempre le ocurría lo mismo: creía que era una mujer normal, semejante a otros hombres y mujeres que pueblan el mundo, hasta que los tenía enfrente.

Del mismo modo, creía que su marido era decente y normal de forma abstracta, pero en concreto ya empezaba a sospechar que aquel hombre estaba lleno de manías. No que fuera distinto de otros hombres, eso no. Se había casado con él precisamente por tener los gustos de la mayoría, los modos de hablar, de reír y comportarse de la mayoría, la educación del hombre medio típico. Y su normalidad, por así decirlo, era lo que más la atraía de él. Pero una cosa no podía entender. ¿Por qué, a ver, por qué pareciendo un hombre tan normal cuando lo pensaba en abstracto y cuando lo comparaba con otros, le resultaba en cambio tan extraño cuando estaban a solas? ¿Por qué, por ejemplo, entraba en esos estados ansiosos, olvidándose de todas sus promesas de amarla y respetarla por todos los días de su vida; por qué no podía evitar esa necesidad de estrujarla, morderla, apachurrarle las carnes, bruscamente, como si en vez de acariciarle le amasara las piernas? ¿Por qué no podría pensar, como ella, en cosas más grandes, más trascendentes, en el futuro de ambos, por decir algo, soñando y anticipándose a lo que un día serían y disfrutando ya de las cosas que vendrían? La casa en que vivirían, los muebles con que iban a decorarla, en fin, los placeres enormes y a la vez sencillos de esa etapa de la vida. El primer hijo, la ilusión de iniciar el universo, de construir un pequeño mundo a escala del otro donde ella sería la reina, y él, el rey. De acuerdo, eran una pareja como las otras, un hombre y una mujer enamorados y deseosos de fundar una familia. Pero ¿por qué?, pensaba, ¿por qué aún ahora, después del noviazgo, y de las promesas de amor, y de la boda él la seguía viendo con los mismos ojos con que la veían los demás hombres, por qué no había caído en la cuenta de que aunque fuera como los otros hombres no debía comportarse como ellos, puesto que ella no era para él lo que era para los otros?

Después de andar unos pasos por la playa, confundida, arrastrando los pies y levantando un poco de arena con las chanclas, vio a su esposo bajo una palapa. Estaba cómodamente echado en una hamaca y miraba, a lo lejos, el mar.

—¡Rodolfo! —le gritó, alzando las toallas.

El contestó alegre, mostrándole un coco relleno de ginebra. Aquel coco tenía dos cerezas a manera de ojos, boca de piña y una flor que simulaba una falda hawaiana. Después de dar un largo sorbo dejó el coco sobre una mesita y le dijo, convencido:

—Ah. Qué bonito es lo bonito.

—Rodolfo, ¿por qué no me dijiste que estabas aquí? —preguntó indignada.

Él la invitó a acercarse y le pidió que le pusiera un poco de aceite en la espalda. Había despertado muy temprano, le explicó, y había bajado del cuarto antes que todos a apartar palapa.

—Imagínate si me quedo a esperar que te levantes —le dijo, echado boca abajo, riendo.

Después le pidió que le pasara el coco, dio otro sorbo, y añadió, mirándole los muslos blancos:

—Güera dormilona.

Recordaba aquel día y cuántas veces se habían bañado en el mar, untado aceite, echado sobre la toalla. Paulatinamente él fue perdiendo la compostura y empezó a decir y hacer insensateces, al mismo ritmo y en la misma proporción a los sorbos que daba a la ginebra. Ella hizo esfuerzos inútiles por quitarse de encima esas manos que se extendían como tentáculos hacia sus muslos, aquellos dedos que se enredaban en sus pantorrillas y subían despacio hasta detenerse en un pecho.

—Rodolfo, nos están viendo —dijo.

Pero todo fue en balde. Rodolfo la rodeó de la cintura con el brazo y le pidió que lo besara en la boca. Ella trató de explicarle que esas cosas no se hacían en público, pero ya él estaba apretando su boca a la de ella así que contuvo las ganas de seguir hablando y se aplicó mansamente a la tarea de recibir aquellos besos sintiendo cómo la lengua de su esposo se abría camino entre los labios y luego se enrollaba y retorcía alrededor de sus dientes. Rodolfo respiraba ruidosamente y emitía unos sonidos como de animal, que la asustaban. Entonces ella separó la mano que estaba empeñada en avanzar, bajando los tirantes del traje de baño, y lo rechazó.

—¡Uy, pero qué mujer tan arisca! —exclamó él, riendo y echándose para atrás, en son de juego.

Y luego, señalando admonitoriamente con el índice, ya un poco bebido, la reconvino:

—Mire señora: no es bueno ser tan díscola...

Al verse perdida, ella intentó una nueva estrategia. Lo miró fijamente a los ojos y le dijo:

—Rodolfo, ¿me quieres?

—Ya sabes que sí —respondió él.

Y añadió, haciéndose el interesante:

—Pero te querría mucho más si hicieras una cosita...

Ella prosiguió, como si no lo hubiera oído:

—¿Y me querrás siempre?

—Siempre —dijo él y levantó la mano en actitud militar—: Palabra de boy scout.

Vio que aquellas frases y aquel gesto infantil causaban un efecto positivo en ella, así que muy disimuladamente le apretó una mano y la guió para ponerla encima del calzón de baño. Ella quitó la mano y siguió preguntando a gran velocidad:

—¿Y verdad que tendremos una casa muy linda y varios niños y que nuestro primer hijo varón se llamará Tobías?

—¡Qué preguntas haces! —estalló él, fastidiado—. ¿Cómo voy a saber esas cosas? Además, Tobías es un nombre horrible.

Pero al ver que ella fruncía los labios, tratando de suavizar el tono, añadió:

—Mira, Güera, no adelantemos vísperas. Lo que va a ser, va a ser.

Ahí estaba, pensó ella al recordar esas palabras, dichas como al descuido. Siempre era igual, desde el principio de los tiempos. No podía rebatir las frases de su esposo, no sabía cómo. «Qué bonito es lo bonito»; «lo que va a ser va a ser»; «si no llego es porque no vine». Pues sí, pues cómo no. Ella se quedaba pasmada ante la contundencia de aquellas frases sin entender dónde estaba el problema, por qué no podía decir a Rodolfo que no, no tenía razón, aunque la tuviera. Ese hombre que ahora era su esposo y estaba destinado a vivir con ella en la salud y en la enfermedad, en la pobreza o en la riqueza hasta que la muerte los separara parecía razonar del mismo modo en que lo hacía, qué sacrilegio, Yavé Dios. «Yo soy el que soy», parecía decirle con los ojos, con las manos, con aquella actitud que no admitía réplica. Sin duda, lo bonito era bonito. Sin duda, lo que iba a ser, sería. Pero algo había en esas frases que la molestaba profundamente, como un clavo escondido en el zapato, algo que la obligaba a detenerse a cada paso sin encontrar nunca la causa de aquello que le impedía avanzar.

—No me gustan tus respuestas —dijo por fin, molesta.

Rodolfo emitió un suspiro y susurró:

—Bésame.

Ella lo miró y notó que una repentina ansiedad había sustituido el buen humor de su esposo. Rodolfo había tenido un como sobresalto y volvía a respirar ruidosamente de aquel modo. Había perdido el interés en todo, incluida su ginebra, y ahora le miraba los muslos desnudos fijamente, como un toro a un paño rojo.

—Déjate ya de pendejadas, Encarnación. Ven acá —le dijo.

La tomó del brazo, avariciosamente, como quien se apodera de un buen trozo de filete en una cena, y ya estaba ella a punto de verse obligada a ceder a la petición de aquel hombre que había tomado su mano guiándola de nuevo hacia la peluda entrepierna, y ya iba a posarla sobre aquello que palpitaba bajo el traje de baño y que amenazaba con reventar las costuras cuando oyó que alguien le decía:

—Ave María Purísima...

Era el padre Luisito, quien extrañado de ver que su pupila no se retiraba una vez terminada la sesión de catequesis, se había acercado a ver si tenía algo qué decirle o si se le ofrecía hacer acto de confesión.

Todo el camino de regreso fue pensando en aquel viaje de bodas. Se sentía incapaz de alejar el recuerdo de esas manos que le trepaban por las piernas y se enredaban en el cuello y la cintura; se sofocaba recordando aquel aliento y se asustó de nuevo al traer a su mente el empujón con que rechazó a su esposo y lo tiró de la hamaca.

Y a pesar de que ya estaba Aurelia abriendo la puerta de su casa, y a pesar de que no se quedó a esperar que ella metiera el coche sino que se acercó a explicarle muy contrariada que Tobías *otra vez* se había encerrado en su cuarto, que había estado hablando todo el día a solas, sin abrir, ni comer, ni contestarle a nadie, alcanzó a recordar la cara de asombro de su esposo al verse rechazado, la parsimonia con que se levantó y se sacudió la arena y la frase que dijo muy fuerte para sí. Una frase perfecta, redonda, que resumía el estado actual de cosas. Una frase dicha con burla, con amargura y hasta con resignación cristiana:

—Ni hablar, Rodolfito. Lo que se chingó, se chingó.

DOS

El primero de septiembre de 1982, cuando Tobías se colgó, el presidente acababa de nacionalizar la banca. Los camilleros tocaron el timbre sin saber que el suicida ya había recobrado el pulso y que por tanto era inútil dejar la camioneta entre puestos de fritangas y ropa, a media calle, con la sirena encendida y entrar haciendo tanto ruido, como si no supieran que es México y que no hay necesidad porque aquí no te salvan nunca los paramédicos. El primero que se bajó fue el flaco de mirada cetrina, quien se metió hasta el fondo y se puso a escudriñarlo todo, como Pedro por su casa. Después le contaría al otro: pareja, también en las casas de ricos hay calzones regados sobre los muebles del baño. Le comentó también que al principio se sintió culpable de una falta imprecisa, y es que se había equivocado de cuarto. Se dio cuenta casi en seguida de que no era la habitación del paciente porque en lugar de enfermo encontró en la cama un muñeco enorme vestido con un ropón muy mojado, como si hubiera recibido apasionados abrazos o muchas lágrimas.

—Era un mono pelón, de mercado —dijo, refiriéndose a lo que estuvo a punto de tomarle los signos vitales y que resultó ser el hijo adoptivo de Conchita.

Cuando acabó de tomar la presión y salió a buscarlo a él, el colega que conducía, éste se comunicó por radio y le hizo una seña al flaco para que entre los dos pusieran al paciente en la camilla y lo metieran en la ambulancia. Venían de Médica Móvil. Pero ni así pareció hacer caso. El enfermo se había negado a vestirse o a soltar la imagen de Judas Iscariote; lo único que aceptó fue que le echaran encima una sábana. El trabajo de bajarlo fue realmente de órdago. Aunque ambos estaban acostumbrados a cargar cuerpos de distinto volumen y kilaje —ancianos con enfisema en Narvarte y la Del Valle; mujeres obesas (diabéticas) en Satélite, Echegaray y Valle de Aragón, y hombres de mediana edad con amenaza de paro cardíaco en Polanco, El Pedregal, Las Lomas y Tecamachalco—, esta vez el peso del enfermo en cuestión los rebasaba. En ningún momento dejaron de jadear y durante el trayecto fueron golpeando la camilla contra lo que se pusiera enfrente, desde el vértice de la escalera hasta el trinchador de cedro natural, estilo Luis Barragán, que desconcharon. Tanto fue el zarandeo que la señora Martínez creyó, más de una vez, que a su hijo lo tiraban. Pero él iba quieto y conforme, como un barco vadeando olas. En la desmesura típica del medicado, atolondrado y sonriente, seguía el movimiento de aquel océano con las manos entrelazadas al pecho, viendo el mundo a su paso desde su camilla diminuta. Parecía un Nerón feliz, después de haber incendiado Roma.

Cuando todo estuvo listo Encarnación les hizo una seña. Se metió de nuevo a su casa y guardó en su bolso el Haldol y unas cuantas pastillas de Ativán, por si acaso. Luego se empeñó en subir a la ambulancia por la parte de atrás y decidió ir junto a su hijo ahí dentro, apeñuscada.

A las seis veintitrés de la tarde, cuando Tobías ingresó a Urgencias, no había ya nada que hacer: el presidente había congelado las cuentas bancarias tras haber cambiado todo lo que pudo llevarse en dólares. Lo peor, lo terrible para Rodolfo no fue recibir la noticia sino que la llamada de Encarnación entrara cuando el presidente daba su último informe de gobierno y con él advertía a su pueblo que de ahí en adelante vivían en un país de ficción; el otro, el verdadero, se lo estaba llevando él a una cuenta en Suiza.

«Se nos fundió el país», dijo.

O tal vez eso le pareció que decía, porque acababa de saber por Encarnación que quien se había fundido era su hijo. Su idea de futuro. La vida posible: lo ahorrado, en sentimiento o especie. La idea de lealtad a un partido o a un grupo, la sacrosanta idea de pertenencia. Por algún fenómeno extraño ambas noticias, la de Encarnación y el informe presidencial se metieron una dentro de la otra y se hicieron una sola. «¡Ya nos saquearon!», gritó desde la televisión el hombre que estaba haciendo de su pueblo un perro. Y entonces Rodolfo sintió, a través del teléfono, a *otra* Encarnación que no había advertido y que no se manifestaba a través de frases sino de un puro recargarse en él hasta hundirlo en las arenas imprecisas de la desgracia. Y supo que no sólo era el fin de un país, el omnipresente triunfo del engaño. Le habían saqueado el tiempo vivido, el esfuerzo, y ahora, la paternidad. «¡Ya no nos saquearán más!», decía un presidente lloroso y contrito, que desde luego no se parecía al que iba a salir, años más tarde, en la revista *Fortune* como el quinto hombre más rico del mundo por «uso ilegítimo del poder». Había llegado tarde, eso era, pensó. A la idea de trabajo y familia, al saqueo, incluso, a la posibilidad de medrar. A cualquier cosa en la que hubiera o no creído. Al momento en que su hijo se tambaleó y fue arrojado dentro de la ambulancia. Y esto, también iba a recriminárselo Encarnación. Junto con su forma de ser, su barriga, sus componendas políticas, su abandono. Sus amistades turbias. Su indiferencia. Haces el amor como albañil, le dijo un día, aunque en realidad lo que hubiera querido decirle era: mira lo que hiciste de tu hijo. De nuestro hijo. Mira lo que hiciste de mí.

Un día se lo diría indirectamente. Empezaría a murmurar, te lo digo puerta para que lo oigas ventana, en cuanto llegara a Urgencias de la Clínica San Rafael y por fin al cuarto. Y más tarde, cuando abandonaran la clínica, y después. Iba a murmurar para ella, en la noche, mientras él trataría de entender lo que había pasado. Movería los labios con rabia, esto seacabó y seacabó. Era su forma de convivir con él, por su cuenta, como si aún estando juntos no valiera la pena más que hablar para ella, con ella, como si ésa fuera su única posibilidad de sobrevivir, más que como una venganza. «Somos lo que hacemos», decía el refrán, y ella, según ella, cuando hablaba consigo misma era todo menos una mujer sola.

En realidad eso de hablar sola había empezado a hacerlo hacía mucho, desde aquellos años en que él iba los jueves a jugar dominó con su cuñado Manolo. Y desde entonces lo hacía de modo muy natural, como si cantara. No se daba cuenta (o hacía como si no se diera) de que esa costumbre había nacido, como las rarezas del hijo de ambos, sin que pudiera decirse cómo o por qué. Había empezado a expresarse en voz alta y un día, simplemente, había descubierto que no estaba sola. Dios le había llegado, eso dijo. Tarde, eso sí, pero le había llegado. Y el día que le llegó fue a comprar una cruz que colgó en medio de los dos, sobre la cabecera de la cama.

—Dios está aquí, Rodolfo —le dijo—, entre nosotros.

Él no pudo negarlo, ni echárselo en cara. Se limitó a lanzar una mirada de horror a aquel crucifijo y se metió entre las sábanas, molesto de compartir la cama con aquel intruso. Al principio no entendió a Encarnación. Pero luego pensó que aquella cruz respondía a la milenaria costumbre de las mujeres de meter en toda relación a un tercero en discordia.

Desde aquel día, ella comenzó a mantener conversaciones nocturnas en las que no lo incluía. De cuando en cuando, abría los ojos y levantando el rostro dirigía miradas de entendimiento a la cruz. Él veía a su mujer mover los labios y cuchichear en secreto por horas. La había ignorado durante un tiempo, hundido en sus propias ideas, pero ahora le resultaba imposible entender que se prolongara tanto ese afán de hablar con un crucifijo en vez de compartir con él, su marido, sus deseos o sus miedos. No quería hacerlo partícipe de sus secretos. Pero a la vez se esforzaba en hacerle patente que los tenía, al decírselos a aquella maldita cruz en voz baja. Y no es que él tuviera curiosidad, tampoco. Tenía cosas más importantes de qué preocuparse. Lo que lo exacerbaba eran las intenciones ocultas detrás de ese extraño juego. Una cosa era el sentimiento religioso y otra hacer de éste el pretexto ideal para relacionarse con él de la manera más sinuosa. La cruz era un pretexto para humillarlo en silencio, para acostarse a su lado haciéndose la gata muerta. A qué venían tantos melindres, a ver, tanto retirar la mano y fingirse ofendida. Una modalidad que, según recordaba, se dio sólo después de la boda, una suerte de virginidad post coital que hubiera venido a afincarse luego de ¿once? doce años de largo, larguísimo matrimonio.

Desde luego, él no se veía capaz de convencerla de lo absurda que resultaba a sus años, suspirando y fingiéndose espantada de ver lo que otras, en su sitio, morirían por ver. No entendía qué la había hecho cambiar su naturaleza, originalmente apasionada y sensible a los placeres de la carne, y entregarla sin mayor resistencia a las perversiones del espíritu. Sobre todo si recordaba el año anterior a la boda, aquellos besos y tentaleos, aquellos paseos secretos a Xochimilco y esos avances que terminaron cuando ella le comunicó su decisión de casarse.

Todo empezó una tarde cualquiera, más nublada y aburrida que otras, tal vez, a la salida del cine, cuando su cuñado Manolo se acerca y le dice:

—Te voy a presentar una preciosidad.

Después de la noche febril en que el recuerdo de Encarnación no dejó de torturarlo la buscó, decidido a doblegar a aquella mujer con cuerpo de «dame» y cara de «quiero». Pensaba en aquellos ojos, verdes y lacerantes, como de deidad felina, y en las piernas largas y firmes que adivinaba debajo de la falda, y en la llamarada del pelo con verdadera ansiedad, con dolor, y en los ademanes finos y en la boca carnosa de aquella hembra espectacular que parecía inalcanzable, buscando y encontrando en cada minuto el pretexto ideal para pasar frente a su casa. «La señorita salió.» «La señorita no está.» «La señorita tiene muchos compromisos.» No se parecía a ninguna de sus otras conquistas. Ni siquiera parecía haberse impresionado al oír que Rodolfo era un auténtico Martínez del Hoyo, no de los Martínez del Hoyo de Zapopan, sino de los de las Lomas de Chapultepec, con casa de ocho recámaras y aire francés en Monte Athos 94, y cristalería de Bohemia y vajillas traídas de Limoges y criadas de uniforme. Parecía incluso haber estado pensando en otra cosa cuando él le dijo que era hijo del dueño de la planta de colorantes y saborizantes más grande del país y que pasaría a recogerla en su Ford Fireline convertible para salir juntos a donde ella quisiera. Aquella mujer, ángel o demonio, no mostraba ningún interés de querer bajar a la Tierra.

Un día, desesperado, escribió unas líneas que pensó hacerle llegar a través de su hermana. El recado decía: «Encarnación de mis sueños, quédate conmigo los próximos diez minutos, pero si no puedes, quédate entonces toda la vida.» Pero apenas había terminado de escribirlo juzgó descabellada la idea y rompió el papel. No había que exagerar; no era para tanto. Decidió planear otra estrategia y se aplicó a la tarea de buscarla en persona, montado en aquel Ford que corría por Las Lomas como una cinta de humo en la tarde vacía y silenciosa. «Tiene que salir», se repetía, «tiene que estar». Tantas veces se lo dijo y con tal convicción que cuando por fin la encontró en su casa sintió el terror que antecede a una premonición. «Esta mujer va a ser mía», pensó, primero con temor y luego con un susto terrible, sorprendido de que la vida, el destino o lo que fuera, si es que había algo, estuviera convencido, igual que él, de que la única forma de tener a esa mujer era hacerla su esposa.

—Ay, qué lindas.

Encarnación fue a poner las flores *ex profeso* encima de una cómoda. Así que él pudo darse cuenta de que no eran las únicas. Junto a su arreglo había otro más grande y mejor, de rosas rojas, con una tarjeta que desde luego no podía leer. Cerca de las flores, un busto de yeso parecía mirar a Encarnación como si la recriminara.

—Es mi abuelo.

Dijo señalando la estatua.

Y sin esperar respuesta, puso una taza de café delante de Rodolfo y luego, con otra en la mano, fue a sentarse en un sofá frente a él. Recordó haberle calculado entonces unos veinte años, aunque ya era hermosa del modo en que lo son las mujeres de treinta, con una belleza fresca y violenta, llena de ilusión carnal. Traía puesta una falda corta hasta la rodilla, a la moda, que dejaba ver completas las pantorrillas; aunque envueltos en la tela rígida de la falda él había adivinado los muslos. La había mirado de nuevo y notó que una repentina inquietud en ella sustituía de improviso la desenvoltura de antes. De pronto, se levantó, fue a arrancar la tarjeta de aquel arreglo floral junto al suyo y la rompió.

—Son de un viejo amigo, pero no te preocupes. Con él no hay ni habrá nunca nada.

A él le sorprendió esta revelación. Le sorprendió, sobre todo, porque él no había hecho ninguna pregunta. Así que dudó un momento. Pero luego de darle un sorbo al café preguntó, divertido:

—Oye, ¿y me parezco yo a ese amigo tuyo?

Ella pareció titubear.

—Por qué me haces esa pregunta.

—No sé, por saber.

Y entonces, recorriéndolo con los ojos de arriba abajo, contestó:

—Bueno, físicamente, no. Pero en lo demás, sí, eres como él, una persona seria y formal.

—¿Y cómo lo sabes? —preguntó él, divertido.

—Por la sencilla razón de que si no fueras así no te habría abierto la puerta.

Rodolfo la miró, encantado. Pese a la ingenuidad de Encarnación había en ella una mujer provocativa y directa. En unos cuantos minutos había hecho claras sus intenciones y ahora fijaba los límites y las reglas del juego. Y todo ello, pensó, inmerso en una sensualidad que se insinuaba de pronto y que luego volvía a replegarse para confirmar el carácter frío y cortés de su relación de conocidos recientes.

—¿Sabes que no eres una mujer como las otras?

Pero este comentario, que cualquiera hubiera tomado como un halago, pareció molestarla muchísimo.

—Pues yo me siento absolutamente como el resto. Tengo los gustos de la mayoría, quiero lo que quiere la mayoría y el hombre del que me enamore será a fuerza como la mayoría.

—¿Y cómo es esa mayoría? —preguntó él, sorprendido.

—Ay, Rodolfo, qué preguntas haces.

Le sirvió más café, sin que él lo pidiera. Es decir: dio el asunto por terminado. Por lo visto, con aquella mujer no había manera de quedar bien nunca. Estaba a punto de darse por vencido cuando Encarnación se levantó con todo y taza y fue a sentarse muy cerca de él. Así que no le quedó más remedio que comenzar a hablar de cualquier cosa. Y empezó a hacerlo atropelladamente, tratando de disimular su nerviosismo. Un amigo le había dicho que en el bar-grill del Hotel Ritz había ostiones recién traídos de Guaymas. Pero qué tal si a ella no le gustaban los ostiones, pensó, o si tomaba ese comentario como una insinuación. Decidió retomar el camino por otro lado. ¿Y si iban a Xochimilco? Él haría que le decoraran una trajinera con su nombre hecho de flores naturales, rosas rojas, por ejemplo, entrelazadas con gardenias. Pero mientras hablaba, en vez de escuchar, ella parecía recorrerlo con ojos de quien aplica un examen, mirando detenidamente el cabello alisado y corto, el traje nuevo y elegante y los zapatos lustrosos como emblemas del orden y la normalidad. Entonces le confió un secreto:

—¿Sabes que cuando era niña soñaba siempre con ser como las demás? Todas las tardes, después de volver del colegio me pasaba las horas subida a un árbol imaginando lo que harían las otras niñas y deseando con todas mis fuerzas ser como ellas.

—¿Y qué te imaginabas que hacían? —dijo él.

—No sé, jugar a casarse o a tener hijos... rezar.

Y al tiempo que le decía esto le echaba encima aquella mirada que no sólo era capaz de sacudirlo, sino también de insinuar un miedo que lo llenó de ternura. Nunca había visto en unos ojos esa mezcla de seguridad y angustia.

—¿Y cómo rezabas? —le preguntó él en un susurro.

La rodeó con el brazo y la besó en la boca. Ella no sólo se dejó besar, sino que aplicó con fuerza sus labios contra los de él y se apoderó de su lengua. Y él, turbado, ya iba a separarse cuando sintió en ella una especie de sobresalto y luego un repentino ataque de lascivia que la llevó a recargar los senos contra el pecho de él. Pero en el momento en que él respondió al abrazo, ella se retiró y le dijo, muy indignada:

—Oye, si tú crees que soy como tus amiguitas, más vale que pierdas las esperanzas de una vez.

Él la miró sorprendido.

—Encarnación, no te entiendo...

—No te hagas. Yo seré igual a las demás en todo, menos en *eso*.

—¿En qué?

—En *eso*, en lo que estás pensando.

—Oye, espérame tantito —dijo él, en actitud defensiva.

Empezó a aclarar que sus intenciones eran serias cuando ella lo interrumpió:

—Bueno, ¿nos vamos a ver mañana?, sí o no.

Él la miró de nuevo, sin entender.

—Pues si tú quieres...

—No, no es que yo quiera, yo sólo te estoy preguntando.

—Pues así, con tanta amabilidad...

—Hasta mañana entonces —dijo ella, dando la cita por terminada.

A partir de ese día no pudo quitarse ya de encima la idea de Encarnación. Cada tarde libre, cada fin de semana eran al mismo tiempo la dicha infinita de verla y la tortura de esperar, al despedirse, el próximo encuentro. Iban al cine Lido, al Sep's o a tomar nieves al Roxy. A ver la balconería del Edificio Basurto. No había día junto a Encarnación en que no tuviera la certeza de estar descubriendo el mundo. Pero sus paseos favoritos eran aquellas excursiones al campo, lejos de la vista de su hermana Pachela, cuando, atacada por esa repentina inquietud que sustituía sus calculados ademanes de señorita, Encarnación se entregaba a la mujer libre y sensual que también era. Sin embargo, aquellos días no duraron mucho. Desde la tarde en que formalizaron su compromiso, Encarnación se había mostrado distante y ajena, como si una vez cumplido el trámite no hubiera necesidad de acudir a aquella otra que un día se presentó con el objeto de seducirlo. Como un genio surgido de una lámpara, aquella Encarnación había venido a complacer sus más profundos deseos, enloqueciéndolo a veces y siempre cubriéndolo de abrasante ternura. Y ahora, de pronto, aquel genio se negaba a salir de su escondite y dejaba en su sitio a una mujer voluble y caprichosa, a la novia exigente que había sido y la esposa insondable que ahora era.

Un día, por ejemplo, arremetía contra él por llegar dos minutos más tarde, y ese mismo día, horas después, le acariciaba la nuca y le decía con ternura:

—Ay Rodolfo, qué haría yo sin ti.

Pero bastaba que él se dejara llevar por los mimos para que ella, indignada, retirara su mano con violencia y le dijera:

—¿Oye, qué no sabes pensar más que en *eso*?

Él se apartaba en seguida, observando a Encarnación con una mezcla de rabia e incredulidad.

Ahora, durante las noches, mientras la veía mover los labios bajo la cruz, poseída por aquel gesto a la vez diáfano y apasionado, Rodolfo se acordaba de sus antiguos paseos en trajinera, de las tardes de sábado en el mirador de la Torre Latinoamericana bebiendo daikirís, cuando ese mismo gesto era la expresión del deseo de Encarnación por él. Entonces caía en un abatimiento enorme y pensaba:

—Puta madre, quién entiende a las mujeres.

Había ensayado mil modos de seducirla, de rescatar del fondo de Encarnación a aquella otra, trémula y sensual. Pero todo era en vano. Ni los besos y manoseos que hacían suspirar de gusto a otras mujeres, ni los regalos, nada era capaz de doblegar la rígida voluntad de su esposa. «He ahí lo malo de las mujeres decentes», comentaba.

Fastidiado, decidió claudicar. Esa misma tarde, cuando salía rumbo al dominó con Malagón, el Chato Bermúdez y su cuñado Manolo, se hizo la solemne promesa de no volver a hacerle la lucha. Lo esperaban fines más altos: su estudio sobre Patrones de Alimentación, su gráfica de la Participación de Estómago. Durante el juego, Malagón y su cuñado estuvieron hablando de mujeres y esto lo animó a manifestar algunas opiniones.

Salió con la mula de seises, aclarando que por buena que estuviera, no había fémina en el mundo que ameritara desgraciarse la existencia. Pero entonces jugó mal el siguiente turno, y luego tuvo que robar dos fichas. En la tercera vuelta, su cuñado Manolo lo amenazó con retirarse si seguía cometiendo pendejadas. Pidieron botana, el Chato quiso que le cantaran «La gloria eres tú», el trío se arrancó, todos cantaron:

Eres mi bien lo que me tiene extasiado
¿por qué negar que estoy de ti enamorado?

y entonces le vino la idea de darle a Encarnación una última oportunidad. Cuando se levantó el juego, ya tenía decidido ir a Garibaldi a contratar unos mariachis.

Pagaron la cuenta y los cuatro se fueron en el coche de Malagón, acompañados de una morenita peinada como Marylin Monroe que dijo conocer al mejor grupo de mariachis que podían encontrar a esas horas. En el camino, la morenita, que iba adelante, soltó una risa y le dijo a Malagón:

—Quíteme la mano de ahí, que usted es un hombre casado.

—Qué casado, Lupita, ni qué ojo de hacha —dijo Malagón—. La casada es mi mujer.

El Chato y Rodolfo intercambiaron una sonrisa cómplice.

—Ay, cómo serán ustedes —dijo Lupita con coquetería, mirando por el espejo retrovisor, y no volvió a insistir en lo de la mano.

En Fray Servando e Izazaga encontraron al grupo que decía Lupita. Rodolfo pagó por adelantado, Lupita se bajó del coche, los cuatro volvieron a la cantina y se despidieron. Rodolfo condujo a los mariachis a su casa y los metió en el jardín.

Cuando estuvieron debajo de la ventana, Rodolfo dijo: «arránquense, muchachos», los mariachis se arrancaron y comenzaron a cantar:

> *Novia mía, va a ser mi tormento*
> *de noche y de día*
> *no sé lo que siento...*

Pero Encarnación fue insensible a esa prueba de amor. No abrió la puerta, no encendió ninguna luz y a partir de ese día dejó de dirigirle la palabra. Se levantaba temprano, como siempre, y le dejaba el desayuno junto al de los demás, pero no le hablaba. Sus únicas palabras parecían estar destinadas a murmurar una sarta de cosas a aquella maldita cruz.

—Dios mío, por qué no les diste un poco, un poquito de sensibilidad nada más... —la oyó decir.

Y luego de un rato:

—Pues sí, tienes razón, pero mira nada más tu obra maestra: no se enteran de nada, ofenden sin darse cuenta y no se les ocurre aplacar la culpa más que viniendo a despertarla a una a las tres de la mañana con una trompeta en la oreja...

Cansado de vivir como si no existiera, una noche en que ella se quitaba las medias la tomó bruscamente de un brazo y le reclamó:

—¡Yo no sé qué carajos estoy haciendo con un témpano de hielo como tú!

Pero ella le respondió sin inmutarse:

—Pues nadie te obliga a vivir conmigo, que yo sepa.

Él se desesperó, golpeó la lámpara del buró, que se cayó al suelo, y se metió en la cama.

Luego, recostado junto a ella, sintiendo muy cerca su respiración, le dijo con ojos suplicantes:

—¿Por qué me haces esto, Encarnación?

—Tu hijo se metió un frijol en la oreja.

—¿Y eso qué tiene que ver con nosotros?

Ella miró de nuevo hacia la cruz.

—¿Ves lo que te digo? —dijo, y se dio vuelta a la pared.

Luego de un rato de verla mover los labios, cuchicheando, la sintió girar la cabeza hacia él: sus ojos verdes encontraron dos azorados receptores. Lo miró como se mira a un niño que no entiende la lección, a un niño que no entiende nada: lo miró como miraba a Tobías.

—¡Pobre Rodolfo! —le dijo, extendiendo un brazo y poniéndolo encima de su pecho—. Aunque quisieras no podrías cambiar, ¿verdad? No podrías cambiar porque no entiendes nada.

Como única respuesta, él retiró el brazo. Encarnación se dio vuelta y comenzó a hablarle mientras le acariciaba el pelo. Él la miró de reojo y aunque su rostro no reflejaba más que el de una madre controlando a su hijo, se dejó mimar.

—Las cosas no son sólo de un color —dijo ella, como si hablara para sí misma—. Y una no puede vivir todo el tiempo así, sintiéndose tan sola. Una no puede pasarse la vida hablando con la pared. Ay, Rodolfo. *Déjame ser la sombra de tu mano. Déjame ser la sombra de tu sombra.*

Por lo visto, había llegado el tiempo de las reflexiones carnívoras.

Se incorporó y la besó con muchísima delicadeza, en los párpados, primero, en el nacimiento del pelo, en el cuello. No había peligro: en tanto fuera un niño, Encarnación amaría a Rodolfo y Rodolfo podría amar a Encarnación.

—Pero Rodolfo, una no puede contentarse con ser la sombra de una sombra...

Él tocó con la punta de la lengua las comisuras de sus labios, silenciándolos, lamió los lóbulos de sus orejas. Ahora daba la impresión de hallarse en un momento de duda, pero no, era sólo un preámbulo, mostrarse serio y reconcentrado fue el preámbulo para encaramarse, hundirse y empezar a mecerse sobre ella, él encima y ella debajo en la posición del misionero, como Dios manda. Con suavidad, escuchando el jadeo, sintiendo los muslos sacrílegos que ya no reclamaban, y en cambio, ahora, se prensaron a su cadera, como un gancho, como un crustáceo, convenciéndolo de que todo iba bien, muy bien incluso, porque él era el encargado de encajar, sobre todo, y de sentir. Pero entonces el crustáceo dio la vuelta y lo obligó a girar, atenazándolo aún pero ahora mirándolo desde arriba, como un animal rebelde que se encimara a la escenografía sin telón de una doble esposa más extraña que la Encarnación de los días difíciles, que la difícil Encarnación de la normalidad con que ambos representaban el día a día a través de la vida conyugal, y así, sin darle tregua, moviendo músculos desconocidos como acertijos, poseída de una voluntad que era una declaración de principios en la que él le reprocharía tan sólo que hubiera un final, ella comenzó a subir y bajar, acompasadamente, como un monumento portátil, como un émbolo de carne, imponiendo sus pechos erectos a cualquier gráfica, a cualquier afán de gloria, llevando las manos de él a sus caderas y posándolas allí para que él las estrujara, para que pudiera olvidarse del mundo mientras ella permaneciera en esa posición, sostenida de la cabecera de la cama. A él pareció no gustarle aquel crustáceo, no, no estaba a gusto. Buscó la forma de hacer que mejor se recostara sobre su pecho, que se pusiera debajo, eso era, debajo y si era posible por detrás. Pero ella se resistió. Sin dejar de moverse lo miró a los ojos, perforándolo con la mirada como él la estaba perforando a ella.

—Para qué necesito yo un hombre —le dijo, clavándolo cada vez más hondo en aquella humedad.

Y él, sin poder contenerse ya, atenazándola, hiriéndola y clavando las garras, respondió, como el lobo a La Caperucita:

—Para chingarte mejor.

Escondido detrás de la cómoda, Tobías registró la escena, como una cámara automática.

Rodolfo,

    Rodolfito,

    Fito Martínez del Hoyo parecía no tener otra ambición que la de hacer números, líneas y coordenadas gráficas. Todas las mañanas llegaba puntual a la planta, saludaba a sus empleados y se encerraba en una como pecera hecha de vidrio y herrería negra a la que orgullosamente llamaba «mi despacho». Viéndolo hojear el *Scientific American* nadie podía imaginar el deseo oculto que encerraba su lectura. Ninguno de los empleados del laboratorio ocupados durante años en mezclar las mismas fórmulas para obtener idénticos resultados podía sospechar la relación que había entre la gráfica de un estómago dividido en rebanadas de pay y la línea del consumo alimenticio, ni por qué el señor Rodolfo, dueño de REMSA y heredero único de la fórmula de los Refrescos Mexicanos Premio y otras antiguallas, se empeñaba tanto en aquellos dibujos. Sentado a solas en su oficina Rodolfo era como un pez dorado, abstraído del mundo, imposibilitado de escuchar los ruidos del laboratorio o escuchándolos a lo lejos, como música de fondo. No se daba cuenta del ir y venir de los demás ni percibía el falso olor a caramelo, a chocolate o a vainilla que llegaba en oleadas durante toda la mañana. Abstraído, se hundía en la Historia Gráfica de la Nutrición Humana que había ido construyendo en los últimos meses, los ojos recorriendo un largo camino de perfección, una ruta de jarabes, cremores y acidulantes. Del agua pura al zumo rebajado al seis por ciento, siglos de evolución humana que podrían resumirse, sin exageración, en una línea ascendente: del despellejamiento del mamut al mundo de las conservas.

Cuánta comodidad. Qué confort. Qué siglo, el nuestro. Cómo había cambiado la vida cuando el hombre aprendió a preservar los alimentos salándolos, secándolos, fermentándolos. Aumentando el contenido de azúcar. Ahogando en partes iguales de alcohol o de benzoato de sodio a las bacterias. Qué maravilla el primer método para almacenar la comida cocida al vacío. Qué sorprendente acierto el de aquel cocinero francés en tiempos de Napoleón, un simple soldado al que se le ocurrió extraer el oxígeno para evitar la presencia de gérmenes en las conservas y alimentó así a un regimiento. Este hombre —y no sólo Napoleón— había ganado la guerra.

Y luego, el refrigerador o frigorífico, ese gran invento que incrementaba la posibilidad de los caprichos gustativos. O el gas embotellado. El hielo frappé. Y hasta el popote, hallazgos modestos, frívolos si se quería, pero no por eso menos fascinantes. Trazó las coordenadas; comenzó a ubicar los cimientos del terreno.

—Vamos por partes, Rodolfito —se dijo—, cada cosa a su tiempo.

Tenía que conseguir que sus clientes vieran en la industria alimentaria la importancia de la vida moderna. El consomé de pollo en cubos. La sopa en lata. El cereal procesado, en caja. La margarina. La leche deshidratada. Dividió la gráfica en planos. Reflexionó: había que poner cada elemento en su sitio, bien resaltado, había que darle a todo su justo valor. No debía hablar de «comida enlatada», sino de «selección», «frescura» y «preservación». No era suficiente con ponderar los refrescos; había que hablar, con números, del complejísimo proceso de la gasificación. La industria del alimento no era un negocio sino un universo de aventuras gustativas, una suerte de vórtex que llevaba al hombre de la naturaleza insípida al corazón mismo del sabor, y en una odisea —por así decirlo— de las papilas, hacía navegar a las generaciones a través de una corriente de perfeccionamiento. Ni más ni menos: del fruto prohibido al néctar de manzana. Siglos de esfuerzo y horas concentradas en el rigor de la ciencia aplicada con el único fin de proporcionar a los hijos de Adán el paraíso irrenunciable del sabor y el olor y la textura artificiales. La *Gaceta de Marcas y Patentes* registraba apenas cinco «inventos» —si así podía llamarse a esas formas de adaptación de aditamentos— aplicables a la industria de la alimentación en México. ¿Cómo podía él convencer entonces a un industrial norteamericano de la enorme penetración de mercado que podían tener, no las ideas, sino los estudios en materia alimentaria hechos en el país? Cómo iba a persuadir a la Food and Drug Administration de su aportación cuando su trabajo venía precedido de un compendio de mediocridad. Cuando pensaba en la entrevista donde Mr. Chuck Buckleton le había negado la franquicia a menos de que él y sus socios pudieran tener una garantía mínima de consumo a través de una gráfica completa de Participación de Estómago pensaba: Qué pinche suerte de Sin Saladín. Y peor si se ponía a ver lo que México había dado al mundo en el rubro de la industrialización de aditamentos y mejoras en la industria alimentaria. Cómo iba a convencerlos, a ver. Con la creatividad de sus connacionales puesta en una runfla de porquerías: el Oftalmoculario o aparato para medir la agudeza del olfato (de Juan Crisóstomo Estévez, Puebla); la Tortilladora de Pedal o máquina de hacer tortillas con adaptador para bicicleta (de don Gudelio Reyes Canales, Chalco); el Roedoricida para Alacena —que actúa como un cebo acuoso— (de Nicasio Aguayo Reséndiz en conjunción con el lic. Lisandro Huguenín, del D.F., colonias Agrícola Oriental y Roma Sur, respectivamente) y el Filtro de Agua a base de piedra con carbodur y permutita (del Dr. Lázaro Gálvez y Téllez, D.F, col. Balbuena). La más extendida de las aportaciones era el humilde invento de doña Rebeca Mazal de Pinto, dueña de una ferretería en Mezquital del Oro, quien fastidiada de prestar el teléfono a los vecinos y recibir a cambio un tufo inmundo cada vez que levantaba el auricular había ideado el Dispositivo Sanitario para Bocinas Telefónicas a base de pastillas perforadas o blocks desodorantes antisépticos. Pero, en rigor, la inteligencia y el instinto del mexicano no estaban —ni habían estado nunca— vinculados a una mejora directa de la industria alimentaria.

Y el gringo no era animal que se dejara disuadir con facilidad. Había que convencerlo con planos y papeles, había que darle por su lado con un argumento hecho de timbres y trámites y sellos. El Master Mind de los negocios no iba a comprar la fuente del consumo de otros sin asegurarse antes de que esos otros estarían dispuestos a consumir cualquier producto importado, veneno incluso, pagando por él sumas estratosféricas, y sin que esa garantía viniera avalada con pruebas. Pruebas, Rodolfito. Papelito habla. Y para poder venderlas había que negociar en su idioma. No la lengua inmediata, el inglés, que eso con sus cursos del Harmond Hall más o menos lo tenía arreglado. Sino aquella otra, hecha de cálculos e hipótesis (todo sentimentalismo, fuera), hecha de estadísticas, de porcentajes, un lenguaje tan especulativo y falible como cualquier otro, y no obstante, el único capaz de producir certezas. El lenguaje que había hecho a Newton observar la caída de una manzana y registrar ese dato nimio en lo más profundo de su conciencia. Trajo más gráficas, bebió café. Pensó: el tránsito de la Edad Media a la Edad Moderna estaba entre dos manzanas: la de Adán y la de Newton. Del oscurantismo atroz a la ciencia positiva. ¿Y cómo se había dado ese cambio? Con la intervención casi exclusiva de un ingrediente: la lengua. Palabras. Lo único de importancia realmente descubierto por el hombre eran las palabras. Una lengua que era la manzana y la caída misma; una lógica hecha a base de ensalmos: «a toda acción corresponde una reacción», «todo lo que sube tiene que bajar», «dame un punto de apoyo y moveré al mundo». Una gramática que conjugaba un solo tiempo verbal: el imperativo categórico de conocer la naturaleza, mejorarla y superar a Dios.

Según lo tenía estudiado (según sus cálculos tentativos), a todo hombre medio típico en condiciones normales de salud le cabían diariamente dos punto cinco litros de líquido en el estómago. De éstos, el cinco por ciento eran jugos y néctares, el veinte por ciento correspondía al café y té negros o, en su defecto, a infusiones;

el quince al agua simple, el veinticinco por ciento a leche y bebidas lácteas, y el treinta y cinco a bebidas alcohólicas. Todavía faltaba calcular qué cantidad correspondía a las bebidas gaseosas, hechas con agua carbonatada (o agua de Seltz) que, como es sabido, se expande en el estómago y ocupa más espacio. Ya Nuttingel había probado que el organismo admite una ingestión considerable de aceite de naranja y sorbitol, siempre y cuando se mezclen en presencia de sólidos de jarabe de maíz. Y las estadísticas de Adler daban la casi certeza de que la población podía aumentar los dos y medio litros de su ingesta diaria de líquidos, a cuatro. Ahora a él le correspondía demostrar a los más poderosos refresqueros norteamericanos que el porcentaje de jugos captados por el estómago de un mexicano podía verse aumentado por una cantidad, aún mayor, de refresco. Que la leche, el café y hasta el agua simple admiten un total desplazamiento. «El hombre puede, si se lo propone, vivir casi exclusivamente de la ingestión de refrescos, siempre y cuando incluya de vez en cuando algunos de los elaborados con soja o con suero de leche», decía su provocadorsísimo enunciado final.

Todo por conseguir la patente.

Pero faltaba pasar de la idea a los números, había que hacer de la hipótesis, ley. La prueba de que era factible llevar a cabo esta empresa la tenía ahí, delante de sus ojos. El artículo de Shuster y Kleinman demostraba que pese a la acusación de ciertas sectas de nutriólogos naturistas a lo que llamaban «perversiones nutricio digestivas del mundo moderno» el organismo se adapta maravillosamente al consumo de los alimentos sintetizados químicamente.

Increíble que estas cosas sucedieran (¡increíble que

le estuvieran sucediendo *a él!*) en la segunda mitad del siglo.

Daba vuelta a la página y se sorprendía aún más. Ay Rodolfo, se decía, ay Fito: mira nada más. La Revolución en los Estudios de Mercado, cien veces más grande que la Revolución Industrial, las gráficas más precisas sobre gustos alimentarios, la Prosperidad Absoluta de quienes las elaboran, y tú, en cambio, obsérvate: Detrás de la Cortina de Nopal. Dedicado a mantener un negocio que no hace más que reproducir fórmulas bajo pedido, empujando el lápiz.

Qué maravilla en cambio emplear las propias capacidades para alcanzar la cifra, el número promedio, como quien dice, la Piedra Filosofal de la Estadística para estudiar, comprender y trasmutar en oro las minucias del consumo. La necesidad vital de compra en cada ser individuado. Y descubrir, al fin, quiénes somos, qué clase de alimentos consumimos y cuántos litros de líquido nos caben en el estómago. Por qué contentarse con ver lo que hacen otros, pensó. Por qué condenarse a llenar páginas enteras de números sin destino o destinados a acabar en una lápida del archivo muerto de un país de quinta, mientras otros se llevan el crédito por los grandes descubrimientos de la humanidad. Hizo un cálculo pragmático. El país es lo único que tengo en mi contra, pensó. Pero en seguida rectificó: esa actitud pesimista no estaba bien. El pesimismo no lleva a las personas a ninguna parte. Rodolfo, se dijo, el mundo es de los inconformes.

Dadas las dificultades de llevar a cabo una encuesta nacional, pensó en aprovechar la comida que su mujer organizaba cada año para realizar su estadística. Iba a aplicarse al estudio de la materia líquida y sólida capaz de ser retenida en el estómago de un mexicano promedio, según sus gustos y costumbres alimentarias particulares. Bien visto, sus parientes políticos constituían una muestra representativa del universo nacional. Los había gordos, flacos y a medio cuajar; altos y chaparros; niños, jóvenes, viejos y uno que otro especimen en calidad de momia. Y además de ser más mexicanos que los nopales, los parientes de su mujer tenían en común la cualidad de comer como si nunca antes lo hubieran hecho y trajeran el hambre atrasada. Así pues, estómago tenían y ¡vaya estómago!, nada más con las hermanas de Encarnación, los maridos, los primos y los hijos respectivos tenía ya treinta y dos panzas incansables en plena producción de jugos gástricos.

Esa tarde llegó a su casa a las ocho, como todos los días, pero esta vez se trajo a Epigmenio, el velador del laboratorio, quien venía cargando un animal que soltó en el fondo del jardín. Era una guajolota de engorda que Rodolfo había mandado pedir de Tula a un cliente que le debía un favor relacionado con unos pigmentos. El motivo, dijo, era hacerlo en mole en el cumpleaños de su mujer, y como iba a invitar a la parentela política, que era un familión, necesitaba una pípila especial, doble pechuga.

Durante la merienda, Rodolfo advirtió a sus hijas:

—La pípila está para engordar, no para que la persigan.

Conchita y Magdalena no supieron qué decir, pero asintieron. Como nunca habían vivido con una, no les pareció que tuvieran que opinar. Pero al día siguiente se dieron cuenta de que se trataba de una clase de ave furibunda. En toda la mañana no hizo otra cosa que ir en pos de cuanto ser vivo tuvo a su alcance para surtirlo a picotazos. Como si adivinara el terror que les producía, clavaba desde lejos la mirada en Concha o en Magdalena, quién sabe con qué intenciones, pero luego cambiaba de idea y se ponía a mirar muy atenta al suelo, como si desde el principio hubiera querido desenterrar con el pico algún objeto. Conchita y Magdalena la observaban con desconfianza. Lo que más las impresionaba era que teniendo dos, mirara las cosas con un solo ojo, acercando mucho la cabeza de perfil a aquello que llamaba su atención.

Cuando estaba cerca, Conchita miraba a la pípila aterrada, con cierto asco, preguntándose por qué tendría la pobre un cutis tan malo. No se concentraba en el juego y esto exasperaba a Magdalena.

—Déjala Concha. Es una impertinente.

Magdalena había aprendido esta palabra de mamita, que siempre la usaba para referirse a cualquiera que llamara por teléfono. «Sí, es una impertinente», decía Conchita y trataba de no hacer caso. Las dos se acomodaban en flor de loto muy a gusto, alegres con su montón de hijos en el regazo, pero entonces llegaba la pípila y se les ponía delante. Así no se podía jugar: se levantaban y se iban a otro lado. Y la pípila, terca, como si quisiera arruinarles la diversión o como si no se diera cuenta del desprecio. Primero las dejaba alejarse, pero luego, cuando ya casi se perdían de vista corría desaforada hasta donde estaban, brincando en una pata y otra, como un balancín diabólico, y una vez frente a las dos se paraba en seco. Ellas seguían repartiéndose los muñecos sin hacerle caso pero atisbándola cautamente de reojo. La pípila las miraba extrañada; recostaba en el aire la cabeza hacia un lado y luego hacia el otro, como si estuviera haciendo muchas preguntas. Luego erguía el cuello y echaba el pico hacia adelante, esta vez como si fuera a trinar o como si quisiera darles un beso. Y ya estaban ellas muy confiadas empanizando a sus niños con talco, ignorándola, cuando sin saber por qué, la pípila las embestía con furia, lanzándose a picotear a aquel par de niñas y a sus hijos llenos de moños.

Después de una mañana de haberla esquivado valiéndose de todos los medios a su alcance, como aventarle toallas encima, piedras o mantenerla a raya con un palo, cosas que sólo la enfurecían y le daban más fuerza, consiguieron meterse a la casa, llegar hasta la sala y esconderse envolviéndose en las cortinas. No había otra solución. Como Aurelia no quería amarrar a la pípila de la pata a un árbol porque si hacía corajes la carne se malograba, no tenían más remedio que pasarse las vacaciones envueltas en las cortinas, envidiando a Tobías al que no obligaban a salir al jardín porque estaba enfermo.

Y él, felicísimo, pensaban ellas. Y él, de seguro, decía Magdalena, echadote en su cama.

Pero no era así.

Desde que le habían dado aquellas paperas (o desde que registró el hecho de mamá, mudo y fijo como un lente de cámara), según papá se hacía el tarugo y según mamita no había quedado bien. Esas cosas afectaban muchísimo, Rodolfo. Por eso le había sugerido a Aurelia que lo dejara estar en su cuarto y le diera sus vueltas. Y ella obedeció. Entre que barría y alzaba, de cuando en cuando se ponía a oír detrás de la puerta, y luego subía de su cocina armada con toda clase de alimentos.

Tobías se dio cuenta del espionaje desde el principio, porque vio sus zapatos moverse a través de la rendija. Y se sintió aterrado. Aurelia quería obligarlo a comer. Y es que Aurelia ya no era Aurelia. Ya no se acordaba de los ayunos de San Ignacio, ni de las penitencias. Ya no se acordaba de nada. Encontrarla camino al baño blandiendo un huevo cocido era ya de por sí algo terrorífico, pero la idea de que se le metiera en el cuarto provista de caldos de gallina y atoles y una penca de plátanos estaba más allá de sus fuerzas. Últimamente había perdido tanto el apetito que hasta parecía que junto con el peso perdía también la estatura. De aquel bebé de cuatro kilos y ochocientos gramos que había partido a su madre en canal al nacer no quedaba más que un niño esmirriado que de lejos parecía un cerillo. Puro pellejo y huesos. Greñudo, patas de alambre y ojos de poseso, suspiraba Aurelia. Estaba nervioso, irascible, y habían empezado a notar que el brazo derecho se le proyectaba al frente, como respondiendo a una voluntad autónoma de golpear. Se había vuelto una especie de San Miguel justiciero sin ninguna idea de la justicia. Según el médico lo del brazo era de origen nervioso. Según su padre, en cambio, era su forma de llamar la atención. Porque era el hombre mayor. Porque sí. Por el Nene. Si ingería cualquier alimento su cuerpo lo devolvía de inmediato. La garganta le cerraba el paso en cuanto lo sentía llegar, pero además, el estómago se resistía a emitir cualquier ruido, cualquier síntoma de hambre, por horas. Así que junto al martirio de hacerlo tragar estaba el aceite de hígado de bacalao, el Emostyl, el brebaje diabólico llamado «polla», que consistía en huevos crudos, leche, Cinzano y azúcar con el que Aurelia tuvo que luchar como nunca y por el que recibió una patada en el estómago que le sacó el aire y casi la desmaya. Bien canijo, el escuincle. Bien mula.

Pero no por una patada se iba a rendir ella. Estaba empeñada en obligarlo a comer. Había hecho el intento de colarse una vez esa mañana y él aún se angustiaba al recordar el susto de ambos ante la visión del otro, su intento por cerrar la puerta y la pantorrilla de Aurelia metiéndose a la mala; el horror de ver aquel zapato y esa pierna autónoma dispuesta a todo, aun a dejarse cercenar, el forjeceo a muerte, el grito de dolor y finalmente el retroceso de aquella pierna. Por suerte, después del machucón no había vuelto a enfrentarse a algo igual, pero nada garantizaba que Aurelia se hubiera dado por vencida. Porque había cambiado. Por eso. Ya no le hablaba de los santos mártires, de las espinas que se ponían en el pecho y la espalda, de las cadenas con las que se obligaban a caminar días, que pesaban tanto que iban haciendo un canal en la tierra. Del lavado de pies en la Semana Santa. De la cuaresma y el Santo Ayuno. No le hablaba de Santa Verónica, a la que unas monjas descubrieron husmeando en la cocina del convento, a punto de comerse un caldo, guiada por Satanás, para que pareciera que hacía trampas con su ayuno. Ni de Santa Isabel de Reute, a la que le habían encontrado un trozo de carne abajo de la cama que el diablo le había puesto allí, para tentarla. Había perdido el interés en la iglesia. Ya no compraba estampas de santos ni le contaba historias. Ya no se ponía brillantina en el pelo, ni usaba aretotes ni faldas de percal. Ya no iba a su pueblo. Ahora sólo hablaba de las mujeres de la vida alegre. Todo el tiempo con que si la muchacha de los vecinos era o no era. Duro y dale, hablando de eso, de las Mujeres Alegres, de las Mujeres de la Vida. Persiguiéndolo.

Y luego estaban sus hermanas, envueltas como gusanos en las cortinas. Viscosas y misteriosas. Felices de verlo salir, convertidas en mariposas negras, listas para atacarlo.

Trató de no ver, de no oír, pero cómo, si estaba obligado. Cómo, si había nacido para eso.

—Sobre esta piedra edificaré mi iglesia.

—Santa Bárbara bendita, Santa Bárbara doncella, líbrame del trueno, del rayo y de la centella.

—Santo Cristo redentor que en la Cruz fuiste vencido, vence a mis enemigos, haz que me reúna contigo.

—Ángel de la Guarda, dulce compañía, no me desampares ni de noche ni de día.

Los golpes en la puerta, las patadas, los chillidos de sus hermanas, como huyendo. Pasos, carreras. Miró con desesperación hacia la puerta. Nada. Ya no se oía nada. Giró el picaporte, abrió. El mismo silencio. El silencio de siempre. Asomó la cabeza. Y entonces, de golpe, sin el menor aviso, a contraluz, la vio... o creyó que la veía. Pero no; no podía ser Aurelia. La presencia se movió y a pesar de que un haz de luz lo deslumbraba pudo darse cuenta de que no; no se trataba de Aurelia. El ser que tenía delante era bajo, moreno y tenía una protuberancia en el cuello, debajo del cogote. Levantamiento de brazo, es un tic nervioso, decía el médico: quiso huir, es agitación de ilusiones posturales, a algunas personas muy nerviosas les pasa, creen sentarse pero están de pie y hasta se fatigan, y todo, pero no se mueven. Yo tuve una vez un paciente, no me lo crea si no quiere, al que cuando le decía «camine» se me congelaba. Pero no se imagina cómo, deveras. Se me quedaba en una quietud antártica. Parálisis. Parálisis nada más, de la mente, eso sí, no de las coyunturas. Aquella criatura tenía pico y patas, estiraba el cuello hacia él y lo observaba con un ojo redondo e inerte, como un disco. Y eso hizo que ambos permanecieran quietos, petrificados frente a frente, sin atreverse a avanzar.

Luego, ella dio un paso.

Es una visión, pensó. Un milagro. Porque en México teníamos los dos, el pecado y el milagro, sólo que siempre venían juntos, según Aurelia.

—Padre Nuestro mío protégeme.

Trató de acercarse a aquella criatura y probar, como Santo Tomás. Y no es que rozar aquellas plumas duras y como aceitadas fuera agradable, pero se obligó a ponerles la mano encima. Como si las acariciara. Aquella visión era tan nítida que no desapareció al contacto sino que hasta esponjó la cola y se sacudió como si tuviera escalofríos. Así que ni lo pensó: retiró la mano con violencia. Y entonces la criatura retrocedió igual que se retiran los seres de carne y hueso cuando buscan la seguridad. Uno, dos. Dio dos pasos atrás, levantando mucho las patas del suelo. Pero nada más. Pero hasta ahí: por más que lo deseara, aquello no se iba y hasta parecía estar buscando la oportunidad de atacarlo. Cayó hincado de golpe, un derretimiento de piernas, una punzada; una oscura succión de órganos en caída libre en el estómago. Un aleteo lo obligó a enconcharse, a rodar sobre sí mismo. Junto con la sorpresa vino una confusión de alas. Un sudor frío atravesó su columna. Y con la parálisis vino también la revelación: ese animal no se iba porque no era un animal. El vientre lacio, como últimamente, después de comer; la panza aguada, sólo que ahora no era únicamente la panza sino el mareo, la temblorina del cuerpo, el sudor frío que es prueba una y otra vez y todas las veces de que esa criatura erizada de ojos descompuestos era en realidad, ¿cómo no lo había visto? Era ella. La vio ahí, frente a él, qué hiciste Tobías, pero qué tienes. Y él tuvo que admitir, avergonzado, que su intuición era cierta: «hijo, he ahí a tu madre». Pero ahora venía lo peor, ella engreída, alargando mucho el cogote, extendiendo el pico hacia adelante, con un claro desdén, ¿esto es todo?, como preguntando. Sí, esto es todo, «madre he aquí a tu hijo». Y la decepción de ella. Y la culpa, el dolor de no ser más que eso, de no ser más que él. El escozor en la piel, el martilleo indefinido, la mordedura en el vientre. La prueba fehaciente de que el milagro estaba hecho. Había llegado. Había llegado a tiempo de salvarla.

Fue entonces cuando comenzó a sudar. Eran ríos, mares y mientras tanto él sentía las miradas de sus maestros caer sobre él, pobre mortal, que avergonzado y febril miraba los brazos trozados de sus hermanas, los troncos torcidos, los desquiciados rostros y el llorar del Nene; y junto con la creciente sensación de alivio llegaba otra más honda, de vergüenza y de dolor. Escuchaba a mamá diciendo qué pasa, no sé, decía Aurelia, no sé señora, le dije que el niño estaba raro, bien raro, de un derrepente comenzó a dar de gritos, se tiró al suelo, se puso a aventar patadas, se tapaba los ojos, decía quién sabe qué cosas, y él escuchando, sudando, y las lágrimas brotando de sus ojos al ver a San Cirio y al Santo Niño de Atocha y a San Antoñito niño que ya no iba a poder ser. Y es que no era él; lo llevaban en andas. Era una procesión, era en Xochimilco y él era el Niñopa. Lo habían vestido con roponcito azul, como una Divina Infanta, y lo depositaban con una familia que iba a cuidarlo mucho por lo que restara del año. Los fieles hacían cualquier cosa con tal de tocarlo, con tal de impregnarse de él: lo besaban, le jalaban un pie, si mamá no hacía algo iban a arrancarle los rizos negros de la cabellera. «Niñopa, Niñopa, déjanos cargarte, déjanos besarte, a ti nos encomendamos, a ti encargamos la cura de nuestros males.» Al llorar, sus fieles lo hacían con tanto sentimiento que a Tobías se le estrujó el corazón. Lloraban, lloraban, y en su llanto contagiaban a San Cristóbal, y a San Francisco, y a los santos mártires del Japón y era en verdad un duelo celestial lo que presenciaba desde su cama. Tobías, el Elegido. El niño santo. Tobías, el mártir de nuestro tiempo que se sentía infeliz y a la vez maravillado ante el espectáculo. Y como aquel día en que Jehová hizo llover maná del cielo y los hombres, confundidos, no supieron si huir de aquel bombardeo o postrarse y alimentarse de él, así Tobías, luego de su Tercer y Gran Milagro no pudo saber si San Telmo derramaba lágrimas de gozo al verlo sumiso y tranquilo, enfermo; o de dolor, al comprobar que no era capaz de salir y llevarse a mamita y...

Cuando se oyó el primer grito, Rodolfo creyó haber recibido la prueba sonora de su fracaso. Confundió el timbre de voz de sus invitados con las trompetas del Juicio Final. Se sintió engañado: no supo de quién ni por qué corrían.

Cuando menos desde dos días antes del Gran Evento, a dos días de la Oportunidad, que es decir de la Gran Comida con Pípila y Todo había empezado la preparación. Había procurado y conseguido mantenerse en calma. Aun durante las primeras horas del día había conservado el humor y pese a los obstáculos que empezaron a surgir se mantuvo tenaz en su experimento. Tenía que hacer el estudio de Participación de Estómago y lo haría. Tenía que obtener la patente y la obtendría. Pero las cosas se habían complicado. Veinticuatro horas antes Tobías empezó con fiebre. Tenía cuarenta y ocho horas en cama, con más de treinta y nueve grados de temperatura constante. Ni los baños de agua fría, ni los supositorios de Neomelubrina que mandó el médico habían hecho efecto. Con todo, hizo lo imposible y convenció a Encarnación de que era demasiado tarde para cancelar. Si de verdad quería la franquicia (y la quería) y ésta requería la entrega de aquel Estudio (y lo requería) debía aprovechar cada oportunidad, pasara lo que pasara. «Los obstáculos son lecciones», pensó. «Cada minuto, tal y como se presenta, es una oportunidad de lograr el éxito.»

Seguro de que podría mantener sobrios a los sujetos estudiados (su cuñado Manolo era realmente el único caso difícil) al menos durante las primeras tres horas. Planeó suministrar bebidas en sucesivas etapas de ingesta, con una absoluta restricción de alimentos. Quería calcular el porcentaje de líquidos de diversa densidad (agua y alcoholes *versus* jugos, ponche o refrescos) sin la presencia de sólidos de más de 0,008% de partículas suspendidas. Pero todo podía ir mal y fue mal, todo podía fallar, y falló. Ahora la escena se repetía una y otra vez, y se hacía patente en una sola, acongojada sensación completa.

Había imaginado que el primero en llegar sería Manolo, una garganta sin fondo y un estómago capaz de recibir piedras. Lo pensó como su punto de apoyo extremo. Junto con una prima hermana de Encarnación, que pasaba tres cuartas partes de su vida bebiendo agua por su problema de riñones. Pero el marido de la prima canceló de último momento y Manolo llegó tarde y con el cuento de que no iba a beber porque estaba tomando antibióticos. Replanteó el esquema; decidió compensar la restricción de estómagos ampliando el margen de tiempo de la ingesta. Buscó la medida adecuada y con una expresión feliz, casi bondadosa, pensó: ajustar con una hora y media más de retraso en la comida. Más vale maña que fuerza.

—Que el mole se va a pasar, que con tanto hervor va a saber a quemado.

Y él minucioso, insobornable, sin perder la presencia de ánimo, poniendo rayitas en cada botella. Reacomodándolas en filita: aquí van los jugos, acá los refrescos, el Ginger Ale. Al frente los destilados: el whisky, la colección de tequilas, las ginebras y el vodkita. Contando. Sirviendo todo tipo de combinaciones.

—Oye, compadre, ya déjanos comer.

—De plano, tú, lo que quiere es conservarnos en alcohol —risita de Bicha que se animó a probar el Chinguirongo, que es tequila con Coca-cola y ya iba por el tercero.

—Qué tanto le andará viendo a las botellas.

Pachela y Popi Chula secundando a Manolo. Ni hablar, cada quien con sus manías. Riéndose. Haciéndose señas. Porfis uniéndose y los niños destruyendo los alcatraces.

—Oye, compadre, que si andas buscando al genio de la botella.

—Tú vas y pones la charola y punto.

Encarnación trabada, quedando mal, nerviosa. La música otra vez a todo volumen.

—Que no es que no la hubiera puesto, sino que no la dejaba servir. Que ya era la quinta vez.

Lo que pasaba es que quería embriagar a sus hermanas —Encarnación lívida, confrontándolo— por la idea que tenía de que su familia era insoportable en sus cinco. A ver, que se lo dijera en su cara; que nada más se lo dijera. Que no, Güera. Calma y nos amanecemos. Con tequilita, vermouth y un cerillo eran Cucarachas; con tequila y Coca-cola, Charros Negros; con tequila, jugo Maggi y salsa inglesa eran Petróleo. Y al mismo tiempo que aguantaba vara y servía, contaba. Sorprendidísimo, a pesar de todo. Aún tenía fe. Rectificando cifras.

Un jaibol le iba a sentar muy bien. Bicha diciendo bueno, ni hablar, y Manolo: no le hagas caso, comadre. Este amarrado lo que quiere es que te dé hidropesía. Dale un whisky derecho, Fito, no seas tacaño. Que no es tacañería, sino prevención. Que luego se ponía muy mal y acababa llorando, como la vez que contrataron al Trío Melancolía y no pudo ni terminar «La Barca de Oro». Que cuándo servían, que ya no podían más. Que no fueran así. Que trajeran unas pellizcadas siquiera. Que para comer primero había que hacer hambre. Que ah, caray, que qué necedad, deveras. Y él calculando, viendo con tristeza los números que no le iban a cuadrar. Sabiendo que así de qué servía haberse partido el lomo moliendo chiles en el metate. Que para otra vez le dijeran y el mole lo compraba en pasta Aurelia. Que los niños ya habían comido aparte, hacía horas. Y que ahora sí, que ya se había hartado. Ya se había puesto de mal humor. Que nomás intentara devolver el mole; que sirviera una más —Encarnación fuera de sí, escupiendo casi—, iba a ver lo que era amar a Dios en tierra de indios. Que ni hablar Güerita, se le había podrido. Se había ido el experimento a la olla.

Que los niños ya habían roto la tapa del w.c. Que no habían sido los niños, sino el marido o el novio o el quién sabe qué de una de las primas que se metió a vomitar y se estuvo allí horas. Que por qué le había dado tanta agua a Visitación. Que si pensaba hacerle un ultrasonido. Pero él no pensaba nada. Había renunciado a luchar, a ajustar otra vez el esquema. Que dónde estaban

Concha y Susanita; que con el Nene o con los demás. Atrapando mayates y amarrándolos de una pata, para que volaran como papalotes. Que ésa fue idea de Carlitos o de Magdalena. Que de Magdalena por qué, que siempre le echaban la culpa a sus hijos. Cogió el tenedor. Que no fuera así. Ay, que así era. Que por qué se había puesto así, de repente. Que así, cómo. Que mejor cantara. Que no. Y el timbre sonando y Quique y Luis Francisco raspados, y dos tenedores acá y más servilletas y Manolo y Pachela cuetísimos, dizque cantando y Popi Chula no, yo no, yo no sé, y diecinueve bocas mascando y once barriguitas de infante digiriendo y un ruiderío inmenso y lo que hace el chínguere y la música y los cubiertos y José Alfredo es el rey, sigue siendo el rey y el Espíritu Santo bajando y haciendo el milagro de las lenguas.

Entonces se oyó el grito. Un grito atroz, que detuvo el tiempo.

Encarnación lo miró; los invitados se congelaron. Subió hecha un haz de fuego al cuarto donde estaba su hijo.

A las siete y veintidós, luego de dejar un lío inmenso y una revoltura de estómagos y emociones entre los parientes se zafó Rodolfo y alcanzó a Encarnación. El cuarto donde estaba su hijo parecía expandirse y comprimirse; parecía sudar. Había algo inexplicable adentro, una ronda nocturna, un como taconeo ansioso en el que no había pies, ni zapatos.

—Sigue enfermo —dijo ella, consumida de angustia—. Mira Rodolfo, tócale la frente; está hirviendo.

—No te hagas ilusiones, Encarnación —haciendo un puchero, perdiendo la fe, mirando hacia la cama, con reticencia.

Lo que este niño tiene es otra cosa.

CUATRO

Lo mejor era permanecer así, acostado, en su cuarto. Todos estaban ya en el comedor. Se les oía desde allí claramente. Aurelia acababa de servir los huevos. Revueltos, brillantes de grasa a pesar de lo que decía mamá porque la grasa es el lujo de la comida, dice Aurelia. Domingo. Esos días espantosos se llamaban domingo, como el jardinero. Nadie parecía estar bien, nadie, ni siquiera mamá, a la que papá había llamado rara.

—Qué rara eres Encarnación —le había dicho.

Y ella como si nada, sin ropa, con las esas de fuera, «son pechos», pensó y sonrió satisfecho. Mamá arriba de papá, haciéndolo pecadillo, se dice picadillo, Tobías, dijo Aurelia cuando le puso el plato y él no quiso ni probar. Domingo y domingo, dos nombres distintos y un solo horror verdadero. Papá hacía lo que hacía o, como decía él mismo, hacía lo que debía hacer. Los domingos por la mañana son días de convivir, decía. Iba por la Enciclopedia Barsa y la abría en algún apartado, de preferencia, uno que tuviera láminas. Digestión. Se sientan y se están en paz, decía. Voy a hacer preguntas. Leía el proceso completo, desde el momento en que uno

masca y ensaliva y eso que tiene allí se llama «bolo ali-
menticio» hasta el instante final en que tras dos horas y
media de explicaciones el recto, que aún siéndolo, ya no
se llama recto sino ano —y ellos riéndose y papá en-
cendiéndose, de pronto, carajo, qué falta de respeto, y él
dice coño, qué coños, y peor, que si Ano es el esposo de
Ana, preguntó Conchita—hasta el momento en que el
ano se expande y azota una puerta y expulsa la materia
fecal.

Los domingos todo era siniestro. Hasta Aurelia, que
tenía que lavar los platos muy rápido porque le tocaba
descanso. Los otros días no. Los otros días con Aurelia
había tiempo de todo. Cuando se quedaban solos y papá
estaba de viaje y los demás en la escuela y mamá se iba al
salón y al súper y no iba a volver y daba igual hoy que
ayer que mañana porque él podía ver a Aurelia subir y
bajar, arreglando cosas, colgándose con los dos brazos
del cordón de las persianas o trepada en los barrotes de
la sala sacudiendo enérgicamente los marcos del ventanal
con el plumero. Esos días había tiempo de llenar la cubeta de agua y trapear y barrer, como San Martín de Porres, tiempo de verla enjabonar la ropa y hacer una montaña de espuma en una tinaja, y mejor aún: tiempo de
meterse a escondidas en la cocina y encontrarla sentada
en medio, a sus anchas, en el señorío de su mesa, como
una reina maligna que en vez de desenvainar los chícha-
ros estuviera contando sus riquezas. Entonces el deseo de
quedarse así y nunca ir a la escuela era tan grande que
casi tenía razón el doctor cuando le decía a mamá que lo
que él tenía era una enfermedad verdadera.

Pero ese día era domingo y Aurelia se encerraría en
su cuarto a oír el radio sin importarle nada, ni que ro-
baran la casa, como una vez pasó, ni que se incendiara

el jardín de atrás, como pasó otro día y Aurelia no tuvo la decencia de salir, como dijo mamá, ni a aplaudirle a los bomberos. Daba pena que no saliera nunca, dijo. Pero el día del robo no. Ese día no le dio pena. Mamá estaba enojadísima porque se llevaron sus almendrones de perla, sus dormilonas montadas en oro que papá le había dado cuando nació el Nene. Una alhaja por cada hijo parido, si parir no es de enchílame otra, como decía ella, no es como partir chorizos traer a un hijo al mundo. Y en cambio a ellos, los rateros, sí se les había hecho muy fácil entrar, claro, porque era domingo, dijo, qué raro que supieran dónde las guardaba y que no había nadie, bueno, nadie más que Aurelia. Ahora ya no se oía nada. Ya estaría en su cuarto, con su radio prendido y su olor agrio, a pies. A pies y a tortillas y si uno se acercaba, a cola, un poco; a cola, a pies, a tortillas y a crema Teatrical. Y sin embargo no, no olía a nada de eso porque él estaba en su cama y quién sabe, a lo mejor no era domingo.

Y es que de pronto se oyeron clarísimos los pasos de Aurelia subiendo la escalera. Aurelia entrando en su cuarto, como todas las mañanas, Aurelia descorriendo las cortinas y secándose las manos en el delantal, Aurelia acercándosele mucho y diciéndole: eres o te haces.

—¿Qué, no oíste ruidos anoche, antes de dormir?

—Sí, pero a mí los ruidos no me importan.

—Pues claro que no; ni yo te estoy diciendo eso.

Aurelia abrió el clóset y de mal modo sacó una camisa, un pantalón, calzones y calcetines.

—Pero tu papá no piensa igual.

Y acomodó la ropa limpia encima de la cama. Quería decirle algo más. Tobías supo que había más por el modo nervioso de coger la ropa que tenía Aurelia.

—Y por qué no piensa igual.

—Pos porque grita.

Lo obligó a levantarse, a desvestirse y lo ayudó a ponerse los tenis, arrodillándose junto a él para amarrarle las agujetas.

—Y no sólo fue por lo de tu mamá, que eso ya es costumbre. Sino que cuando ella llegó tú ya estabas bien malo.

Quería saber más. Quería saber todo entre papá y mamá, así que probó un método eficacísimo que conocía.

—A mí no me importa nada de lo que pasó anoche —dijo.

—Pos no, pos qué te va a importar.

Aurelia lo llevó al baño y abrió la llave del agua caliente, luego la fría y le metió la cara en el chorro. Lo enjabonó y lo enjuagó abundantemente, aventándole el agua con la mano, como hacía con las ollas de la cocina.

Luego, con su brusquedad de siempre lo empezó a secar.

—Mira Tobías, tu mamá es bien rara.

—¿Por qué? —brincó él, sorprendido.

«Raro» era una palabra suya. Él era el raro y no le hacía ninguna gracia que Aurelia usara una palabra que le pertenecía a él.

—Pos porque ya no le gusta que te traiga nada, ni que te hable de nada. Dice, no, dice, ya no le traigas nada al niño. Dice, porque míralo nada más cómo está, pensando en lo de los milagros y la vida eterna y todo eso. Ya ves lo que le pasó en la escuela y cómo se burlan de él y todo, y cómo le ha entrado esa idea de estar solo que ya no quiere ni salir. Y luego la costumbrita esa de arrancarse las costras y andar ahí, como Santo Cristo nomás dando lástima. No, dice. Si está bien lo de ser católicos, dice, si nosotros somos católicos, tú nos has visto. Pero orita no, dice, orita no le traigas más santos que ya ves lo que está pasando y además ya no tiene ni dónde ponerlos.

Tomó la ropa limpia que había puesto sobre la cama y comenzó a vestirlo. Tobías guardó silencio por algunos minutos.

—¿Y sabes qué?

—Qué.

—Que la culpa de todo la tiene tu papá.

—Pero ¿por qué?

—Pos por ateo. Y no te cuento cómo llega su ropa nada más por respeto. Bueno, y porque no lo ibas a entender.

Y salió azotando la puerta.

Tobías se quedó pensando. Había sido llamado para ver, para encontrar, y no hacía más que estar buscando. Se quedó viendo a un punto fijo y pensó: Mamá encima de papá, llorando. Papá en las comidas, sin voltear a verla. Papá viendo a alguien más, riéndose, papá abrazando a otras mujeres, a las primas, a una señora con pelo de pollo que no era mamá.

—Para chingarte mejor.

Había oído que dijo.

Era domingo, tenía once años y no sabía qué le estaba pasando. El problema seguramente estaba en los oídos. En los oídos, que oían cosas raras desde lo de Las Paperas, y en los ojos, que habían ido juntando todo aquello en los últimos días. Los dos burós con sus lámparas, la colcha verde botella, la colección de perfumes en el tocador. Y en el centro, la foto ampliada de papá vestido de novio, con su frac y su azar y una dedicatoria: «Nunca recibirás de mí menos de lo que soy.»

Todas estas cosas y mamá llorando, eso es lo que se le había metido en los ojos. Mamita llorando al día siguiente de que él la viera desnuda, encima de papá. Sentada en la cama, sin hacer ruido, sin mover un solo músculo de la cara y con un libro abierto que no leía. Porque los ojos miraban al frente. Estaban llenos de un agua inmóvil a punto de desbordarse, como olas gigantes de un mar donde se agitaba su tristeza. Mamá llorando de ese modo especial, hacia adentro, sin impedir que el mundo transcurriera como está previsto y sin imponerse a nada: ni siquiera a la ausencia de papá. Esa imagen de mamá se le había metido sin que lo pudiera impedir, como un dolor hermoso. Se lo llevaría con él a todas partes. Porque él era ahora eso: un dolor, como las flechas y el rostro impasible eran San Sebastián, que no sería quien era sin ese rostro y sin las flechas.

Aunque tal vez no. Tal vez Aurelia tuviera razón y no fuera domingo. Porque si era, cómo podía entonces oír a mamá dos cuartos más allá, cantando en la regadera. Y luego, cómo podía estar viéndola, así, vestida de negro, como si no hubiera llorado nunca, frente al espejo.

—Qué haces —preguntó.

—Ay, hijo, ¿que no ves? Me estoy vistiendo.

Tobías la miró desconcertado.

—Pero... ¿por qué?

—Válgame, qué pregunta.

—Por qué, si hoy es domingo.

—Qué domingo va a ser. Como estuviste enfermo y metido todo el tiempo en la cama ya no sabes ni en qué día vives.

Mamá apretando los labios; mamá sonriéndole desde el espejo. Él viendo a mamá que se dio vuelta y le hizo ese cariño que era hermosísimo y que consistía en poner frente con frente y tocar la punta de la nariz con un dedo. Luego fue por la olla de depilar. Se asomó a través del marco de la puerta y le gritó a Aurelia lo de siempre:

—Bien caliente, Aurelita. Que queme.

Entonces los ojos verdes lo acariciaron otra vez.

Dichoso tú, le dijo.

Mientras llegaba la cera, mamita se puso un poco de maquillaje en la palma y empezó a extendérselo por la frente, levantando un poco las cejas.

¿Has visto lo afortunado que eres?, dijo. Tú no tienes que vivir ninguno de los martirios que vivimos las mujeres. No tienes que depilarte el bigote, ni sacarte las cejas, ni quitarte los padrastros de las uñas, ni hacer ejercicios, para el busto, por ejemplo, o para esta parte de acá, mira, toca. Ni untarte crema de cacao en las estrías, ni rasurarte las piernas...

—Y para qué.

—Para qué, qué.

—Para qué te pones la cera.

La miró arrancarse de un tirón aquel emplasto, aullando, y luego ponerse el dedo en la piel enrojecida, presionando sobre el labio.

—Como para qué. A ver. ¿Tú te casarías con la mujer loba?

—A mí me gustas como seas.

Mamá le tomó la cara, impregnándolo de ese olor delicioso: el olor a mamá.

—A mí también. A mí también me gustas como seas.

La vio darse vuelta alegremente hacia el espejo, ponerse rímel.

—En cambio los demás hombres...

—Qué.

Qué lata daban. Qué lata, deveras, con eso de la belleza. Que si la cintura de avispa, que si el busto, abundante, que los dientes de perla y los labios de coral. Que las piernas largas, como dos columnas y los pezones como dos cifras, y la rosal reunión de piernas, y el pecho de pan, alto de clima y la salud de manzana furiosa mientras que el sexo de pestañas nocturnas parpadea. Y además todo firme, en su lugar. Que no había que tener celulitis, ni manchas de sol, ni bolsas debajo de los ojos, ni pantorrillas flacas, ni rodillas salidas, ni carne colgando entre los muslos, ni manos huesudas, de gárgola, ni uñas gruesas y sin pintar...

Ahora se separaba cuidadosamente las pestañas con un alfiler y procedía a trazar una línea finísima, como un trozo de cielo, de cielo con un poco de nube sobre los párpados.

Y todo para qué. Para qué hace una todo esto. Pues para sufrir su acoso, Tobías, para sufrir el acoso constante de los hombres. Asediadas, Tobías, lo que se dice rodeadas. Todo eso para vivir, a la larga, una vida fatal. Imposible de imposible. Ahí estaba ella; ahí la tenía. No podía salir a la calle sin que la voltearan a ver, no podía entrar a un lugar público porque enseguida se veía improntada, rodeada de presencias, como moscas alrededor de la miel. ¿Veía él esas piernas? ¿Veía qué largas y qué firmes? Pues ellas eran las causantes. Ellas tenían la culpa; ellas tuvieron la culpa de lo que pasaba con su papá. Cada que se sentaba, cada que cruzaba una o la otra, ay Dios. Y que no les diera por caminar porque entonces sí, se perdió la Francia. Era peor. Peor de peor.

—Pero no pongas esa cara, que no es para tanto.

Mamita sonriendo. Mamita pintándose esa sonrisa después de llorar por papá. Mamá armada con esa especie de bala dorada de la que salió todo ese rojo con el que se cubrió los labios. Mamita apretando, frotando, presionándose los labios varias veces, uno contra otro.

Claro que no sólo fueron las piernas, dijo. Era lo que estaba *encima* de las piernas. Eso era lo que los hombres buscaban. Pero él no. Tú no, Tobías. Que él no fuera así. Ojalá. Que entendiera que lo mejor de una mujer estaba bastante más arriba, no, hijo, no seas tonto, no allí. Acá, y le llevó la mano a la frente. Pero a ese lugar no se atrevían a entrar. En otra vida, a lo mejor, tal vez. A ella no le había pasado. Nunca, en ninguna de sus vidas, ni en ésta ni en sus vidas anteriores. Siempre deseada, siempre asediada. Cuando fue abeja, hacía millones de años; cuando fue reina egipcia. Hasta cuando reencarnó en dama de la corte en la época de los Luises.

Y caminando con las piernas muy juntas a causa de la falda, se acercó al clóset para tomar el saco.

Huyendo, todo el tiempo huía si se ponía a pensarlo. Ay, Dios, qué destino.

Agachó la cabeza y se cepilló la cabellera, hacia abajo. Él se había hundido en el resplandor de esos hilos; aspiraba el aroma a fruta, a canela, de esa llamarada, cuando mamá echó bruscamente la cabeza hacia atrás y sus ideas se desgobernaron por culpa de la sonrisa.

—Por fortuna, tú eres distinto.

Por suerte él no era como los otros. No era como son todos los hombres, incluidos tu papá y el Nene, tu hermano, que son como son todos los hombres desde tiempo inmemorial. Claro que las cosas hubieran podido ser mejores. Si Adán realmente hubiera estado dispuesto a dar su vida y su alma y su cuerpo entero, si hubiera estado dispuesto a darse todo, vamos, como una mujer se da por un hombre, otro gallo nos habría cantado. Pero Adán era mezquino; un hombre muy interesado en sus pertenencias. Por eso le preguntó a Jehová:

—Cuánto me das por una costilla.

Y lo que Jehová le dio fue una mujer única, que es lo mejor que te pueden dar en la vida. Pero Adán no pudo darse cuenta del prodigio, porque tenía la idea de que *eso* era lo mejor que se podía obtener por una costilla. Y si eso se obtenía con una costilla, cuánto más hubiera podido obtener por un brazo completo, o por el corazón. Y Adán se dormía pensando en aquella otra, inexistente. En la mujer que hubiera podido nacer de su corazón.

—Pero no siempre fue así —dijo—, claro que no. En otra época fue mejor, antes, mucho antes de todo este asunto de Adán, cuando las mujeres sólo sabían andar desnudas y los hombres sólo podían pensar que esos cuerpos no eran ni la centésima, ni la milésima, vamos, que no eran ni la diezmillonésima parte de su belleza. Los hombres amaban a las mujeres porque podían ver dentro de sus ojos y lo que veían no les daba miedo.

—¿Y sabes qué veían?

—Qué.

—Pues sus arrugas, por ejemplo.

Comenzó a ponerse el corrector, presionando un poco en cada una.

—Pero no como hundimientos ni fofeces, sino como un encaje finísimo de experiencias. Un encaje que llevaba años bordar. Como un trabajo hecho por un escultor chino, a la precisión, como las esferas de la pa-

93

ciencia. Como un dibujo único. Inimitable. Cada arruga una marca de algo vivido. Los momentos de gozo, acá y acá, y aquí, alrededor de la boca, los de tristeza. Un paisaje completo, una historia que iba desde el pasado remotísimo hasta el instante en que el que veía contemplaba el rostro por primera vez.

—Pero Adán fue el primer hombre —protestó Tobías.

—Claro que no.

—Claro que sí, Adán fue el primer hombre y Eva la primera mujer. Eso nos dijo el padre en el catecismo.

—Ay, Tobías, cómo iba a ser el primer hombre siendo tan bruto. No podíamos haber empezado tan mal. Claro que no. Antes de él había habido muchísimos. Pero como siempre ocurre, sobrevino una desgracia y todo volvió a empezar, aunque peor.

—Y por qué.

—Pues porque siempre que llega una felicidad muy grande es señal de que luego viene la desgracia.

—Pero por qué —insistió.

—Por qué, por qué, por qué. ¡Ay, Aurelia! Quítame a Tobías de aquí, que se me hace tarde.

Lo besó en la boca, tomó las llaves, las metió dentro de la bolsa y se fue caminando muy aprisa hacia el coche.

Tobías la vio alejarse, con su falda y sus medias y sus zapatos negros, como una viuda reciente. Como la tía Amada el día que le dio la primera convulsión a la tía Lelia, que todavía no habían avisado nada, ni sabían de qué estaba enferma y ella, por no dejar, empezó a vestirse de negro.

CINCO

La primera vez que Encarnación percibió un cambio en Rodolfo fue el 15 de marzo de 1979, tres años antes de que Tobías se colgara, la noche en que se quitó las medias sin que a él le diera por estrangularle las piernas. La segunda, cuando lo vio sustituir el *Scientific American* por sus manuales de autoayuda y superación. Y la última cuando lo vio entusiasmarse por las declaraciones del secretario de Salubridad contra las refresqueras nacionales.

—Nadie sabe para quién trabaja —dijo feliz, entre dientes y dejó el periódico sobre la tele.

Después de ese día Encarnación lo oyó muchas veces, en distintos contextos, decir lo mismo. Ella buscaba entre líneas, en algún gesto, en la forma de rechazar un plato, en las múltiples cenas que súbitamente estaba obligada a preparar, ansiosa de encontrar allí más que al autor aquel para el que un nadie supuesto trabajaba, las causas del cambio de comportamiento de Rodolfo. Pero por más que escudriñaba hasta lo más recóndito de los gestos de los asistentes a esas reuniones no entendía qué podía darle tanto gusto.

En los periódicos, las noticias eran más bien deprimentes: la fuga masiva de campesinos que se iban a trabajar de braceros a Estados Unidos; los nuevos préstamos solicitados al Fondo Monetario Internacional; el remate de kilómetros de playas en las costas del Pacífico y en el sureste a empresarios extranjeros; el derrumbe de la pequeña y mediana industrias (la gran industria no era nacional); la creciente privatización de las empresas y el campo y el aumento irreparable en el número de habitantes en extrema pobreza. Y no hacía falta tener más que dos dedos de frente para adivinar que quien tanto se entusiasmaba con la caída en las ventas de la industria de la alimentación era porque algo tendría que ver en ese enjuague.

—Rodolfo —le dijo—, ¿qué tienes tú que ver con el boicot a la huelga de los empleados de Refrescos Pascual?

—Lo mismo que tú con la madre de Gestas.

Ahí estaba otra vez, pensó Encarnación, segura de que algo o alguien estaba cambiando a su esposo, y para peor. Al cinismo inicial se unía ahora otro gesto, otro tono, una actitud defensiva permanente que la obligaba a pensar en Rodolfo como en un enemigo. Y aunque no estaba muy segura de haberse entendido mejor con el de antes, con aquél que suponía que una esposa era en su modalidad normal, una madre, un chofer, una enfermera, una sirvienta y un policía, y en su modalidad de interés una materia lúbrica y disponible, las respuestas del Rodolfo de ahora parecían cortarla por dentro. Igual que con sus hijas, a Encarnación le parecía estar tratando con un extraño. Nunca su marido le había parecido menos normal que últimamente, aunque normal normal no fue ni desde el principio.

Ya desde los primeros años de matrimonio le pareció extraño que tuviera tal desapego por todo: la relación entre ambos, la muerte de su padre, la falta de afecto por su hermana y su madre, por sus hijas, el problema de Tobías, es decir: por todo lo que no fuera él mismo. Incluso el interés por las gráficas y los descubrimientos que al principio habían dado a la falta de comunicación entre ambos un toque de excentricidad, incluso eso parecía ocultar una pasión vulgar y absurda. El padre de Rodolfo había conseguido cierta prosperidad y Rodolfo, que heredó el negocio, se dedicó a cobrar las utilidades. El trabajo del padre había sido descubrir y patentar el sabor de varias de las marcas de refresco más populares de los años veinte. El del hijo, vender las patentes y gastarse el dinero. Don Bienvenido había pagado miles de pesos para tener a los mejores químicos en su laboratorio. Había iniciado a su hijo en los misterios de la coloración y saborización artificiales. Había inventado la patente exclusiva del refresco «Trofeo» (seis colores y un solo sabor, según el eslógan hecho por sus enemigos); había conseguido imitar la textura y el sabor de los chicles americanos y ser el primero, en México, en inundar el mercado con aquel extrañísimo gusto a dulce y ácido a la vez: el sabor agridulce. A Rodolfo, en cambio, le gustaba observar, registrar y soñar que inventaba cosas. Pero más que eso, mucho más, que se hacía famoso y rico. Su vocación secreta no era la química, sino los modos de aplicarla al cobro de facturas. Es decir: la rareza de su esposo no se debía a la insólita persecución de un ideal sino a una forma de anormalidad de lo más corriente. En los últimos meses de vida, el padre de Rodolfo se ocupó de diseñar un método para separar sorbitol, y años más tarde, Rodolfo describió el estudio, calculó la medida exacta del brix y vendió la patente a un industrial de Tampico. A partir de entonces dedicaba la mayor parte de su tiempo a elaborar estudios derivados de ese cálculo, a sumar y restar porcentajes. Tenía el despacho invadido de toda clase de papeles, estudios de mercado, gráficas, y obligaba a los empleados del laboratorio a describirle cuidadosamente los procesos para después cambiarlos un poco y venderlos a la industria del alimento. Sólo que la industria no parecía estar interesada. Una vez incluso mandó un enloquecido estudio: la tristemente famosa estadística de la Participación de Estómago. El resultado de aquel desatino culminó la tarde en que trajo a su casa la resolución de la solicitud de patente. Se trataba de un grupo de folios tamaño oficio que decía:

> Por escrito presentado ante esta H. Dirección el 29 de octubre de 1979 compareció el Sr. Lic. Güemez Verdía Jr. solicitando la nulidad de la patente de invención 55498 otorgada al Sr. Ing. Rodolfo Martínez del Hoyo, manifestando en su escrito entre otras cosas que a pesar de que aparentemente el procedimiento establecido en el «Estudio de Participación de Estómago» tiene bases científicas, la realidad es que seguido uno a uno los pasos que en él se determinan no se pueden obtener los resultados que se señalan y en consecuencia el procedimiento es totalmente negativo por no ser realizable en la práctica.

> Sufragio efectivo, no reelección
> Firma del subsecretario, Plácido García Reynoso
> (*rúbrica*)

—¡Hijo de la chingada! —oyó Encarnación desde la sala.

Después de esto, vio a Rodolfo salir del despacho con la boca lívida y los ojos como tizones. Encarnación trató de hacer memoria: Rodolfo siempre había sido arisco, sólo que la mirada torva con que antes le atravesaba las piernas había cambiado de lugar. Aquellos ojos rencorosos dirigían ahora su recelo hacia todas partes, se posaban en las cosas como despreciándolas y a la vez mostrando tener sobre ellas un derecho de pertenencia. Observaban, siniestros, el mínimo detalle, pendientes del engaño y ansiosos de no perder control. Y cuando no se posaban sobre algo en particular, aquellos ojos parecían a Encarnación aún más torvos, como si sospecharan que antes de mirar las cosas ellas ya tuvieran la intención de esconderse o como si los ojos ya se hubieran desengañado de todas las mentiras que habían ido juntando por la calle. Junto con el desdén por las cosas, los ojos exigían también una retribución. Ahora parecía que no hubiera ser vivo o muerto de cualquiera de los tres reinos que no le debiera algo a su marido, puesto que, según decía, todos tenían algo que pagarle.

Durante días anduvo que no lo calentaba ni el sol. Llegaba aún más tarde y de malas, sin saludar a nadie, y se encerraba en su despacho. Esa noche durante la cena, cuando ella trató de explicarle que el médico dijo que Tobías no iba a poder nunca más ir a la escuela, sin dar muestras de haber escuchado una palabra, se dio vuelta y regañó a Magdalena por estar retozando con el Nene.

—¿Por qué tenemos que pagar nosotros por lo que te ha hecho ese tal Plácido García Reynoso? —estalló por fin, desesperada.

—¡Ni me menciones a ese hijo de puta! —dijo él, levantando un dedo.

—¡Rodolfo! ¡Estás frente a los niños!

—Pues que se vayan ilustrando tus hijos. Que sepan que este país es una mierda y quienes están a cargo de él, unos hijos de la chingada.

A los pocos días, el mismo país era una tierra de oportunidades y el gobierno (en especial el subsecretario de Salubridad) un ejemplo de solidaridad y democracia. Después de una llamada en que García Reynoso le había dicho que una compañía norteamericana dedicada a la industria del refresco estaba admirada de su conocimiento en el manejo de sustancias procesadas y en su traducción a cifras lo mandó llamar para proponerle un negocio. La famosa compañía, en conjunción con el gobierno mexicano iba a pagar buenos dividendos por un estudio que demostrara que todo el refresco de sabor que se hacía en México estaba preparado con sustancias dañinas al organismo.

—¡Fíjate, nada más por publicar lo que ya se sabe! ¡Que los refrescos nacionales son nocivos para la salud!

—¿Y eso para qué? —preguntó ella.

—Cómo que para qué. Pues para obtener el permiso de Salubridad para que las refresqueras gringas puedan introducir su marca en los refrescos de sabor. ¿Qué no ves que la industria de los refrescos de cola no puede introducir un producto que ya existe en el mercado? Ay, Encarnación, tú de plano vives en la luna.

Pero al ver el gesto de Encarnación, Rodolfo suavizó el tono.

—Ay, si tus ojos fueran puñales.

Y se acercó a ella.

—... puñales para mis males...

Pero esta vez Encarnación no sonrió. Ni siquiera se mostró molesta. Por lo visto, se había vuelto inmune al poder de esas frases.

—Cómo has cambiado, Rodolfo —le dijo, zafándose de ese abrazo.

Durante las comidas con sus hermanas o en las reuniones que hacía Rodolfo con los políticos y empresarios involucrados en el negocio de alimentación y salud se limitaba a hablar de su casa y sus hijos, diciendo siempre a todos que todo estaba muy bien, muchas gracias. Y aunque ya tenía algún tiempo de estar convencida de lo contrario, pensaba que aceptar las cosas era, de algún modo, conjurarlas. Provocarlas, incluso. Nada estaba bien, nada en la vida del hombre medio típico era normal. Cada ritual, cada obligación, cada hábito con los que el hombre común y corriente comenzaba un día eran la vívida expresión de una manía. De un rasgo patológico y anormal. Levantarse con el timbre de un despertador, contra la voluntad, después de haber compartido la noche con un extraño que deja encendido el televisor, que se mueve, que ronca. Bañarse, lavarse, secarse, obligarse a estar despierto. Salir al ruido desquiciante de la calle, esquivando autos, pelearse por un lugar en el estacionamiento. Encerrarse ocho horas en una oficina, o en la casa, o dentro de sí mismo, haciendo acopio de resistencia, dispuesto a esconder cualquier emoción saboteadora. Y de todos los signos visibles de la normalidad el que más la inquietaba era el supuesto deleite que debía sentirse con la renuncia. La vida adulta estaba llena de todas las formas de privación imaginables, desde el mínimo derecho a no hacer nada hasta la evidente renuncia a la sensualidad. Y cuando ésta asomaba por detrás de un detalle nimio (desperezarse como una gata por las mañanas, oler una manzana antes de probarla, ponerse crema en el cuerpo, despacio) Rodolfo interpretaba esos gestos como la expresión inequívoca del deseo sexual. Y se reía. Juntad los cuerpos, creced y multiplicaos. Adán conoció a Eva tanto como el sentido bíblico dice que dos seres pueden conocerse. Pero ella no entendía cómo alguien pudo suponer que ésta era la forma más íntima de conocimiento, o la más completa o, incluso, la única forma deseable de aquella que estaba llamada a ser la compañera del hombre. Y menos, que esa absurda idea se perpetuara hasta el presente, es decir, hasta llegar a Rodolfo, su esposo. No; no la conocía. Aunque se supiera de memoria cada curva, cada arruga, cada centímetro de su cuerpo, no la conocía. En quince años de matrimonio había olfateado todos sus aromas; le había hecho el amor con gula, con pasión, en los buenos y en los malos días, con luz y sin ella, obligándola a conocer su cuerpo y aceptarlo, a amar sus pechos, sus nalgas redondas, generosas, su piel suavísima y sensible, sus muslos largos, juguetones. La había hecho gritar mil veces montada encima de él o recostada de espaldas en la orilla de la cama, la había hecho llorar de rabia, primero, y luego de alegría al mostrarle el placer puro de la entrega incondicional de cada orificio y cada saliente: axilas, ombligo, esfínter, labios, vagina, vulva y el culo, el prodigioso, oscuro, misterioso culo. Pero no la conocía. Porque a pesar de que era capaz de describir el tono exacto de sus pezones, el sabor de su vulva o el hundimiento de su ombligo, Rodolfo no podía faltar un solo domingo (tiempo expresamente destinado «a ella y los niños») a sus rituales: bañarse con agua fría, ir al frontón con Malagón y Manolo, ponerles una patiza o dejársela poner, comprar carnitas de cerdo y un poco de chicharrón, comer «en santa paz» (es decir, con tres cervezas) con la familia, ver Cine Permanencia Voluntaria en la televisión y quedarse dormido a la mitad de *El Cid*

Campeador o *¿Quo Vadis?* Simplemente estaba fuera de su esquema el pensar en quedarse una mañana en la cama, así, sin hacer nada, dejando ir las palabras y viendo cómo se enredaban alrededor del cuello de ella, en un mechón ansioso, indiscreto, de su pelo. Rodolfo sabía cuándo era su cumpleaños, conocía su talla exacta y el saldo de la cuenta de ahorros de su mujer, pero no entendía por qué pasaba tantas horas a solas ni por qué le gustaba leer o escuchar cosas que luego la hacían caer en estados de profunda tristeza. La conocía con los ojos y, tal vez, un poco, con las manos. Pero en sus conversaciones nocturnas ella había aprendido que esos sentidos revelan sólo aquella parte de las mujeres que son capaces de apreciar los hombres sin imaginación.

Estiró las piernas y se miró las pantorrillas enfundadas en las medias. Torció la boca, con desdén. Sin duda, el género masculino había ido sufriendo un visible deterioro. Antes de probar el fruto prohibido en el paraíso, Adán no podía distinguir entre fealdad y belleza. Los ojos y las manos eran instrumentos de medición inútiles porque no había criterios de moda y el gusto no estaba sujeto a un capricho ni limitado a una forma, un volumen o una edad. Por lo visto, el espectro de Adán había sido mucho más amplio: el primer hombre no sufría de racismo estético. Pero, pensó, incluso la pureza del amor del primer hombre se debía a una forma de ceguera. Adán amaba a Eva incondicionalmente porque no tenía un punto de comparación. Así que, ¿qué tanto podía valer el amor de un hombre como ése? Sin saber cómo, ni por qué, había llegado, aunque por distinta vía, a la misma conclusión del padre Luisito: todos los hombres son iguales.

Todos, menos Tobías.

En cuanto Rodolfo salía rumbo al trabajo, su hijo iba a metérsele en la cama como si todavía fuera un niño y no el manojo de nervios y piernas con pelo en que se iba convirtiendo; el resorte aquel de voz tipluda, el flaco dentro del que un día hubo un bebé de cuatro kilos y ochocientos gramos. Se mantenía quieto y callado, sin molestarla ni tocarla, respirando cerca de su oído.

A pesar de que Encarnación sospechaba que aquello no estaba bien, no se hacía al ánimo de obligarlo a dejar aquel juego. El juego de seguirla a todas partes. De espiarla al cambiarse, escondido en el vestidor. Un juego involuntario, por cierto. El pasatiempo de quien ha sido privado de estudiar, de estar con otros. La diversión del que nunca irá a fiestas, ni conocerá mujer. Condenado a observar. A estar al margen. El juego del santo en el exilio.

Sólo de vez en cuando, parecía cambiar de interés, como si gracias a un impulso más grande pudiera olvidarse por momentos de ella. Entonces, forzado por quién sabe qué órdenes misteriosas, iba a meterse en el despacho de su padre y se mantenía oculto detrás del sillón, a un palmo de su nuca. Observando.

Veía el lapicero de oro caer como un rayo sobre el talonario de cheques y clavarse en uno, con placer. Los ojos de papá como los de un águila, pendientes de las cifras, acechando aquello que salía del lapicero. Luego de un rato de sentirse acalorado, inquieto, de oír como un zumbido, un algo, el vuelo de una mosca inexistente, Rodolfo se daba vuelta y descubría a Tobías mirándole la nuca fascinado, como un Santo Tomás fraguando su utopía.

—¡Me lleva la chingada! ¡Encarnación! ¡Ya está otra vez tu hijo jodiéndome en el despacho!

Como si hubiera oído aquello que esperaba, Tobías salía al pasillo sonriendo. Ella lo veía andar hacia su cuarto con paso vacilante, igual que un Jesús sobre las aguas. Iba a sentarse en un rincón y comenzaba a rascarse. Realizaba su trabajo callado, persistentemente, hasta que los dedos iban tiñéndose de rojo.

—¡Déjate los pies, Tobías!

Pero él, extrañado, la miraba sin comprender.

A veces, cuando Aurelia lo descubría tirado en el pasillo o recargado en un muro del jardín, junto a la leña, como ido, iba corriendo a avisarle. ¿No habría bebido algo? ¿No andaría en malos pasos, inhalando lo que no? Y ella cómo iba a saber. O sí: claro que no. Claro que no hacía nada de eso y además si alguien tendría que saberlo era ella, Aurelia. Encarnación se desesperaba. Pues qué, no lo cuidas bien o qué. Y ahora era ella, Encarnación, la que empezaba a indagar. Cuándo era cuando más se rascaba. Cuándo pasaba de ser el nervioso para volverse el bulto ese, con los ojos vacíos. Tenía que hablar con el médico, otra vez, con Rodolfo, aunque tampoco iba a servirle de nada, ni siquiera la iba a escuchar. ¿Para qué hablar entonces? ¿Cómo explicar lo que no tiene remedio? Pero también: ¿cómo seguir viviendo sin esa explicación? Que se diera de santos. Ni modo. Al menos todavía lo podían sacar a un restaurante o al campo. Y a veces hasta a un hotel con jardines grandes, de vacaciones, aunque tuvieran que regresar al día siguiente. Al cine no, ni al boliche. Los lugares cerrados lo ponían nervioso. El ruido de las bolas pegando en la mesa, el simple chocar de los bolos lo hacía gritar. Las escenas violentas tampoco. O la música fuerte. Todo tenía que fluir tranquilo, sin ninguna forma de violencia. Y ella, como si nada. A reír y a cantar, que el mundo se va a acabar. Y el hijo gritando y maldiciendo, amenazando a la gente: ¡ya llegó el comunismo!, ¡la bomba de neutrones!, ¡la plaga del sida!, ya llegaron los gringos, a persignarse todos, que nos vienen a conquistar y nos faltan tres plagas más. A no ver la mueca inconforme de Rodolfo que había cambiado sus antiguos gustos por el placer de contar los ceros de su cuenta bancaria. Por hacer alianzas. Por irse de farra. Por la lencería joven.

Como no le era posible seguir viviendo en ese estado, decidió huir al único lugar donde le era posible refugiarse: ella misma. Y el resultado fue que comenzó a llenarse de obsesiones. Había creído que su deber era amar a Rodolfo por sobre todas las cosas, aunque hubiera dejado de amar las cosas hacía tiempo. Creía estar obligada a honrarlo y respetarlo, a entretener a sus visitas, a sonreír mucho en sus cenas y a no preguntarle a ninguno de sus invitados nada que pudiera hacerlos sentirse incómodos. Es decir: había creído que su deber de esposa era convertirse en el hada madrina dispuesta a adivinar los deseos de aquel a quien había decidido acompañar hasta la tumba. De pronto, empezó a sentir que llevaba siglos de ocuparse de todo, lo que toca y lo que no toca; de todo lo que representa una carga. Ver cómo Concepción, a sus quince años, no hacía sino ordenar cosas, hablar de telas, de muebles, vestida de señora. Y la mayor, Magdalena, fumar marihuana y acostarse con un hombre distinto un día sí y otro también. Y al Nene, tan parecido al papá que, bueno... qué se podía esperar del Nene.

Y todo ello mientras Rodolfo se convertía en un fantasma que habitaba un país llamado «citas de negocios». Estaba fastidiada de pasar semanas pensando si era mejor llevar a Tobías a otro médico o medicarlo ella misma, si debía internarlo, si serviría de algo, si era mejor rebelarse o aceptar su cruz. Tanto se le había cerrado el mundo que una tarde Aurelia la encontró llorando no por Tobías ni Rodolfo; no porque sus hijas hubieran decidido hacer sus vidas, ignorantes de todo lo que no fuera ellas mismas, como aconsejadas por una fuerza que las llevaba a sobrevivir, pese a sus padres, ni porque el Nene fuera un ser del que no le interesaba saber nada, ni siquiera el porqué de su desinterés. Lloraba porque no sabía si era mejor hacer un hojaldre o pechugas rellenas para la reunión con las damas del Club de Leones. Ya no sabía nada, ya no quería nada. Todo y nada valían igual. Es decir: se le olvidó cómo saber.

Vencida, decidió que la situación la rebasaba y se resignó:

—En tus manos encomiendo mi espíritu —dijo, sin saber bien a quién se dirigía.

Y como las cosas nunca llegan cuando uno las pide sino cuando el Señor dispone, esa noche, durante la cena, se operó el milagro. O pareció haberse operado. Súbitamente, lo difícil se tornó fácil y los problemas comenzaron a resolverse con tan sólo pronunciar las dos palabras más grandes con que cuenta un ser humano en los momentos de absoluta angustia: «No sé.» «¿Por qué está siempre tu marido de malas?» No sé. «¿Con qué cuchara se va a servir el espaguetti?» No sé. «¿Dónde va tu hija Magdalena por las noches? ¿Con quién anda?» No sé. «¿Por qué es así Tobías?» No sé. No tengo la menor idea, deveras. Y lo mejor del caso fue descubrir que esas palabras guardaban detrás otras casi mejores: no me interesa saber.

Todo habría fluido a las mil maravillas si a la mujer de Aarón Petrides, Anita Ulloa de Petrides, no se le hubiera ocurrido sugerir que Magdalena y Conchita Martínez del Hoyo fueran las jóvenes encargadas, ese año, de organizar la confirmación anual para las huérfanas, que gracias a la intervención de Miss Hotscotch, la maestra de clásicos, que era muy amante de la cultura, irían vestidas con el hábito de las jerónimas, como nuestra Décima Musa.

Cada año, las alumnas de preparatoria del Colegio Oxford «ayudaban» a hacer la confirmación a las niñas prosélitas del dispensario Eduardo de la Peza, una suerte de galerón rodeado de unos cuantos cubículos olorosos a orines y desinfectante, que quedaba a unos pasos de la escuela, en una colonia proletaria que se veía desde los salones.

—Mil veces gastar el dinero en esas huérfanas que dárselo a los rateros del gobierno como impuestos —fue la frase con que Anita concluyó su argumento.

—Ya tu marido nos dio el sí —dijo Maricarmen Lavalle, la mujer de Onofrio Lavalle, el dueño de las galletas Cuéndara, en un tono de suficiencia que terminó de sacar a Encarnación de sus casillas.

No dijo ni sí ni no. No sé. De verdad, no sé. Con todo el encanto de sus treinta y tantos años. Con la gracia del Espíritu Santo, que en esos momentos la cubría. Y entonces, sin dejar su copa, sin quitar la sonrisa, hecha una furia, cuidando de no falsearse un tobillo con un mal paso, se dirigió a donde estaba Rodolfo, departiendo feliz entre los representantes de la Bimbo.

Su marido escanciaba las copas de quienes estaban reunidos en torno a la cantina y les explicaba las diferencias entre el Chinguirongo, que es tequila con Coca-cola y el Charro Negro, que es tequila con limón y Coca-cola. Luis Bernardo Arias (accionista mayoritario) y José Luis Rentana, dueño de la ICAM (Industriales de la Construcción Mexicana), trataban de convencer a De la Fuente, subsecretario de Hacienda y Crédito Público, de las futuras consecuencias de una pésima maniobra que éste insistía en hacer. Según De la Fuente, su propuesta implicaba un ahorro en materiales que simplificaría las cosas y les traería increíbles dividendos; según Rentana, el costo social iba a ser altísimo, porque estando en zona sísmica al menor soplido se les iba a caer el negocio con todo y edificio. De la Fuente no oía; Rentana lo escuchaba y asentía, sonriendo. Sin perder el estilo, Rentana se acercó a Rodolfo y le dijo al oído, refiriéndose a De la Fuente:

—Estos priístas son como los conejos.

—Cómo, tú.

—Miseriosos y pendejos.

Y ambos soltaron la carcajada. Rodolfo iba a cantar de nuevo «Los Peces en el Río» para que Manolo escanciara cuando llegara aquello de «beben y beben y vuelven a beber», pero alguien los interrumpió:

—No quiero organizar la confirmación de las huérfanas del dispensario.

Rodolfo sonrió a su mujer torciendo la boca y la disculpó antes de retirarse con ella a un rincón.

—¿Y ahora qué te pasa? —le dijo.

—*Me pasa* que no pienso comprar ciento veinte metros de cabeza de indio ni preparar trescientos cincuenta tamales.

—Ay, Encarnación, qué delicada. Pareces jarrito de Tlaquepaque: cuando no te rompes, te quiebras.

—Claro, para ti es muy fácil...

—A ver Güera, mírame a los ojos.

Encarnación miró hacia otro lado.

—Que me mires, te estoy diciendo.

Rodolfo juntó las manos, en posición de orar, y puso cara de angelito.

—Hazlo por la salvación de esas pobres almas —suplicó, haciendo un puchero.

—¿Y desde cuándo te preocupas de la formación espiritual de los demás? ¿No dijiste que eras masón?

Rodolfo soltó la carcajada.

—¿Quién te dijo eso?

—Tú mismo, cuando entraste al partido. Dijiste que todos los miembros del partido eran masones.

—Ay, Encarnación, todo lo enredas.

—¿Y no será más bien que tú todo lo olvidas? —dijo ella.

Rodolfo tomó aire. Empezó a contar... uno... dos...

—Mira —dijo por fin, exhalando—. Que tenga buena memoria no significa que la use para darme de palos con ella.

Encarnación pensó en las veces en que había tratado de incluir a Rodolfo en lo que creía un problema común, un proyecto común, un compromiso que ella suponía adquirido por ambos. Al viejo hábito de Rodolfo, cada vez que surgía un conflicto, de hacerla sentir que *ella* tenía algún problema —«¡eres taan complicada!»— se sumaba ahora el recuerdo de la respuesta de Anita Petrides cuando, ante su ocurrencia, había dicho que ya que iba a tener que encargarse de confirmar a las huérfanas tendrían que hacerlo también con su hijo Tobías, puesto que ya casi tenía dieciocho años y tampoco había hecho la confirmación.

—Ay, Encarnación, qué cosas se te ocurren —dijo

Anita en tono burlón—. Para confirmarse hay que estar en su sano juicio.

—¡Que el juicio de mi hijo no sea el de los otros no significa que no lo tenga! —había respondido ella, sólo que Anita ya se había ido con Jacqueline Pérez de Cuéllar y con doña Lala Abud, la mamá de los comerciantes de telas, y no la oyó.

Y fue a hablar con Rodolfo.

Pero ahora, él mismo parecía estar en su contra. El milagro que antes imaginó sentir parecía haberse esfumado. Vencida, apeló a un último recurso.

—Rodolfo —le suplicó, mirándolo a los ojos—: mira, ponte en mi lugar.

—Qué más quisiera, Güera —dijo, mirándole el trasero.

Encarnación miró hacia arriba, sin encontrar más compañía que la de un trozo de tirol a medio desprender.

—No tiene remedio —confirmó.

Luego bajó los ojos poco a poco, hasta fijarlos en las volutas de humo de cigarro de quienes, copa en mano, decidían los destinos de la nación. Ésa fue la última vez en que habló, o intentó hacerlo, con la cruz.

He aquí una cosa que Encarnación nunca entendió: por qué, si odiaba tanto a Rodolfo, al día siguiente de haber hecho el amor con él se sentía con ganas de cantar con el mismo entusiasmo de Santa Clara entonando una jaculatoria. Tal vez porque tenía una lengua rápida. Lo mismo para embaucar políticos que para reblandecer voluntades femeninas. Tal vez porque no era sólo la lengua. Por extraño que pareciera, cuando menos se entendían en lo habitual más se acoplaban en otros ámbitos. Una forma de iluminación fugaz e insólita. Un modo de compenetración, tras tantos años de estar juntos, que no era normal. Y justo este carácter inédito, inexplicable, era lo que la hacía sentirse ligera. A punto de levitar. Iba de las recámaras al jardín y de ahí a la cocina y aunque todo estaba tal como lo había dejado las cosas parecían más brillantes, el aire más puro, la sal más blanca. Había tenido una revelación. Quizá se tratara de un error, de acuerdo. Una falsa percepción. Una verdad gestada en el sueño y acomodada después, de modo equívoco, en la vigilia. La razón genera monstruos. Y es difícil saber si la criatura recién gestada es producto del sueño o de la vigilia.

Y es que se le había metido entre ceja y ceja la idea de conocer más a fondo a Fito Martínez del Hoyo, su marido. A partir de ese momento, renunciaba a ser su esposa. Quiso volverse su cómplice, su guía espiritual, la razón de su existencia. Y como la razón de existir de Fito eran las cifras, se volvió su contadora. Tal vez ayudar a aquel hombre a incrementar su patrimonio fuera el camino ideal para conocerse de un modo que no podían vislumbrar; para amarse y respetarse. Insondables son los caminos del Señor.

Empezó por aprender el lenguaje turbio y hermético con que se comunican las verdades trascendentes en los negocios. Se aplicó a la tarea de desentrañar el sentido oculto de frases cifradas como en las Santas Escrituras.

Lo primero que hizo fue averiguar en qué consistía «el pago de aranceles por concepto de permisos por obtención de patentes». Supo que en el último mes su marido había cobrado una cantidad que los dueños de las patentes en cuestión no podrían hacer efectiva ni aunque vivieran mil años. Supo que aun cuando no tendrían ninguna posibilidad de comercializarse, todas las invenciones registradas en la *Gaceta de Marcas* debían pagar una cuota adicional «por investigación de estudio y trámites inherentes». Se enteró de que el sueldo de Aurelia de los últimos meses lo habían pagado con la aprobación de los proyectos de dos mexicanos que, cada cual a su modo, contribuían a entrar de lleno y para siempre en la modernidad, a saber: uno, la exención de impuestos sobre el azúcar a refresqueras no nacionales; y dos, la importación del filtro de agua a base de piedra con carbodur al 85% y permutita al 15%, originalmente atribuido a una mexicana y perfeccionado en Estados Unidos, cuya venta y distribución estaría a cargo de Purificadora de Aguas S.A. de C.V., una filial de la planta. Supo que la colegiatura anual de las escuelas del nene, de Conchita y Magdalena había surgido por otra vía: una «iguala» obtenida por conseguir la baja en el pago de cuotas «de bajo riesgo» en el Seguro Social por parte de la empresa Altos Hornos de México, una de las más riesgosas del país. También a través de su minuciosa aplicación aprendió que la clase de sueldo que recibía su marido se llamaba «prebendas». Por último, se enteró de que la mayor parte de los ingresos con que contaban provenía de la habilidad de Rodolfo para negociar con empresarios norteamericanos dispuestos a vender franquicias a clientes conseguidos, «estudiados» y aprobados por él. Pero lo mejor de este aprendizaje fue que su fuente principal de información no fue Rodolfo, sino alguien que estaba destinado a convertirse en su ángel de la guarda, cómplice extraordinario y báculo de sus continuos tropiezos: una mujer.

Desde los tiempos en que Cleopatra conspiraba con Marco Antonio las mujeres se habían entrenado acuciosamente hasta perfeccionarse en las sutiles artes del espionaje. Mentira que no fueran luego capaces de guardar la información obtenida. Encarnación había oído mil veces aquello de que una mujer era incapaz de guardar un secreto. Pero que tratara un marido celoso de arrancarle a su esposa el nombre de su amante. O una mujer de obtener de otra un secreto de belleza. Más fácil era vaciar el mar con una concha. Lo que a ella le ocurrió, más bien, fue buena suerte. No sólo había logrado obtener la información de primera mano sobre la súbita prosperidad económica de su esposo, sino que junto con ella recibió un curso de espabilamiento gratis. Y todo de boca de una mujer.

Refugio Bedolla era la encargada de registrar los pagos de las cuotas obrero-patronales al Seguro Social. Era madre de tres hijos de tres diferentes señores y se había dejado embarazar de cada uno en aquel momento de la pasión en que, ya en la cama, el hombre le dice a la mujer que un hijo es el mayor regalo que una mujer puede hacerle. Desgraciadamente, había entendido demasiado tarde que hay frases que no significan lo que dicen, es decir, ocho segundos y medio después de que la potencia amatoria se ha consumado en acto. Y como el hombre es el único animal que tropieza dos veces con la misma piedra, y Cuquita Bedolla era especialista en tropezones, tres veces se enamoró, tres veces creyó y tres veces fue pasada por la piedra. Por la misma piedra.

Su trabajo consistía en buscar en innumerables folios el número de bimestres por pagar, fijar el monto de las cuotas, hacer el cálculo de recargos y actualizaciones que en su caso estaban obligados los patrones a cubrir por el pago de un servicio de salud del que más les valía a sus empleados no tener que hacer uso. La parte más minuciosa del trabajo de Cuquita consistía en constatar la fidelidad de los datos registrados en la sección de pagos hechos al Seguro Social. Y como era experta en infidelidades, siempre se las arreglaba para encontrar alguna cosa chueca, para descubrir un mal paso y advertir al patrón incumplido de la cuota que debía endosarle a ella, Srta. Refugio Bedolla García, por hacerse de la vista gorda. Porque para la ley y para su propio sentido de la justicia, seguía siendo señorita.

A Encarnación le maravillaba el optimismo de Cuquita para afrontar cualquier situación. «En este mundo todo tiene arreglo», era su lema, y aunque esta frase parecía encerrar una lección general de vida, Cuquita se refería, más bien, a que todo o casi todo problema en una dependencia pública puede solucionarse con dinero. «Todo, menos la muerte», aclaraba muy seria.

Al principio, Encarnación se sorprendió de que Rodolfo tuviera tratos con una mujer así y que no sólo se citara con Cuquita para arreglar los asuntos entre sus empleados del laboratorio y el Seguro Social, sino que la invitara a algunas de las cenas en su casa a donde también iban quienes estaban obligados a «arreglarse» con Cuquita debido a la evasión en el pago de algunas cuotas. De aquellas igualas, Cuca sacaba para comprarles a sus hijos la lonchera de moda, los cuadernos escolares con ilustraciones japonesas, los tenis con foquitos que se encienden al caminar.

—Lo que los hombres nos quitan con la mano derecha, Dios nos lo devuelve con la izquierda —le explicaba Cuquita, sin perder su buen humor.

Muy pronto, casi de inmediato, Cuquita entró en

confianza con Encarnación. No tuvo ningún pudor pero tampoco ningún miramiento para ponerla al tanto de cuanto ella quiso saber sobre Rodolfo, no sólo en cuestiones de pagos y fraudes al Seguro Social por parte de su empresa y de otras que subcontrataba, sino también en lo que tenía que ver con las distintas formas de «arreglo» de su esposo con la Secretaría de Hacienda en relación con empresas demandadas por evasión fiscal. Lo del azúcar subvencionada de las dulceras y refresqueras que Rodolfo conseguía mediante un módico pago mensual; lo del préstamo de nombres en el registro de empresas. Cuquita estaba en todo, lo sabía todo. No había uno solo de los invitados a casa de Encarnación al que no le supiera algo y, por lo tanto, al que no tuviera cola que pisarle.

—Fíjate, lo que es la vida... —le decía Cuquita, en las ocasiones en que se ponía nostálgica— de los únicos hombres de los que no sé nada es de los padres de mis hijos. No sé ni en qué andan ni con quién viven. Segurito que se los tragó la tierra.

Y al decir esto esgrimía una risita enigmática, como si ella misma hubiera dado la orden a la tierra de que se abriera.

Cuquita tenía el hábito de reducirles el nombre a todos los señores con los que trataba. Podía estar en una junta en Tribunales o en su oficina hablando lo mismo con un obrero afiliado al IMSS que con el dueño de la ICAM, que no hacía distinciones. El director del IMSS, Juan García-Benavides, era Juanito, lo mismo que el líder sindical, Guadalupe Guevara, Lupito. Doña Carmen, la esposa del presidente, era Carmencita, y Paco era, por supuesto, el mismísimo primer mandatario. El afán de reducirle el nombre al mundo no se debía a un capricho, sino a una razón bien fundada que encantaba a las esposas de aquellos con quienes Cuca trataba:

—Un hombre jamás se acuesta con una mujer que es capaz de reducirle el nombre —decía, convencida.

A lo que don Guadalupe, amigo personal del antiguo lechero Uriel Velázquez y orgulloso afiliado a la CROC, transformado ya para siempre en Lupito, le respondía, mirándole lomas y valles de carne:

—No se fíe, Cuquita. Habiendo modo y lugar, no digo el nombre. Algunos perdemos con gusto hasta el apellido.

Cuquita había sido vendedora ambulante, de las «coyotas». Luego tuvo un puesto en La Merced en donde fue «introductora de verduras»; como ella llamaba a su oficio. De ahí pasó a ser lideresa sindical y finalmente un licenciado le consiguió una plaza de base en el Seguro, a cambio de que ella le tramitara, entre otras cosas, la autorización de un permiso en La Merced para poner una bodega. A fuerza de tesón y ganas, había logrado subir a Oficial en la mesa de emisiones; consiguió mantenerse en su puesto aferrada de las uñas, y ahora era Jefa de Aclaraciones y Ajustes en los servicios de Tesorería.

—Ganaba mucho más de «coyota» que de «cobrona» —explicaba, riendo—, pero, licenciado, aquello no era vida. Sobre todo por mis hijos. ¿Qué respeto podían tenerle a una madre que anda todo el día de mitotera, agarrándose de las greñas de quien se le ponga enfrente?

A la sorpresa inicial de Encarnación cuando vio a Cuquita en una de las cenas en su casa, con aquella facha y hablándole de tú como si hubieran estudiado juntas, se sumó después un respeto por quien se partía el alma por mantener a sus hijos y a diferencia de las damas del Club de Leones y las de los Rotarios, cuyo ideal en la vida era que sus hijos agarraran buen hueso dentro del partido, el de Cuquita era darles estudios «para que no fueran en la vida lo que ella había tenido que ser».

Salvo a Rodolfo, al médico y al padre Luisito, Encarnación no le había hablado a nadie más con franqueza del problema de Tobías. Cuquita no la trataba como una tonta o una lunática, ni la oía nada más como quien oye llover. Y, sobre todo: no la juzgaba. La escuchaba con atención, como si de eso dependiera la curación de Tobías, y al terminar, le decía:

—¿Ya probaste darle té de damiana? Yo creo que le caería muy bien.

—¿Tú crees? —preguntaba Encarnación, como queriéndose asir del último clavo.

—Pues claro. Si ese muchacho está enfermo de espanto.

—Pero, ¿espanto de qué?

—Ay amiga, deveras que me sorprendes. Pues cómo que de qué. Del mundo.

Otros días, Cuquita nada más oía a Encarnación quejarse durante horas y horas, culpándose del destino que tenía y explicándose, a través de éste, la enfermedad de su hijo.

Después que Encarnación terminaba con aquel monólogo, Cuquita le extendía una estampa de San Romano, santo de los frenéticos y apretándole la mano le decía:

—Resignación, amiga.

Junto con las conversaciones, Cuquita comenzó a darle otra clase de consuelos. Le enseñó a curarse la pena con tamalitos, buñuelos, camote con leche y piña que le llevaba cuando iba de visita. Y como Cuquita también parecía hacerse muy buena compañía con Encarnación, que a diferencia de sus compañeras de trabajo ni peleaba ni competía con ella y como se sentía tan halagada de ser recibida como amiga en casa de los Martínez del Hoyo, le enseñó un mundo que no conocía. La llevó a botanear al Salón Corona y a los tacos Beatriz; a las enfrijoladas de La Fonda Las Delicias y a comer pozole y buñuelos con miel de puesto blanco; le hizo el hábito de empezar las comidas con un tequilita o un mezcal, y a pasar las tardes en que Cuquita pedía incapacidad en el Seguro bebiendo café y bisquets en Sanborn's o comiendo en su casa plátanos asados del carro de camotes. Al oír el sonido triste del silbato, Encarnación comenzaba a llorar.

—No eches lagrimita, amiga, ya ni te acuerdes. Mira, mejor dile a tu muchacha que nos suba unos limones, unos tequilitas y algo de botana. Las penas con pan son menos.

—No, si ahora no estoy llorando por Tobías sino por mí, dijo Encarnación.

—¿Y eso por qué?

—Pues porque él, a su modo, es feliz. Es feliz porque no se da cuenta de lo que le pasa.

—Y entonces, ¿para qué te afliges?

—Porque yo creo que nos afligimos de lo que, aunque entendamos, no podemos cambiar.

—Ay, amiga. Ahora sí que no te entendí nada.

—No te apures, Cuquita. Últimamente yo ya tampoco me entiendo.

Al principio, Encarnación se dejaba llevar por estas excéntricas formas de consuelo. Pero poco a poco comenzó a darse cuenta de que esos remedios la habían curado de no entrar en sus trajes. Se sentía en las faldas como un chile relleno; los botones de la blusa amenazaban con matar de un tiro a quien se le pusiera enfrente. Probó hacer dieta. La de la luna llena, la de las proteínas líquidas, la de los cuida kilos, la del ejército sueco, la de sólo plátanos y sólo piña, la de plátanos, piña y queso. Pero bastaba con ver a Tobías entrar en aquellas crisis espasmódicas, de esa como rabia nerviosa detrás de la que no quedaba ningún recuerdo ni había una intención de violencia pero que lo obligaba a arremeter contra un mundo que no obedecía a su furor, para que le viniera una necesidad irrefrenable de piñones o unas ansias furiosas de llenarse el estómago de chocolates.

Rodolfo, que hacía meses que no la tocaba, llegó una noche menos distraído que de costumbre, y extendiendo un brazo hacia Encarnación, le dijo:

—Ay, Güera, ya se me había olvidado que tienes lo que tienes.

Pero a ella la ropa comenzó a demostrarle que lo que tenía, lo tenía de más. Al principio, trató de no darle importancia, de concentrar sus horas en la rumia de un problema global: su vida. Pensaba en sí misma como en una nube ligera, lejana a todas las mezquindades, a toda la pesadez del mundo; como un plumón de cisne, dejándose llevar cada vez más lejos por el viento. Pero el día en que no entró en un par de pantalones y comprobó que con la falda de tablas parecía piñata, comenzó a preocuparse por su peso. Es decir: comenzó a sentir una aflicción muy grande por no entrar en la ropa, por la pesadez que sentía al subir las escaleras, por todo menos por su forma de comer. A la necesidad inicial de llevarse algo dulce a la boca se añadió la de tener el estómago repleto. La sensación de paz que le llegaba después de engullir una bolsa de mazapanes cubiertos hacía apenas tolerable la ausencia de Rodolfo y su tedio, y su abandono, y la visión de Tobías atónito y sangrante, como mártir del Gólgota. Las hijas, ocupadas en sus propios menesteres o tal vez fastidiadas de divertirse a costa del hermano, se habían reconcentrado en el desarrollo de sus cuerpos. Se medían el busto hasta dos veces por día, se ponían ajo para que les crecieran las uñas, se compraban barnices de colores y se pintaban catarinas y caras sonrientes en las uñas de los pies. Y el Nene, un junior que hacía equitación y seguía los pasos del padre, a Dios gracias, se había vuelto propiedad casi exclusiva de Aurelia. ¿De qué le servía tener una posición desahogada, una vida cómoda, si ninguna de estas dos cosas bastaba para ver el mundo con la simpleza con que lo veía Cuquita? Encarnación la escuchaba hablar de sus problemas con tal ligereza que, a veces, sin saber por qué, le entraba un desánimo muy grande, un fastidio de estar a su lado, de salir con ella, y si Cuquita se le presentaba de improviso, ella se pasaba la tarde mirando el reloj de péndulo, esperando que el tiempo transcurriera aprisa y terminara pronto aquella visita.

Un día, luego de escucharla quejarse durante horas, Cuquita invitó a Encarnación a hacerse una limpia. Decidió que el problema tenía que ver con una salazón muy grande, producto, tal vez, de algún karma o un mal de ojo, y la llevó con una especialista en curas. Después de pasarle varias veces una rama de romero y laurel por el cuerpo dándole unos golpes con el manojo de cuando en cuando, la mujer le pidió un trozo de ropa y enseguida abrió un huevo crudo que salió renegrido y con pelos. Le explicó que su aura estaba muy sucia. Le aconsejó poner un vaso de agua simple a serenar y le cobró cien pesos.

Tres días después le mandó té de doce flores para tomarlo como agua de uso y le aclaró que contenía: té de manita, de azahar, de tila, de toronjil, de anís y de pasiflora. Un mes más tarde, Cuquita llevó a Encarnación con el profesor Serafín, quien tras cobrarle otros ciento cincuenta pesos, juzgó conveniente enredar unos trozos de cobre en la muñeca del enfermo, envueltos en unas vendas con yodo que lo hacían ver como un suicida al que se le hubiera frustrado el intento. Junto con el cobre ordenó ponerle unas plantillas y un cinturón «magnético», que también él le vendió, y le pidió a Encarnación que trajera a su hijo en quince días para estar al tanto de sus progresos. Poco a poco, y mediante una cantidad considerable, fue enviándole por mediación de Cuquita todo un equipo de salvamento. Una piedra de ónix para la «concentrancia», una planta de sábila con listones rojos contra el mal de ojo y un cuarzo al pecho del enfermo, que nadie debía tocar. Las vibraciones emitidas trastornaban el ritmo cardiaco, hacían variar el pulso, obligaban al cuerpo a invertir sus flujos, convertían la diástole en sístole y hacían de la sístole, diástole y, sobre todo, enviaban unos como efluvios al cerebro y unas como pulsaciones que llegaban puntuales y espasmódicas en epifánicas oleadas y cambiaban el curso de las transmisiones cerebrales a tal punto que hacían de la brutalidad, concordia, y de los pensamientos turbios, luz.

Para lograr un efecto mayor, Encarnación tomó cursos de escatología, que no quiere decir lo que parece y que bien pensado podría ser asqueroso, sino que es, más bien, el estudio de lo último. Lo último en lo que pensamos, lo último que deseamos, lo último que se nos viene a la mente antes de dormir, que nunca puede ser una idea del tipo de «este hijo mío se va a morir sin mí» o, más concretamente, «va a acabar solo» o «en la calle», porque si se piensan estas ideas se provocan. Se convocan. Ocurren, simplemente, porque el mundo es lo que uno piensa, y el ser humano, lo que come. En alimentos del cuerpo, pero también del alma. Nos guste o no, esto es la vida. Aunque la vida también, según pudo informarse Encarnación, es un castigo. Una puñalada trapera que llega cuando menos se la espera y por donde uno ni se imagina. Una cosa ruin, una mala broma. La vida es una tómbola. Uno ingresa con un boleto de a veinte pesos y se saca, invariablemente, un regalo de a cinco. Pero, sobre todo, la vida es mente y la mente, mundo. Todo tiene que ver con lo que uno piensa, y lo que uno piensa, es todo. No escuchar a los hijos produce sordera, y en cuanto al adulterio, cáncer. El egoísmo provoca artritis y los malos pensamientos, embolia. Y aunque Encarnación se aplicó a la tarea de entender de dónde le podría venir lo de Tobías, castigo de qué o por qué o con qué curarlo, un hijo loco, un joven de bigote que grita por las calles: «disculpe, señora, ¿su perro es un Chou chou?» y se muere de la risa aunque no haya perro, ni haya señora, ni mucho menos razón de gritar o de reírse, y luego suelta un sinfín de insultos, mostrando las coronas molares como si con ese oro se burlara del mundo, de la paz y la cordura, y de la armonía humanas, pero sobre todo, como si quisiera burlarse de su madre que camina al lado de él inquieta, resignada y mustia, como niña expósita, por más que pensaba y repensaba el asunto no pudo encontrar el cuándo ni el porqué de tanto horror. ¿Qué hiciste mal, Encarnación?

Concéntrate. Piensa. Qué hiciste o qué no hiciste o qué estás haciendo mal. Porque si uno hacía crecer las células desordenadamente y las ponía a pelear unas con otras; porque si uno era capaz de hacer surgir de lo más recóndito de un cuerpo sano células malignas, desquiciadas, cancerosas; uno era entonces capaz de hacer de un hijo bueno y sano un perfecto imbécil, una suerte de Laocoonte capaz, a su vez, como esas células, de devorar a su propia madre convertida en hija.

Después de estas jornadas de saneamiento Encarnación acababa exhausta, deprimida, odiando a la humanidad, a sí misma y, sobre todo, a Cuquita.

Algo dentro de ella se resistía a creer que el mundo fuera tan plano, tan mecánico. Escuchaba aquellas cátedras plagadas de culpas y consejos, aquellas conferencias sobre saneamiento interior donde acudían miles al llamado de un perdón abstracto, cuyas causas se desconocían, y sentía que lejos de obtener la paz y comunión ansiadas se iba produciendo en ella un desapego del mundo que la iba separando de él.

A veces suspendía la lectura de *Yo estoy bien, tú estás bien, y los demás, mejor* y pensaba: si Rodolfo hubiera querido compartir con ella aquel malestar, si su mirada hubiera venido al encuentro de sus pensamientos en vez de acudir a su propia sordera, una repentina alegría interior, un atisbo de salud mental hubieran emanado entonces de su corazón enfermo de extrañeza del mundo. Pero cómo iba a acudir si no entendía nada, no escuchaba nada. Estaba tan metido en su persona que se hubiera extrañado de saber que fuera de sí mismo había un universo con árboles y autos y gente caminando por la calle.

A pesar de todo y dejándose guiar por las últimas

verdades contenidas en *Ejército de sanación interior*, el manual de autoayuda de su más reciente adquisición, Encarnación se propuso ejercer de enfermera del espíritu perdido de su esposo. Comenzó por recomendarle que se miraran juntos al espejo todas las noches, antes de dormir, y que repitieran, tomados de la mano, «Somos bellos, somos perfectos, y éste es el mejor día de la creación». Después le pidió que tratara de perdonar a aquellos contra los que tenía algún rencor, a quienes les debiera algo, pero Rodolfo, fastidiado de buscar y no encontrar a quién perdonar, le decía bostezando que a la única que debía perdonarle algo era a ella y que ya lo dejara dormir en paz. Ya imbuida en su papel de Cruz Roja del alma, ella insistía: era natural reaccionar de esa manera al principio. Todos tenemos miedo de enfrentarnos con nosotros mismos. Lo animaba a que buscara con honradez dentro de su corazón, usando el tono de voz más cadencioso, en que ahondara dentro de sí... sólo para comprobar que hacía tiempo que su marido ya roncaba feliz entregado a los brazos de Morfeo. Y así, tras haber intentado rascar en la mina vacía de la razón sin encontrar ni un último filón, llegó a convencerse de que bien se llamara Amor, Dios o Fuerza Interior, y así acudiera ella a buscar ese tesoro en un marido, una cruz o un manual de autoayuda las piedras preciosas de esas doctrinas eran cuentas de vidrio que siempre acababan estrellándose en el fondo del mismo pozo.

Un jueves, a las cinco en punto de la tarde, cuando se proponía explicarle a Cuquita los motivos que tenía para abandonar sus cursos de escatología y sanación, le llegó un anónimo. Con letras recortadas del periódico le informaban que hacía tiempo que su marido andaba de amante con la encargada de cobrar las cuotas de los afiliados al IMSS. El anónimo alcanzaba a explicar que juntos habían hecho negocios a costa de la institución y contenía la hora y las señas del departamento donde ambos se daban cita.

«Nuestra mente es el mundo y tú eres lo que piensas», recordó, y luego, sin pensar, pensó: para mí estás muerto.

Y se sintió feliz de pensar, contra su intuición, que uno no es más que energía y que el pensamiento homicida es ya un acto, porque al fin, tarde o temprano, uno provoca lo que piensa.

Las palabras de aquel anónimo se quedaron grabadas para siempre en su conciencia y empezaron a perseguirla como una mariposa nocturna empeñada en acribillarla a aletazos durante el sueño. ¿Para qué constatar un hecho que ha quedado incrustado en nuestra mente pese a nuestra voluntad? ¿Y qué sentido tenía obligar a Rodolfo a decir lo que ella necesitaba que le dijera? Lo que aprendemos de memoria es inalienable. Nadie puede arrancarnos el significado profundo de las palabras que aunque no entendamos, que aunque seamos incapaces de creer, forman ya parte de nosotros y nos recorren, como la savia a las plantas. Por mucho que Rodolfo lo negara, el daño ya estaba hecho.

Y no lo negó, por cierto.

No lo negó porque ella nunca le dio la oportunidad de saber por qué no tenía fuerzas de levantarse de la cama, de acompañar a sus hijos a la mesa, por qué una vez que el Nene se acercó —para no variar— a pedirle dinero, ella le aventó el despertador y lo miró tropezar y caerse y luego llamó a gritos a Magdalena y a Concha y les dijo que había sorprendido a su hermano queriéndola robar. No entendía por qué había actuado así, primero con el menor, luego con los otros; no entendía por qué ya le daba igual que Tobías se volviera un autista, un asesino de masas o un anacoreta del Metro.

Se pasaba la mañana en pijama, echada en un sillón, sin hacer nada, sin tener fuerzas de pensar ya en nada, saboreando el placer de su debilidad, mirando cómo iba invadiéndola el vacío y complaciéndose en su falta de voluntad para impedirle el paso. Allí quería instalarse, en la antesala de la vida, al margen de cualquier acontecimiento que pudiera hacerla sentirse viva y, por lo tanto, muerta. ¡Cuánto dolía el mundo, Dios! Cualquier contacto con él, cualquier posibilidad de entrega, terminaban en la sensación de haber sido víctima de un gran fraude. Había pasado la mayor parte de su tiempo tratando de enamorar a la vida y ella, como una mujer histérica, le había hecho abrigar esperanzas tan sólo para solazarse, más tarde, viéndola darse de topes con su negativa.

Pensó en Rodolfo; en Tobías; en las hijas que vinieron más tarde y el hijo que vino después. Pensó en su padre, siempre metido en sus libros y en sus cosas, y en el amor limpio y desinteresado que había estado esperando siempre y que ahora yacía en el fondo de su corazón como Nostradamus, dispuesto a ejercer su maldición desde la cripta.

Estaba sola.

Las horas transcurrían lentas, del sillón a la cama y de la cama a un sofá, sin posibilidad de calentar asiento ni de impulsar su cuerpo a la acción, obligada a un rondín absurdo que la hacía abandonar su estado letárgico para ir a la cocina por un vaso que no había querido pedirle a Aurelia. Empezó a beber. Se volvió una maestra del simulacro. Pensaba en Rodolfo como si fuera ella misma y una sonrisa amarga transformaba sus labios: sin duda, él no hubiera tenido que hacer lo que ella, a escondidas. Los hombres suelen asumir sus vicios, su frustración, como si la culpa fuera de los otros. Beben ante los demás sin preocuparse, gritan, dan rienda suelta a la rabia como quien inflige un justo castigo a los que se ven obligados a soportar las consecuencias de sus desmanes. Ella, en cambio, estaba obligada a vivir lo que hacía como un motivo de vergüenza más, como una más de sus culpas y, sobre todo, como otra evidencia del fracaso.

Todavía recordaba aquel sábado en Cuernavaca, en pleno cumpleaños de Rodolfo, cuando a éste se le pasaron las copas y se cayó a la alberca. Y cuando todos pensaban que iba a congestionarse, luego de angustiosos segundos de espera, fue surgiendo por fin con los lentes rotos, Fito, Rodolfito, el GRAN RODOLFO, y como si fuera el monstruo de Loch Ness, emergió de las profundidades abisales del chapoteadero y empezó a perseguir a las sobrinas y a una amiga suya, a la que apodaba La Sueca. Corría detrás de ellas, empapado, tentando el aire como un ciego, y cuando por fin alcanzaba a alguna se ponía a abrazarla y le sacudía el pelo en la cara, en los senos, la apretaba muy fuerte con el cuento de querer empaparla.

En cambio ella se había iniciado a solas, con el rigor y la discreción de un asceta, por las mañanas, mientras los hijos estaban en la escuela. Lo hacía despacio, mirando al frente, sin un asomo de placer, como si el líquido que bebía a tragos cortos no fuera más que agua.

Y luego de un sueño largo e intranquilo se levantaba a las siete, antes que él llegara, se bañaba y recibía a su marido con la mirada serena y distante de quien recibe cada noche al Espíritu Santo.

Lo curioso era que tiempo atrás, cuando había estado dedicada en cuerpo y alma a su casa, tras levantarse antes que él, con despertador, y luego de dejar en la escuela a las hijas mayores, de ver que Tobías desayunara, de darle la leche y la comida picada al Nene, de empacar los pañales, los biberones, las gasas, el merthiolate, las vendas y las curitas; luego de llevarlos a paso veloz a Chapultepec, de enseñarle los pájaros al Nene y de meter a Tobías, que a los once años ya no podía ir a la escuela, a jugar con los conejos, iba a recoger a las niñas al colegio, y después de sentarse a la mesa a comer y de revisar tareas, y de meter los trajes de baño y las gorras y toallas y las sandalias y llevarlos corriendo a la natación; luego de coordinar que al día siguiente se pagara luz, el gas, el teléfono; o de hacerlo ella misma; las tarjetas de crédito, los impuestos; de planear el menú de la cena del Club de Leones, y de ir al súper, luego de todo eso buscaba y encontraba un rato para hornearle a Rodolfo unos cuernos con mantequilla. Y todo esto, ¿para qué? Para que él, cansado, ni los mirara, y sentándose a ver Ensalada de Cómicos en la televisión, entre anuncio y anuncio le dijera:

—Oye, yo no puedo vivir de alpiste. ¿Qué, no tienes algo más sustancioso? Me muero de hambre.

Ella había respondido, haciendo un enorme acopio de paciencia:

—Si quieres algo «más sustancioso» sírvetelo tú, o dile a Aurelia que te lo sirva.

—Mira, Güera, no tengo ganas de pelear. Por mí, se

lo pido a Aurelia. No te vayas a cansar de no hacer nada en todo el día.

No contestaba, ya no. ¿Para qué? Ni siquiera sucumbía a aquel viejo hábito, aquel vicio anterior de levantar los ojos, como si hablara con la famosa cruz. Ya no reaccionaba; permanecía muda y ausente, sin poder jurar, ni maldecir, ni encolerizarse, como el Papa Gregorio IX en presencia de sus reliquias. Era la misma, pero *in absentia*. Si algún cambio hubiera podido notársele no habría sido una marca visible, en todo caso. Le dolía la cabeza, nada más. Tenía sed y punto. «La típica jaqueca», pensaba Rodolfo con alivio, ahora que empleaba sus energías restantes en lides de poca ropa, y cuando llegaba temprano, que era un decir, a las once de la noche o doce, se metía a la cama y antes del último bostezo, le alcanzaba a decir:

—Ay, Güera, qué padre la pasamos ya. ¿Te has dado cuenta? Ya no discutimos, ya no nos recriminamos las cosas, como antes. Como que ya aprendimos a convivir.

Convivir era más bien conmorir, pensaba ella. Conbeber. Destocar. Sinsentir. No se hablaban, no se prestaban la menor atención. Pero no se estorbaban tampoco. Ella se limitaba a preguntarle qué quería de cenar, ordenaba a Aurelia que se lo subiera y que cuando acabara de darles de merendar a los niños los llevara a acostar.

Tobías percibió muy pronto este cambio en mamá. Se había dedicado a seguirla a todas partes observando y registrando en su memoria cada gesto, cada variante en su estado de ánimo.

Ya no iban a comidas, ni salían juntos, papá y mamá, ni al cine, ni visitaban a la tía Amada o a Abuelita. Las únicas visitas que recibía mamá eran las tías que venían el día de su santo a darle su cuelga.

Las noches en que papá no llegaba a dormir se levantaba y sin hacer ruido se deslizaba en su cama. En la cama de mamá. Ella parecía estar feliz, muy feliz para darse cuenta.

Un día en que ella no se levantó ni oyó el timbre, él subió a buscarla. Pero ella no se dio cuenta de su presencia. Él se sentó entonces en la cama y la miró con su sonrisa imbécil y sus ojos de astigmático. Miró su hombro, del que se había resbalado el tirante del camisón.

—Mamita.

Dijo feliz, llevándose el dedo a los labios y luego poniéndolo encima del hombro desnudo como en un osculatorio. Esto fue lo que dijo: papá no puede hacerte nada malo.

Ella lo miró como de muy lejos, sin entender. Se dio vuelta en la cama y se cubrió la cara con las cobijas. Desde ese lugar, muy cerca de la constelación de Andrómeda, con la lengua rasposa, le hizo saber, hay cosass en el reffrijeradorr. Como si aún fuera la encargada de nutrir. Como si esa fuerza que se había apoderado de él no se hubiera llevado también a la que ella había sido.

Abandonada a su suerte y exangüe, mamá le pareció más hermosa que nunca. Tobías adoraba la melena rubia y delgada, revuelta entre las almohadas. A través de esa porción de ella, comprendía su fragilidad, su entrega. Y sólo deseaba seguir teniendo fuerzas para cuidar de mamá que yacía quieta y se des-vivía, literalmente, alejándose cada vez más del mundo. Todo estaba bien, muy bien. La mirada lánguida y perdida, el olor suave y la carne fría, sudorosa debajo de las sábanas. La mata suavísima esperándolo, arriba de las piernas. Y aquellos signos de admiración que sin embargo no exclamaron nada, no opusieron resistencia. «Son pechos», pensó, y sonrió satisfecho. Lo único, lo verdaderamente incomprensible era que mamá estuviera triste ahora que por fin ambos habían podido librarse del enemigo. Mamá era como San Ignacio, que necesitaba del odio de Satanás para agarrar fuerzas. Mamá necesitaba el desprecio de papá para poder seguir feliz entre sus cobijas.

No le importamos nada, decía Conchita, arreglada y a punto de salir con un muchacho formal, lleno de granos, que la esperaba en la puerta. Y Magdalena entraba en acción: Ay, Concha, por favor, ya bájate de la cruz. ¿Qué no te das cuenta de que mamá es anormal?

—Quién sabe. A lo mejor está enferma.

«Enferma», repitió Tobías, temeroso de que su madre recobrara de pronto la salud y abandonara aquella cama en la que tan bien se podía estar.

Mamá, como él, «estaba enferma».

A medida que las visitas de papá fueron haciéndose más infrecuentes, Conchita adoptó la costumbre de poner el despertador todos los días y levantar a Magdalena y al Nene por su cuenta. Cada uno tomaba el licuado que había puesto Aurelia antes de escabullirse y se subía al camión de la escuela. Todos, salvo Magdalena. A ella la llevaba el papá de una amiga. Y mientras tanto Tobías permanecía en casa, suspendido en el tiempo, ajeno a toda exposición pública, sin que nadie se ocupara de su existencia. Sólo cuando papá avisaba que llegaría a cenar mamá se levantaba como una autómata, se bañaba y durante un rato caminaba de un lado a otro por la casa.

Un día, al llegar de la escuela, Conchita y el Nene encontraron la casa oscura, hecha un desastre. Las cortinas del comedor y la sala no habían sido corridas; las camas estaban sin tender. Toda la casa desprendía un olor acre, Magdalena no había llegado desde la noche anterior y Aurelia no estaba para componer el desastre. Se había ido. Junto con su infancia, supo Conchita, se había ido Aurelia.

Cuando entró a la recámara de mamá, ella y el Nene vieron que no se había levantado. Estaba profundamente dormida, sin ropa, la melena sudada y el brazo extendido. El vaso que sostenía aquella mano se había caído, derramando un líquido transparente sobre la alfombra.

Para cuando llegó el doctor García Reyes, mamá ya había abierto los ojos. Había despertado de muy mal humor. Tenía un dolor de cabeza muy fuerte y varias mechas de pelo pegadas al cuello a causa del sudor. El doctor se sentó muy cerca de ella, que volvió a agarrar un sueño denso y le abrió un ojo. Miró un rato aquel pez, perdido en la inmensidad de su blanca pecera. Jaló el párpado con fuerza, y luego de ver quién sabe cuántas cosas metidas en aquel ojo —cosas cuyo reino no era de este mundo— lo volvió a cerrar. Le tomó el pulso. Se inclinó hacia su maletín, y ya iba a sacar el block de recetas cuando pareció descubrir algo de interés sobre el buró. Tomó el frasco de pastillas y leyó la etiqueta. Volvió a mirar a mamá, que había vuelto a dormirse, y se guardó el frasco en la bolsa del saco.

—¿Es grave, doctor? —preguntó Conchita con el mismo gesto de contrición que hacía cuando, de niños, Tobías jugaba con ella al médico y la enfermera. «¿Es grave, doctor?», bajándose los calzones y enseñándole aquello, como si no supiera lo que hacía.

El médico le acarició el pelo, sonriendo enigmático, sin contestar, tomó sus cosas y salió del cuarto.

SEIS

El día que se llevaron a Encarnación fue un 28 de diciembre de 1983, un año después del acto insólito de Tobías, día de los Santos Inocentes, y cayó en jueves. Rodolfo tenía una cita que le era imposible aplazar, dijo, así que llamó a una ambulancia que vino a recogerla a las 7:33 p.m., una hora después de que el doctor García Reyes mirara dentro de sus pupilas, y sesenta y ocho minutos luego de que le revolviera el pelo a Conchita y dejara caer sobre ella su mirada redundante de médico: paternalista y lastimera.

Desde su pecera, Rodolfo hizo varias llamadas; todas entraron a tiempo y todas, menos una, le dieron buenos dividendos. La llamada a Magdalena y Conchita fue para explicarles que en media hora pasaría una ambulancia para llevarse a mamá a una clínica de desintoxicación. Como él tendría que salir de viaje ese fin de semana, y Aurelia, por lo visto, no tenía para cuándo volver, iba a llamar a tía Amada para que pasara a recoger a Tobías, quien se iba a quedar unos días en casa de la tía viviendo con ella y con Abuelita. Les dio a escoger, qué querían: irse con las tías Pachi y Popi Chula, o quedarse solas, hasta el domingo, cuando él volviera, al fin que después de todo ya estaban grandecitas. Prefirieron quedarse solas. A papá le pareció muy bien, menos mal que ellas sí eran independientes, sobre todo Magdalena, y no como su madre, a quien le daba por sobreproteger a los hijos y hacerlos débiles e inseguros, ahí estaba Tobías. Magdalena, que fue quien contestó el teléfono, dijo que sí a todo, y luego le contó a Conchita, que también asintió, sin entender. Pero luego de pensarlo un poco, ambas decidieron que no habían entendido nada, por ejemplo, de qué tenía que desintoxicarse mamá. Y también: por qué decía papá lo que decía si Tobías ya era así desde antes, lo consintiera o no mamá.

—Es que papá se ha distanciado mucho de ella, ya no la quiere —dijo Conchita.

—Ay Concha, por favor, no es eso. Es que papá sólo entiende lo que quiere entender.

La segunda llamada de Rodolfo fue para preguntarle a su hermana Amada si ella podría hacerse cargo de Tobías y para ponerla brevemente al tanto de la situación. Dijo esto mirando el reloj y cuidando de no caer en chismes ni patetismos, reduciendo la conversación al mínimo imprescindible y obteniendo de su interlocutora una respuesta rápida y llena de solicitud. La última llamada, antes de entrar a junta, fue la que hizo al 08 para pedir la ambulancia. Y aunque ésta llegó a tiempo y luego de tomarle la presión y el pulso a la enferma los médicos lograron llevarla al hospital en menos de una hora —tiempo récord, dijo uno de ellos, mientras se bebía un Titán—, Encarnación nunca pudo recuperarse del golpe que fue para ella saber que Rodolfo no había tenido la decencia de internarla personalmente, ni de decirle que hacía tiempo que sabía lo que sabía pero que por distintas razones había preferido, también, no saber.

Después de la visita del doctor García Reyes, Tobías había caído en un dulcísimo sueño, tomado de la mano de mamá, quien lo conducía por la ladera de un río donde un ahuehuete señalaba a un hombre desnudo que enseñaba las llagas a su paso. Era Jesús, el Hijo del Hombre, que a la vez era él mismo. Pero cuando trató de inclinarse al río y tomar un poco de aquella agua bendita para ponerla en su frente se abrió una puerta y se encendió una luz que resplandeció en medio del sueño como un anuncio de cosa santa. Al lado de la cama, su hermana Magdalena, pálida y llorosa, como arrepentida del sinfín de pecados que cargaba en su solo nombre, lo sacudía y le decía que pronto iban a llevarlo a casa de la tía Amada, quien ya lo estaba esperando.

Luego vino un escándalo atroz, como de fierros.

Despierto por el ruido de los camilleros que sacaban de prisa a mamá, la vio salir envuelta en una sábana blanquísima; pálida y perpleja, llena de gracia en medio de aquella confusión; Dios iba a salvarla, era Reina y Madre, Madre misericordiosa, y él suspiraba, gimiendo y llorando, perdido en ese valle de lágrimas. Después lo llevaron a la puerta, donde lo estaba esperando un coche, un hombre lo ayudó a subir y puso atrás en la cajuela su maleta. Conchita se despidió de su hermano como si nunca fuera a volver a verlo, y Magdalena, estoica, levantó la mano derecha, con el pulgar sobre el anular y el meñique, como emulando el gesto de Nuestro Señor, señal que él interpretó como un símbolo divino, pero que en realidad quería decir que sólo iba a pasar dos días con la tía Amada.

El mismo señor que lo llevaba en el coche lo acompañó hasta el interior de la casa, Monte Athos 94, Lomas de Chapultepec, subió con él los grandes escalones de loseta roja flanqueados por un muro altísimo del que colgaba una enredadera, tratando inútilmente de hacerle un poco de conversación, y lo dejó igual que San Colombano ante sus monjes al oír un amén dicho en mal momento en los salmos.

Sentada en un sillón de satén durazno estilo Luis XV estaba una señora gruesa y ajena, con las manos sobre el pecho y la mirada distante, como una diva de ópera que de pronto hubiera perdido el interés en su público. Tenía puesto un peluquín oscuro, cuyo copete, opaco y rígido, le caía encima de la frente como una cresta lúgubre. Era Abuelita. Junto a ella estaba la tía Amada, flaca y tiesa, con los ojos chinos y la boca avinagrada en una mueca triste a causa de la hemiplejia. El doctor Fresnillo, psiquiatra y amigo íntimo de la tía, que había ayudado tanto en el proceso de «encapsular» a la abuela, estaba fumando, a su lado.

¡El Sobrino!, dijo la tía, como quien anuncia en voz alta una carta de la lotería. Esperó un rato, y como no pasaba nada, le ordenó:

—Saluda a Abuelita.

Al oírse mencionada, la abuela adelantó el pescuezo y Tobías pudo ver una cara verdinegra que asomó por debajo de la cresta. Al fondo de aquel rostro cubierto de polvos se veían brillar dos ojillos malignos, lo único que parecía estar vivo en aquel conjunto. Pero él se mantuvo firme y alerta, como San Miguel Arcángel, calculando antes de tomar la justicia por su cuenta.

—Es una suerte tener quien se preocupe por nuestra salud —comentó el doctor.

La abuela miraba al nieto, expectante.

—Cuántos años tienes, Tobías. Así te llamas ¿no? Tobías —preguntó Fresnillo.

Tobías no lo oyó. Estaba concentrado en la hilera amplia y cruel, manchada de nicotina que asomaba a veces dentro de su boca. Cada vez que el doctor hablaba, los labios se plegaban completos, como huyendo de aquellos dientes que se movían y asomaban, de vez en cuando, debajo de las encías.

—¿Diecisiete? —pronunciaron los dientes.

Cansada de esperar, o tal vez animada por otros impulsos, Abuelita volvió a su antigua posición; recargó la espalda en el sillón y se puso a mirar con una frialdad de piedra.

—Muy bien, mami —le dijo la tía, dándole palmaditas cariñosas en la mano—, lo estás haciendo muy bien.

—Tiene diecisiete doctor, pero con ese bigote parece de veintitrés.

Tobías levantó el brazo, con un gesto amenazador.

—¡Virgen santa! —exclamó Abuelita, regresando al mundo de los vivos, desde sus medicamentos.

—Nada, nada —dijo la tía Amada, dándole palmaditas tranquilizadoras y empujándola de nuevo al fondo de su asiento—, no pasa nada.

—Qué le dije, doctor —añadió, con gesto triunfal—. Ahí están los métodos educativos de mi cuñadita.

El doctor Fresnillo asintió. Pero aún le faltaban datos para emitir su diagnóstico.

Del fin de semana inicial, la visita se prolongó a una semana completa, y de ahí a dos más porque Rodolfo no podía hacerse cargo, con las licitaciones encima y los líos de la planta con el adeudo de maquinaria en dólares. En cuanto a lo de Encarnación, iba a tomar más tiempo de lo previsto.

«Es la tercera ley de Murphy, hermanita», dijo Rodolfo en el teléfono, «todo toma más tiempo del que estamos dispuestos a dar».

—¿Ah sí? Y cuáles son las otras —preguntó la tía, tratando de mantener rígido el lado de su rostro que sí se enfurecía—. Digo, por saber.

«Todo es más difícil de lo que parece y todo lo que pueda fallar, fallará», y colgó.

No habían pasado diez días y ya la tía había notado en su sobrino un defecto más feo que todas sus manías anteriores juntas. Era el de esconderse a espiar a Abuelita y estar siempre escuchando las conversaciones de los demás.

En las mañanas, por ejemplo, no había manera de hacerlo salir del cuarto en el que lo habían metido, un socavón de techos altísimos, una lóbrega mazmorra donde había muerto la tía Lelia, la hermana mayor de la familia, después de una sesión de electroshocks.

Buscando en los cajones, Tobías descubrió una caja viejísima de chocolates en forma de corazón. Al abrirla se sorprendió de ver que a pesar de la capa blancuzca que los cubría, los chocolates estaban intactos, como nuevos. Esto lo animó a continuar con su búsqueda. Poco a poco, fue descubriendo detrás de los muebles, bajo la cama, entre el asiento y el respaldo de un cheslón, una enorme variedad de objetos: cucharillas de viaje, pañuelos, la sillita de fierro colado donde no podría sentarse más que una ardilla; cosas que Abuelita había ido pudiendo guardar en los ratos en que la tía Amada o el doctor la perdían de vista. Una colección de sus propios objetos oculta en su casa que era al mismo tiempo una caja fuerte y una cueva de ladrones. Junto con los objetos hallados, entre los que se encontraban unos caireles postizos de rabino, unos sellos de goma, un birrete y una colección de plumas fuente sin tinta, Tobías pudo dar con una celosía semioculta detrás de un armario. Era una ventana que daba a la pieza contigua a través de la cual habían podido seguir los avances de la enfermedad de la tía Lelia. Fascinado con el hallazgo, se dispuso a mirar. Clavó un ojo en uno de los huecos y al otro lado del cuarto descubrió una imagen prodigiosa: sentada encima de la cama, en camisón, estaba Abuelita. Dos trenzas ralas y grises asomaban debajo del peluquín, que puesto así parecía un gorro de vikingo. A una señal, Abuelita sacaba la lengua, en la que la tía iba poniendo, cada vez, una pastilla. Luego, cerraba fuertemente los ojos, bebía un sorbo de agua y hacía una serie de aspavientos antes de tragar. Tobías se quedó mirando, mudo y estático, envuelto en un halo de fascinación. Miró y miró, hasta que después de ver a la tía cerrar los frascos y meterle a Abuelita las piernas en la cama, luego de arroparla y apagar la luz, otro par de ojos chocó con el suyo.

—¡Eso sí que no! —oyó.

Eso sí que no lo aguantaba la tía. Una cosa era ponerse a espiar objetos y otra muy distinta era ver a Abuelita como si estuviera loca, o enferma. La tía Amada habló durante horas que parecieron días, días que fueron una eternidad, y Tobías tuvo que hacer un esfuerzo inaudito para no quedársele dormido en el regaño. En vez de apreciar la constancia de su padre, el esfuerzo que hacía por sus hijos, por todos, sin excepción, hasta por él; en vez de ayudar en lo que él podía, como portarse bien, no dar problemas, hacerles compañía, incluso, contándoles de su mamá, por ejemplo; diciéndole al doctor lo que ella hacía cuando papá no estaba en casa; las cosas que decía, con quién hablaba; cuándo salía a dónde salía, por ejemplo, o a dónde oyó él que le decía a Aurelia que iba; en vez de cooperar con su familia extensa que tanto lo quería, porque ella era su familia extensa: una era la familia nuclear y otra la extensa; en vez de todo eso, ¿qué hacía? Espiar a la pobre de Abuelita como a un loro detrás de su jaula. ¿Y cómo iba a mejorar ella, cómo podía curarse Abuelita si todos, y ahora también él, la veían como a una demente? ¿Cómo, a ver?

—Qué te hizo ella —dijo la tía—. O tu padre. ¿Qué te hizo tu padre para que no veas cómo trabaja?

Al oír aquel nombre, Tobías se santiguó.

—Eso —dijo ella—, eso. A ver si persignándote consigues la mitad de lo que ha hecho mi hermano por ustedes.

A partir de la noche en que vio a Abuelita tomando aquella eucaristía, Tobías sentía unas ganas enormes de inclinarse cada vez que pasaba frente a ella. Había desarrollado una supersticiosa fascinación que se concretaba en el simple hecho de verla y de seguirla a todas partes. La observaba aplastada en el sillón, prodigiosa y magnífica, o andando por su casa, en busca de algo que hubiera escapado a la mirada celosa de la tía y se sentía hermanado por una extraña unión, como si la sustancia entera de su ser se hubiera concentrado en aquella imagen. Deseaba tenerla para él, otra vez, a solas, quizás a la hora del baño, volcando su humanidad en la tinaza blanca o simplemente sentada en la cama. La quería ver antes y después de los medicamentos, atildada con el peluquín y las trenzas, de noche, dando alaridos lobunos o quieta, como una mona de trapo. Deseaba verla otra vez, una vez más, y ansiaba concretar esa visita como si se tratara de acudir al Santo Sepulcro.

Durante las mañanas, Tobías se contentaba con mirar a Abuelita bajando por la escalera aferrada al barandal, como una muerta recién venida que se negara a compartir sus visiones con el mundo de los vivos. Luego, la oía mascar el pan, sorber la leche, pasar de un lado a otro el bocado formando un bolo imposible de tragar, y miraba de reojo a la tía blandir la servilleta y murmurarle discreta y enérgica a la vez: ¡escupe! Pero esa escena era nada, o casi nada, junto al recuerdo de aquella noche y aquella celosía. Luego de pasar el día entero en la terraza, inmóvil, sentado frente a un buque armable a escala, que la tía había puesto frente a él por consejo del médico, Tobías se levantaba a comer, esperando con ansias que aquel día Abuelita se hubiera sentido con fuerzas de bajar a la Tierra.

Una tarde en que los tres estaban como tres muñecos, sentados frente a la televisión, vio a la tía sacar de su bolso un cortauñas y proceder, acuclillada contra los pies de Abuelita, y para Tobías fue un privilegio poder quedarse a un lado, mirando cómo cedían aquellas uñas y cómo las iba metiendo la tía, una a una, en una caja de cerillos. Otro día en que deambulaba por la casa, encontró a Abuelita metida en su alacena, a punto de arremeter contra las galletas, pero la tía Amada llegó a tiempo, le arrancó aquel montón de moronas y le dio un manazo en la mano artrítica.

—¡Eso no se hace! —le dijo—. ¿Cuántas veces te lo tengo que repetir?

Y sin embargo, esos momentos brillantes eran también contados y difíciles de hallar, como trufas escondidas en el lodo. En general, apenas daba la hora del baño, la tía y Abuelita se retiraban al cuarto y él se quedaba solo, sumido en un silencio triste, tratando, sin esperanzas, de escuchar algo de lo que ocurría en aquel lugar prohibido. Y asistía al recuerdo de la primera noche como el que, habiendo sido expulsado, contempla detrás de unos cristales a quienes departen alegres en el paraíso.

Tal vez porque su ambición era muy grande, no podía darse cuenta de que la tía comenzaba a tolerar su presencia y hasta le daba, de vez en cuando, por invitar al sobrino inútil, que no tenía otra cosa mejor que hacer durante el día que andar detrás de Abuelita, a acompañarla en su quehacer. Había comenzado a aceptarlo no sólo por la fuerza de la costumbre, sino porque notaba en el muchacho un cambio patente en la mirada. Una dulcificación en el gesto, un aternuramiento en la forma de ver y aceptar todas las cosas del mundo que en ciertos momentos hacía pensar en el triunfo de las teorías científicas modernas: para que alguien sea normal, debemos tratarlo como a un ser normal.

—Menos mal que dejó la mochería —comentó la tía al doctor Fresnillo una noche en que ambos tomaban su café negro durante la merienda.

El médico dio una chupada a aquel tubito que le devolvía la paz vuelta humo y dijo:

—Y eso que aún no comenzamos con los tranquilizantes fuertes.

La tía lo miró arrobada. Le había encomendado la salud de su madre, su propio desajuste nervioso, y él le había respondido siempre. Había puesto en sus manos su credibilidad, su fortuna; le había confiado sus más ocultos temores y había obtenido a cambio no sólo el control de sus emociones sino la paz de espíritu que sólo llega una vez que depositamos la culpa y la responsabilidad en las manos de un experto. Había buscado al psiquiatra, y en cambio, encontró al amigo. Y como un manglar que se extiende y va abrazando la vegetación a su paso y transforma el medio de modo imperceptible, las palabras del doctor Fresnillo fueron transformando la conciencia de la tía hasta hacer de ella, o de lo que quedaba de ella, otra persona. Primero la hizo entrar en el Jardín del Edén y una vez dentro, sustituyó a la serpiente por las palomas de Darwin; luego la hizo hablar con Dios y, de modo muy cauto, fue cambiando las respuestas de Jehová por las de Freud; y cuando Freud empezó a hablarle de culpas, la tía tornó sin miramientos y sin dificultad sus achinados ojos a Pavlov.

—Vendimos nuestra alma al diablo —le explicaba el doctor, exhalando el eterno humo de su cigarro—. Un día cambiamos instinto por emoción; emoción, por conciencia. Y henos aquí ahora, queriendo aplacar la conciencia, que es la madre de todas nuestras desgracias.

«Eso», pensaba ella, a quien atormentaban las dudas y quien vivía a medias, esperando una herencia que no llegaba, dedicada a Abuelita y envuelta en la rumia de sus pensamientos; eso mismo era.

—Exceso de información, de estímulos —seguía el doctor—, sobreexitación del sistema nervioso, deficiencia, por saturación, en la comunicación neuronal. Crisis maniaco-depresivas, obsesiones, brotes psicóticos: he ahí la herencia de la modernidad. Y todo esto, ¿para qué? ¿Acaso somos más felices? ¿O más sabios? ¿O hemos aprendido a vivir mejor que nuestros antecesores?

La tía lo miraba embebida en aquel discurso, absorbiendo cada una de las palabras del médico que, como los vapores de un caldo nutricio, la iban alimentando por dentro.

—Ahora somos el animal angustiado, el único que se deprime.

Y clavó sus ojos en la tía, mirándola triunfal, como si en ese momento hubiera encontrado en sus manos nerviosas, en sus zapatos juntos, al animal angustiado que había estado buscando.

—Porque, vamos a ver. ¿Qué hace una bestia que va andando en el bosque y de pronto se ve rodeada de fuego? ¿Qué hace si ve que el fuego ha arrasado con árboles, crías, insectos, que ha arrasado incluso con otros animales de su especie? Pues he aquí lo que hace: huye. Huye y una vez salvada, no experimenta en absoluto culpa. ¿Y sabe por qué? Porque ha hecho de la angustia su sirvienta. Eso es lo que le recomiendo hacer en relación con su madre y, en general, su familia: haga de la angustia su sirvienta.

Ya desde las primeras veces, la tía se sentía obligada a asentir. Se sentía obligada a aceptar, uno a uno, los argumentos de aquel hombre que no daba un paso sin antes calzarse perfectamente, hasta quedar bien plantado con el conocimiento de la ciencia. No sólo había ideado el proceso de encapsulamiento de las emociones negativas, sino que lo había recetado a su madre y se lo estaba aplicando con resultados que saltaban a la vista. Pero los beneficios no paraban ahí. A ella misma el doctor le había devuelto el sueño, gracias a sucesivas dosis, que tomaba alternadas, de Ecuanil y Ativán, té de toronjil y baños calientes como placebo, y vuelta a la eucaristía nocturna de dos pastillas y media diarias, ritual que la hacía caer rendida, a Dios gracias, en un limbo de sueño. Y aunque se había llevado al país de Nunca Jamás su libido y su capacidad de soñar, le había prometido una paz mayúscula que en ocasiones ya creía vislumbrar.

—¡Qué fácil sería el mundo si pudiéramos recobrar nuestros instintos! —afirmaba el doctor, entusiasmado—. Qué fácil si pudiéramos comprender no aquí (se señalaba la sien), sino acá (ahora se señalaba el corazón), que somos química pura. Que nuestro órgano erótico más desarrollado es el cerebro. Que el odio, el amor, y en general, las pasiones, no están arraigadas en el músculo cordial, sino en las complejas circunvoluciones del cerebro. Enlaces y reabsorciones; flujos y captación de serotonina. El enamoramiento no es más que química; la angustia, el rencor, el miedo son secreciones perfectamente cuantificables.

La tía suspiraba, fiel a la ciencia, a la selección natural, a la evolución de las especies. Asentía sabiendo que siempre que somos leales a un hombre lo somos, sobre todo, a sus creencias. Y tal vez por amor a ese hombre vivía ensañada con una historia que explicaba la aparición de la mujer a partir de la costilla de otro; furiosa contra aquel mandamiento que instigaba a fundar una familia, a crecer y multiplicarse. Rabiosa también contra aquel destino que la había dejado cuidando a su madre, que había torcido las leyes y había hecho de ella la madre de su madre y a la madre, la hija de su hija. Maldiciendo en silencio a Encarnación por haberse llevado a su hermano, Rodolfo, a quien había visto crecer y multiplicarse; rabiosa con su cuñada porque había dicho creer en Dios, sinceramente, y porque había dejado de creer en él con la misma sinceridad, después. Furiosa, también, y arrebatada de cólera, contra Rodolfo, porque un azar de la ciencia lo había hecho nacer con cromosomas «xy» y abandonarlas a ellas, a los cromosomas «xx», y por ser el heredero único y universal de los bienes y los consejos del padre, *su* padre, el padre de ambos, y contra Lelia, su hermana, por haberse fugado por la vía rápida y eficaz de un electroshock mal aplicado. Triste, y a veces incluso hasta abatida de que un azar de las sustancias no produjera ese arrebato químico que ella sentía al escuchar la voz, al ver ese ademán que hacía el doctor Fresnillo al encender un cigarro tras otro y dejar que las palabras volaran como plumas: había puesto la ciencia médica al servicio de la caridad y ahora trataba de combinarla con la fe y la esperanza. Pero a veces feliz también, y hasta esperanzada, al darse cuenta de los avances médicos que habían conseguido en el caso de su sobrino. «Ahí lo tiene, doctor, véalo usted mismo», repetía. «Raro, si usted quiere, con esos tics del movimiento. O los arranques en que le da por repetir la misma palabra todo el día, pero a ver. A ver si no es mejor eso que el abotagamiento en el que estaba, todo el día echado en la cama con mi cuñada alcohólica a un lado.»

Un día, poco antes de que Rodolfo llamara para decir que habían dado de alta a Encarnación y que regresaba a casa; que deseaba muchísimo ver a sus hijos, a todos, y que de eso dependía en parte su recuperación; mientras la tía y el doctor compartían impresiones después de la merienda, Tobías irrumpió en el comedor, aullando de un modo que hacía erizarse el pelo, y luego rompió en una carcajada insólita, agitando la mandíbula a una velocidad extraordinaria, como un camello motorizado puesto a mascar a setenta y ocho revoluciones por segundo.

—¡Es la pasta de dientes! —repetía sin poder parar—. ¡Es la pasta, la pasta, la pasta! —sin que nadie le hubiera pedido ninguna explicación.

Una fiebre de movimiento lo obligó a acompañar la agitación de los dientes con los brazos, primero, y luego «bailando», detenido del respaldo de una silla, con toda su anatomía. Fascinado con los caprichos de aquel cuerpo que se movía por cuenta propia, asustado, tal vez, o no, quién sabe, comenzó a reír. La carcajada de hacía unos minutos se disfrazó de verdadera risa. Posiblemente Dios Nuestro Señor, en su infinita misericordia, lo había escuchado. Posiblemente. Reía y se agitaba y repetía que era la pasta, que se la habían cambiado, y miraba al doctor Fresnillo que se levantaba en esos momentos hacia su maletín, y a la tía Amada, impertérrita, y repetía aquello de la pasta, la pasta una y otra vez, porque Dios no quiere otra cosa que hacernos felices o porque los milagros son cosa de todos los días a condición de que sepamos verlos o porque sí, porque insondables son los caminos del Señor. Y cuando el doctor vació el gotero de Haldoperidol en el vaso de agua, y cuando la tía le detuvo la cabeza, y cuando ambos lo obligaron a tragar, en aquel día magnífico en que por fin pudo experimentar la dicha, Tobías, el aspirante a santo, vio a Dios, y supo que Dios era bueno.

La tía lo miró, incorpóreo. Libre por fin y difundido en lo infinito, dentro y fuera del mundo.

Y luego de haberlo visto durante un buen rato, hizo la pregunta inútil:

—¿Es por la educación, doctor? O...

Las manos, las piernas, algo empezaba a conspirar y ese algo se ocultó en un temblor.

—... por la herencia.

Más que clavarla, el doctor dejó ir hacia ella su mirada inmensa y azul como un tsunami, rompiendo los diques del pudor, tratando de ahuyentar al animal angustiado.

SIETE

Rodolfo fue a recoger a su hijo porque, antes que un padre, era un hombre práctico, pero también por la idea de restitución implícita en la ley del Talión: el negocio que siembras, cosechas; el pago que das, te será devuelto. Ahora Tobías se había subido al coche y permanecía sentado en el asiento de atrás, solo, completamente inmóvil, salvo por los movimientos súbitos e impulsivos de los ojos. Ya se había sometido; ya tenía a Dios consigo.

Rodolfo aceleró y el ruido del motor sustituyó el movimiento ocular por un rostro completamente enmascarado e inexpresivo. Como si después de su lucha los ojos ya no percibieran nada. O como si estuvieran destinados a ver nada, algo tan absurdo y tan extraordinario como una nada que ocupa un lugar. Desconocían su función, esos ojos. Despóticos, rechazaban los objetos que se les iban ofreciendo a través de la ventanilla. Se extraviaban, se creían otros ojos. Estaban decididos a ver lo que querían. Por ejemplo, *miraban* todavía a Abuelita. Todavía estaban llenos de ella, como si ver y no ver no dependiera de ellos, de los ojos, sino de alguna otra parte de su cuerpo, de unos ojos interiores, por ejemplo, que miraban hacia atrás y le hacían ver aquello que antes, en el pasado, le había parecido poco importante. Veía a Abuelita como algo inmutable, eterno. Y más tarde, en cuanto llegó a su casa, por culpa de aquellos otros ojos la confundió con mamá. Como si las dos fueran dos distintas personas en una. Como el agua, que puede pasar de un estado a otro sin dejar por ello de ser agua. Y como Dios, que está por encima de todo lo que se corrompe o se cambia, incluso por encima de lo que ocupa un lugar.

Mamá y Abuelita eran *Una*, como papá, el doctor, el padre Luisito y la tía Amada eran *Otra*, porque Ama más Ada (Amada) son dos (como dos y dos son cuatro). Y si a cuatro le quito dos, me siguen quedando dos, es decir: *otro*, algo distinto de uno, algo que no es uno. Una, en cambio, mientras lo es, es ningUNA. Tiene todas las preguntas, pero gracias a Dios, no opina, porque no tiene respuestas. Como no es ninguna, no tiene qué opinar. Abuelita y mamá, siendo UNA, observaban. Papá, el doctor, y el padre Luisito (estuvo tentado de pensar *y el Nene*, porque el nene opinaba de todo y siempre sandeces, de modo que aunque hubiera CRECIDO, parecía seguir, y seguiría siendo, siempre en disminución, el Nene), tenían siempre algo que opinar. Sobre lo que fuera. Opinaban, opinaban, opinaban. No sabían que en algunos lugares como el Reino Que No Es De Este Mundo había diferentes clases de silencio que tratan inútilmente de imponerse, de enseñarnos que sólo a partir del silencio se puede hablar. Y que pese a nuestro miedo, el silencio más grande nunca llega a ser lo suficientemente silencioso porque aun él está cargado de mundo, y entre más crece, más mundo hay en él. Nada de lo que podía decirse poseía un mundo, aunque todo lo que se decía en el mundo hablara de él. Era el mundo de otros, era el mundo *de los otros.* Y entre menos silencio hubiera, habría menos mundo. Mundo y mudo eran, pues, la misma cosa. ¿Para qué hablar? Había dejado de hacerlo. Así, simplemente, a media conversación. Pensaba en la ene de muNdo. La ene no tiene nada: No, Nunca, Nada, es decir, la ene es NADIE para que mundo y mudo puedaN ser. Una sola y misma cosa. Como Abuelita. Como mamá.

Al oír la perorata de recibimiento, al ver aquello en lo que se había convertido su hijo, Encarnación comprendió. Había llegado el momento de hacerle caso a Rodolfo y hospitalizar (internar, encerrar, refundir, ¿importa el verbo?) a su hijo en un hospital psiquiátrico. En una casa para personas con problemas nerviosos. Ocultarlo. «En el principio, fue el Verbo.» Ocultarlo. Pues ya siempre sería así: desde ese momento y para siempre la culpa de Tobías estaría en el verbo.

—¡Y qué otra cosa esperabas! —le dijo Rodolfo—. ¿Que te hubiera mentido?

Ya no era la Güera. Ni *Güerita,* no hay que ser tan díscola, ni las ganas de pellizcarle los muslos. Nunca más. Desde que Dios los vio tratando de probar el fruto, acercándose al Árbol del Conocimiento, cada uno a su modo, y los corrió del paraíso.

—O esperabas un milagro. ¿Un milagro, deveras?

Primer paso: Admitimos que éramos impotentes ante el alcohol.

Segundo paso: Llegamos al convencimiento de que un Poder Superior podría devolvernos el sano juicio.

—¿Creías que era suficiente con asistir a tus sesiones terapéuticas? ¿Creías que bastaba con hacernos asiduos a ALANON? ¿Esperabas que el mundo siguiera girando, que tus hijas crecieran, que el Nene embarneciera y que milagrosamente Tobías se hubiera compuesto?

«Compuesto», dijo, como si fuera un reloj.

—Pero el tiempo pasa (salvo para él), el mundo se transforma y tu hijo (que ya no ve, ni entiende, ni reconoce a nadie) es lo único que no cambia.

Madre, he ahí a tu hijo.

—Además, esto *no es* un psiquiátrico. No es siquiera un hospital. Es una Casa de Descanso Prolongado (¿importa el nombre?).

Sentía el ritmo de las ideas de Tobías, oía el martilleo estridente de aquella inteligencia prodigiosa: *mamá y Abuelita eran otra y, siendo otra, eran una.*

—El doctor dijo que su inteligencia estaba intacta —dijo Rodolfo—. Una inteligencia feroz, matemática.

Y después de un rato dirigió a su mujer una mirada inquieta.

—Una inteligencia que no le sirve para nada.

Empezaba a temer por la salud de él mismo, pobre hombre solo contra los enfermos de su casa, la carne es débil aunque el espíritu sea puro. Tuvo una idea. «Tú eres del tamaño de tus pensamientos.» Era una idea de Heal Carnegie. Pensó que esa idea podría ayudarlo a vivir durante los próximos cinco minutos.

Tal como había hecho con su madre (comprobando el estado de paz en que vivía inmersa), haría con su hijo Tobías (aquí, Planeta Tierra, llamando), con la ayuda de un profesional encapsularía los rasgos anómalos, las patologías, y al final (llamando, llamando), cuando por fin pudiera decirse de ambos que eran seres que caminan solos y pueden ir sin peligro a cualquier sitio, al Supermercado, por ejemplo, al Banco, entonces haría que...

haría que... Se arrepentía de haberle dicho a Encarnación que existía un psiquiatra (como existe el diablo) que había estado medicando a Tobías a escondidas. Pero, ¿qué otra cosa hubiera podido hacer?

—¿Para qué preguntas lo que luego no vas a poder entender, Encarnación? ¿De qué te sirve saber *qué palabra usó, qué palabra, exactamente* usó el doctor para calificar la disfunción de Tobías? Eso no es lo importante. Las palabras no son lo importante.

Ultimadamente: él había tomado esa determinación porque dadas las circunstancias había que tomar *alguna*.

Encarnación no oía, no pensaba, no sentía. A veces pensar sirve para no pensar.

Él iba a cargar (con el hijo, se entiende) el resto de sus días (de los días del hijo, se entiende) económicamente. Para qué tirarse al drama. Muy bien, la vida ya no les iba como antes. Muy bien, los que creyó sus amigos le habían dado la espalda. Así era la política. Y encima, se verían obligados a cerrar la planta. Él se iba, viviría aparte y mejor se lo decía de una vez: había encontrado con quien continuar el viaje.

Muy bien; ya estaba dicho.

No podría pagar las deudas, los insumos comprados a crédito, en dólares, ahora que el tipo de cambio se iba para arriba, y encima, pasarle una pensión. Eran las consecuencias del Año del Perro: el Año del Aulladero. Era el fracaso de la actual administración. El fin de la promesa. Venderían lo que fuera, empeñarían lo que fuera. Internarlo y pagar y no tirarse al drama.

¿O tenían un porqué?

¿Tienen un porqué las cosas cuando no tienen un para qué?

Como una forma ostensible de confrontación (o tal

vez para evitar que ella no viera el temblor que lo había invadido) Rodolfo se levantó a abrir la ventana. Y entonces, porque le habían abierto, entró el dolor.

Negarlo todo, no aceptar lo que vemos y oímos, no rendirnos a la evidencia, no saber lo que sabemos no es una forma de engaño. Es un modo sutil de declararnos incapaces de soportar el duelo por lo que se ha ido, por lo que se acabará de ir cuando se nombre. Las palabras *son* las cosas, son la única forma que tenemos de *tener* las cosas. Son la única prueba de que las cosas están ahí. Si digo «hijo», mi hijo está ahí. Pero si digo «loco» o «enfermo», ese hijo habrá huido, se habrá cambiado por un impostor, por ese otro que habrá venido a ocupar su sitio.

Y eso era lo que más dolía. Que aquel hijo que tuvo se hubiera ido y que hubiera venido otro con su mismo cuerpo y su misma cara a hacerse pasar por aquél. Y que ella, sabiendo que era y no era el mismo, tuviera que referirse a su antiguo hijo como otro. Ya no Tobías, el raro, sino El Enfermo. El Rebautizado. El Marcado. El sin nombre. ¿Y qué derecho tenemos —pensó— al pensar en alguien como un enfermo, un anormal, un raro, de quitarle a alguien lo único que verdadera, que incuestionablemente tiene?

Sin embargo, para ir a Creta, había que perder el nombre. Había que convertirse en un Caso Clínico. En el cheque mensual que otro pagaría en lugar del enfermo, un bulto que ocupara un lugar en el espacio. Y dolencias. Historias terribles que narrar. Y a ella no le quedaba otro remedio que ir a ver a su hijo, ese animal en extinción, en su nuevo hábitat.

Quería ir a Creta. Los largos meses de recuperación

habían sido posibles sobre todo porque se había hecho esta promesa: Iba a internarlo para poder irse de viaje. Iría a Creta. No a Creta, la isla, sino a ese lugar de reclusión que evocaba con su nombre un paraíso. Creta: la Casa de Descanso Prolongado.

Primer paso: Admito que mi vida se ha vuelto ingobernable.

Segundo paso: Admito que la vida de mi hijo se ha vuelto ingobernable.

Tercer paso: Llego al convencimiento de que un Poder Superior podrá devolvernos el sano juicio.

Entrada a Creta:

«Dios: concédeme serenidad para aceptar lo que no puedo cambiar, valor para cambiar lo que sí puedo y sabiduría para distinguir la diferencia.»

Para asistir a esas juntas, para ver al hijo, había que hacer un viaje hacia el principio, había que dar un orden y un valor distinto a los recuerdos. Había que pensar, por ejemplo, que lo que no importa es realmente lo que importa. Y llegar con un manojo de llaves dispuestas a abrir los armarios atiborrados de culpas de su conciencia.

Menú de Creta:
2 Diazepán
2 Ecuanil
Haldol (haldoperidol, gotas) a discreción.
Lexotán
Sopa de pasta
Tortillas (a granel).

El día de visita, cuando los padres llegaban a ver a sus hijos a la Casa de Descanso Prolongado el día de visita, ya las sillas estaban acomodadas en círculo, como en una fiesta infantil. Los jóvenes menos afectados por los medicamentos habían puesto el café y habían acomodado una colección de tazas de distinto tipo y grado de desportillamiento. Era un café pésimo. Pero ostentaba (como todo allí) un nombre falso: Café Legal. Como un favor, se podía traer a otros miembros de la familia, siempre y cuando cada uno contribuyera con la «cuota para recuperación», de cincuenta pesos, que se pagaba independiente del cheque mensual.

«Recuperación de qué», pensó Encarnación.

Luego de esperar media hora, un hombre de unos cuarenta y cinco años salió de la cocina y fue saludando a cada uno, de mano. Gustavo. Se llamaba Gustavo y estaba allí para ayudar. No a los jóvenes internos, ésos no tenían remedio, sino a sus padres y hermanos. Un adicto nunca es un adicto solo, un adicto siempre viene de y quiere llevar a otros a su adicción. Codependientes. Eso eran todos los que estaban allí. Corresponsables. Adictos al enfermo.

Gustavo se proclamaba cristiano, ex adicto y por lo tanto salvador del mundo. Tenía como ayudante a la hermana de uno de los «enfermos sin retorno» (los había que retornaban), una rubia atómica teñida de henna que lucía unas piernas bronceadas con teñidor casero cada vez que, subida a una silla, se ponía a colgar del techo globos arracimados en señal de bienvenida, o cuando pegaba en la pared los dibujos ininteligibles de los residentes. Manchas monstruosas. Borrones. Líneas que no conducían a ninguna parte.

Cuando todas las sillas estuvieron ocupadas, Gustavo levantó los brazos y, como un torero clavando las banderillas a un toro inexistente, dijo:

—Aquí no hacemos promesas.

Miró en torno al ruedo y aclaró, señalando a la afición:

—Aquí no prometemos nada. No salvamos a nadie. No tratamos de caminar, ni de pensar, ni de vivir por nadie.

Irguió la cabeza, seguro de sí mismo, y miró hacia lo alto. Cruzó los brazos y se concentró en el techo.

—Van a presenciar una escena incómoda.

Y luego impuso un silencio. Como en la ópera, era un silencio imprescindible para insertar el momento climático del drama.

—Una escena que para muchos podría ser insoportable. Va a haber llantos. Va a haber miedo. En algunos podría haber incluso terror. El terror de la primera vez. Quiero tranquilidad. ¿Entendido? Tranquilidad. Un muchacho se nos escapó.

Ruidos, murmullos.

—No; «escapó» no es la palabra. «Salió», más bien. Eso es, salió. Porque aquí cualquiera puede salir.

La madre de Carlo y su hija rompieron a llorar.

—Pero *reincidió* y viene muy mal. Trae una sobredosis.

Si no iban a poder estar bien, era mejor que se fueran. Verlas así no lo ayudaba en nada. En nada. Verlas como unas Magdalenas no ayudaba ni a los padres ni a los enfermos.

Magdalena brincó.

¿Por qué esa puesta en escena?, pensó Encarnación.

¿Para justificar el pago de las cuotas?

¿Para enseñarles qué tan terrible es lo terrible? ¿Qué tan irreparable es lo irreparable?

¿Para inmunizar a los familiares contra el dolor?

¿Contra la vida?

Había algunos optimistas, claro. Decían que en la clínica San Rafael pasaban cosas peores. Que los vestían de mujeres. Que los ponían a detener una piedra encima de la cabeza. O las dos cosas. A los que no entendían, los ponían a hacer las dos cosas. Muchachos vestidos de manola, deteniendo una piedra sobre la cabeza. Y después, tres días a pura sopa.

Encarnación no podía imaginar en qué les ayudaba a esos jóvenes adictos, la mayoría escuálidos, con una siembra de piquetes en los brazos, ojos acuosos, de inhalador, en qué les ayudaba mantenerse en aquella posición.

«Pero esto es *sólo* para los reincidentes», dijo alguien. Es decir: Para los residentes. Para los que realmente viven allí.

La pregunta era: ¿por qué estaba su hijo allí?

«Soy Encarnación de Martínez (¿era esto cierto?, ¿era ella la encarnación de él?), tengo 43 años, soy madre de Tobías, que tiene doble dependencia.»

¿Doble *por qué*? Adicto *¿a qué*? Estas preguntas no se hacían. No se hacían porque las respuestas eran obvias. Si estaba ahí era porque *era* adicto. Y se era adicto obligatoria, simultáneamente, de dos maneras: adicto a la droga y adicto a la adicción. Si no fuera así, ¿por qué estaba entonces ahí? Y si no estuviera ahí, ¿dónde estaría?

Encarnación miró a Rodolfo, como buscando ayuda. Buscando la clase de respuestas que en otro tiempo la sacaban de quicio.

«Si entendemos, las cosas son como son. Si no entendemos, las cosas son como son.»

Y a pesar de que estaba allí, a pesar de que, contra

todo pronóstico, Rodolfo había ido a ver a su hijo (o a lo que quedaba de él) había algo en la actitud de Rodolfo que la exasperaba. En primer lugar, se sentía ofendida. Él, tan agresivo, tan decidido y dinámico, se comportaba ahora como si fuera otra persona. Su cuerpo, incluso, parecía otro cuerpo. Los hombros caídos, la boca plegada hacia abajo, a medio camino entre la indiferencia y la evasión. ¿Dónde estaba el invencible hombre de ciencia? ¿Dónde había quedado el devoto que creía en el Éxito y lo seguía a través de catecismos de autoayuda y superación? Y es que ella no sabía que en el país del que procedía Rodolfo, llamado Sexo Masculino, había distintos tipos de humillación tratando de ganar la primacía. Y que el triunfo mayúsculo y la gloria más grande nunca son suficientes porque siempre hay un último resquicio de humillación acechando, como un asesino a sueldo, dispuesto a acabar con cualquier sensación de bienestar. Algo ocurría cuando la limitación personal chocaba con la idea de gloria pública. Una anulación magnífica, proverbial. Era Jehová pidiendo el sacrificio de Abraham. Y lo que Encarnación veía en el cuerpo abatido de Rodolfo no era la desesperación, sino una idea de humillación disfrazada de estoicismo.

«Tú eres la causa de tus fracasos», decía Heal Carnegie, el Gurú de la Excelencia, ese dios que hablaba un lenguaje que Rodolfo podía comprender. Pero la frase no le servía para ayudarlo a vivir durante los próximos cinco minutos.

Carlo, el muchacho con sobredosis, entró haciendo un ruido enorme. Tomó mucho tiempo obligarlo a atravesar el vestíbulo, obligarlo a subir las escaleras. Se caía y había que levantarlo, se lanzaba contra la pared y había que detenerlo. Y cuando por fin lo habían llevado al último escalón, se zafó de los dos que lo detenían de los brazos y se echó a correr otra vez escaleras abajo, sudando, gimiendo y haciendo mucho ruido, con el gesto desesperado de quien huye y lo atrapan, y vuelve a huir y se persigue solo, en círculos, dando vueltas entre los asistentes que lo miraban atónitos, sin hacer nada, de los asistentes que adivinaban que estaba solo y desesperado como un pollo de *kermesse*.

Tanto esfuerzo invertido, tanto escándalo. Tanto movimiento inútil dentro de un tiempo que hizo transcurrir la hora de sesión sin que hubiera llegado el turno al padre del nuevo interno, Tobías, sin que hubiera podido decir quién era, y qué hacía allí.

—Soy Rodolfo Martínez del Hoyo, padre de Tobías que tiene...

Los asistentes se pusieron de pie, comenzaron a retirarse. El mensaje central de Creta, aunque implícito, quedó claro.

La cuota, cinco mil quinientos pesos mensuales, incluía estancia en el limbo y menús I y II.

Menú II:

Ley seca.

Dichosos los invitados a esta cena.

OCHO

El día que Abuelita murió, la tía Amada entró en una crisis nerviosa que no le permitió ocuparse de nada, ni de su madre y las demandas inmediatas de atención (también ahora, vuelta cadáver, parecía requerir de su atención; de hecho, ahora parecía requerir *más* atención) ni de sí misma. Sabía cuidar de los vivos. Toda su vida había estado dispuesta a hacerlo, pero algo muy distinto era vivir para una muerta. Veía a su madre yacente, con el camisón de lana desleído y las trenzas ralas brotando debajo del peluquín como un secreto. Egoísta: enmascarado el rostro con la sonrisa beatífica de los que han visitado el paraíso de los fármacos y habitan en un mundo más allá de la vida y de la muerte, un mundo sin principio ni fin. Irresponsable: en el sentido más literal, incapaz de responder por ella misma, por ninguno de sus actos, incluido éste, el de morirse. El de morirse y dejarla sola.

Mientras vivió, Abuelita fue considerada una presencia incómoda. Aun desde niña, para doña Cósima, su madre. Por lerda, según se desprendía del juicio de la madre basado en el interés de la hija de dedicarse a sí

misma sin realmente hacer nada: bañarse, peinarse o
coser su ropa, con propiedad. En suma: por inútil para
el matrimonio. Pero, contra todo pronóstico —y para
sorpresa de todos—, la niña se casó. Y se casó bien: con
el dueño de la planta de saborizantes más grande y más
próspera del país: don Bienvenido Martínez del Hoyo, a
quien doña Cósima adoró y le estuvo eternamente agra-
decida, aunque su gratitud nunca llegara al límite de referirse a su yerno por su nombre, sino como «el dueño de Colorantes y Saborizantes S.A. de C.V., el hijo
mayor de los Martínez del Hoyo». Y el estigma del
nombre se propagó de madre a hija, porque desde el
momento de petición de mano y hasta su muerte Abuelita se refirió al hombre que decidió ser su esposo como
«El Licenciado.» Por su parte, él dijo hallar en su futura
mujer, cuando menos, dos virtudes que no había encontrado en otras mujeres: un pasmoso desprendimiento de todo interés material (de hecho, una mirada libre
de *todo* interés, como se vio más tarde) y una autosufi-
ciencia rara, por no decir insólita, para las mujeres de su
época. Isaura Farruz (alias Abuelita) parecía no necesi-
tar de nadie, ni material ni emocionalmente. Tenía la fa-
cultad de vivir a gusto y a sus anchas sola, en cualquier
lugar del mundo y andar por él bien plantada, aunque
con la cabeza en las nubes. Esta suerte de cualidad «eva-
nescente» de la hija de doña Cósima permitió a su marido hacer en vida lo que quiso en materia de negocios,
política y mujeres.

Hasta que su mujer parió.

Cuando nació su hijo primogénito, lo primero que
Abuelita hizo fue romper la cadena de los Bienvenidos,
establecida por tres generaciones. Olímpicamente des-
preció a Bienvenido I y a Bienvenido II y se negó en el

registro civil ante su marido (Bienvenido III), a ponerle el tan esperado nombre a su primogénito. En cambio, escogió para su hijo —que para ella sería único— un nombre que le permitiera convivir con los demás sin propiciar la burla, y le puso «Rodolfo», que aunque a la mayoría no nos suena a nada, según la mitología germánica quiere decir «hombre de gran valor». No es que ella supiera esto, ni que le importara, dijo, cuando alguien le hizo el comentario. Si le puso ese nombre a su hijo fue por un actor que salía en algunas películas de principios de siglo, Rodolfo Valentino, aunque años después, cuando un hermano se lo recordó, ella dijo no saber de qué le hablaba. Luego, vino lo de la historia de su parto, que comenzó a contar como si la que había parido no hubiera sido ella, sino la Madre Tierra. A todas horas y ante cualquiera hablaba de ese vacío que sintió, de esa oleada caliente y ese gusto a cobre seguido de aquel cataclismo, como si no hubiera sido un hombre sino un astro lo que viera la luz tras tanto esfuerzo. Y años más tarde y sin que viniera a cuento, se ponía a contarle a quien se le pusiera enfrente:

—Cuando Rodolfo nació, se oyó retemblar en sus centros la tierra.

—¡Ése es el himno nacional, Isaura! —la interrumpía su marido.

—¿Y tú qué sabes?

Y antes de que viniera alguien a llevársela con discreción, como sin darle importancia, alcanzaba a decir en voz alta, refiriéndose al licenciado:

—Éste lo único que sabe parir son agüitas. ¡Puros meados de colores!

Más tarde fue aún peor. Cuando nació su segunda hija, Lelia, no sólo no se interesó en buscarle un nombre, sino que aprovechó cada instante para decirle a la niña, señalando a su hermano Rodolfo:

—A éste nadie lo va a querer más que yo.

En cuanto al nacimiento de la tercera y última, tía Amada, su llegada a este mundo fue, en el sentido más lato, un alumbramiento natural. No sólo porque no hubo necesidad de ir al sanatorio, como con los otros hijos, pues Amada se adelantó: «se le salió», como solía decir Abuelita con cierta coquetería, sino porque la niña vio la luz, creció y sobrevivió valiéndose de sus propios medios. Tía Amada estuvo condenada a oír, toda su infancia, la historia del parto de ese Dios, su hermano, y a comparar su simple arribo al mundo con aquella epifanía.

Pero no todos coincidían en contar la historia de Abuelita de ese modo. Algunos decían que la mujer de don Bienvenido había perdido el juicio mucho antes, desde el momento en que El Licenciado dejó de ir a comer a su casa. La distancia, el desinterés de don Bienvenido —o tal vez, como decía él, «el exceso de trabajo»— fueron creciendo al grado de impedirle llegar un 24 de diciembre a cenar a su casa. Rodolfo, que se había creído el cuento de la disciplina y el deber paternos, justificó la ausencia de su padre y le aconsejó a su madre que partieran de una vez el pavo y cenaran ellos cuatro en santa paz. Pero ella no lo oyó o no quiso oírlo y permaneció obstinada a la mesa, frente a «la criatura», como llamaba al asado, erguida, el trinche y el cuchillo en cada mano, esperando.

Cerca de las doce, cuando la tía Lelia entró (como era de esperarse) en convulsiones epilépticas, Rodolfo y Amada le tomaron brazos y piernas y esta vez sin ayuda de los sirvientes a quienes su padre había dado el día libre, la llevaron a encerrar a su cuarto, frente al rostro impávido de Abuelita, quien sólo abandonó su actitud una vez, para afilar el cuchillo con la chaira. Dos horas más tarde, Rodolfo se fue a dormir, y hacia el amanecer Amada se acomodó en un sillón, a unos pasos de su madre, y también se durmió. Pero al poco rato un espantoso maullido de gatos la despertó. Su madre, que había rebanado íntegramente el pavo y picoteado con el trinche los platones del relleno, había ido a servir la exquisita cena de Navidad a los gatos, que entre propios y ajenos sumaban más de media docena. Al principio, éstos se habían presentado, ávidos y presurosos. Pero tras haber comido lo suficiente maullaban desesperados, tratando inútilmente de huir, de zafarse, pues Abuelita los había amarrado y sometiéndolos de dos en dos por el pescuezo les zambutía la cabeza en los platos, obligándolos a comerse, íntegra, la cena.

También aquella vez ella, Amada, había acudido al rescate de mamá. Le había tomado las manos, la había llevado a bañar.

Acostumbrada ya a que El Licenciado no la viera, no la tocara ni mucho menos la degustara, ni siquiera a través de sus guisos, no entendió que ocho días más tarde llegara la camioneta de la Florería Matsumoto con un arreglo precioso de parte de «su señor esposo» que el empleado se empeñaba en dejarle, según él, con motivo del día de su santo.

—¡Ya se fue! —gritaba Abuelita desde la puerta del vestíbulo—. ¡Ya pasaron por él!

El empleado mostraba, desesperado, el ramazo, gritándole, volviendo a insistir, inútilmente, en que las flores eran *para ella* justamente de parte de su esposo. Abuelita se limitó a verlo gesticular, y antes de cerrar la puerta le gritó fastidiada una frase que él no pudo entender:

—¡Sobre el muerto, las coronas!

Y se metió en su casa.

Y ahora la tía Amada, que veía a su madre muerta en aquella cama, tras haber pasado sus días de juventud y primera madurez velando por ella, al pendiente de su salud y su honra, buscándola, regañándola, procurándola a cada instante, no sabía qué hacer.

Había vivido la vida de su madre como una afrenta. Había destinado su existencia, sin proponérselo, a cuidar de ella y de su hermana Lelia, como un mandato, para no tener de qué avergonzarse. Pero no había aprendido a cuidar de sí misma. Se sentía timada, traicionada. No podía imaginar los minutos siguientes a los últimos arreglos funerarios, ¿qué haría? Y se aferraba en pensar en los preparativos finales: las llamadas a los parientes, avisándoles del deceso; los trámites que la sostendrían durante el velorio y el posterior entierro, antes de caer en el vacío.

Pero entonces, tuvo una idea.

Una idea genial:

Le habló a Fresnillo.

Acudió a él como un refugio, como si él fuera el último elemento sano de aquella tríada de cuidados intensivos: Abuelita, ella, el doctor. Que viniera, le pedía. Que la ayudara a pasar ese amargo trance, y más tarde, que abogara ante Rodolfo para que no la enviaran a un asilo. Que le hiciera compañía. Unos días, tan sólo. Por el recuerdo de los años compartidos al lado de ella, su mejor enfermera.

Pero la respuesta de Fresnillo fue categórica:

—Dale a un hombre un pez y le darás de comer un

día. Enséñale a pescar y le darás de comer toda la vida.

Es decir: no. Es decir: ahora no puedo, no es conveniente, tengo otros enfermos que atender. Es decir: dos y medio pastillas de Ativán por las noches más baños calientes como placebo.

Hay muertes cuyo sentido final es el largo insomnio, la intranquilidad que dejan en quienes los suceden. Su madre: mil enfermas distintas y un solo estigma verdadero.

Una vez en el lugar al que fue enviada por instrucciones precisas de su hermano, la tía Amada se negaba a ser bañada, alimentada, a ser medicada. Se rehusaba a dejarse cortar las uñas. Sobre todo —cosa que no se podían explicar las enfermeras—, las uñas de los pies. Y cuando Rodolfo consiguió vender la casa donde tantos años felices habían pasado ella, Abuelita y Fresnillo, se opuso a la idea de recibir el estipendio mensual correspondiente a su herencia de manos de un fideicomiso. Ni siquiera se inmutó cuando el fideicomiso le hizo saber que de no retirarlas a tiempo, sus cosas serían vendidas. Su ropa, sus perfumes, el espejo con marco de plata y nácar donde alguna vez recibiera una imagen menos derruida de sí misma.

Ni Rodolfo ni Encarnación, ni el propio doctor Fresnillo, nadie de quienes la conocieron en plena actividad entendía esa falta de ánimo en la tía que, tras una vida de indecibles retos, había dejado de luchar en el último momento. Como si el sentido de su vida hubiera sido cuidar, no ser cuidada.

Sola, exiliada de sí misma, llena de atenciones que rechazaba, pasó la tía Amada sus últimos años, como una monja de clausura. Sólo la sostenía el recuerdo de Abuelita, el único tema de conversación que trataba cuando su hermano, rara vez, la iba a ver. Alguna tarde tocó también el de la tía Lelia, la hermana que tan temprano y de manera tan peculiar se había ido. «¡Ahora que por fin es dueña de su vida!», decía Fresnillo sin comprender. La tía Amada lo veía alejarse, consciente de lo que el doctor jamás comprendería: que hay vidas inútiles cuyo sentido profundo se nos escapa, y muertes que, de modo inexplicable, nos ayudan a vivir.

NUEVE

El 9 de octubre de 1990, cuando le avisaron que su hermano estaba detenido, Magdalena no se extrañó. Tampoco cuando le dijeron que ya se habían puesto en contacto con la señora Martínez del Hoyo desde los separos y que ella se había negado a ir por su hijo a la delegación. Extrañamente les contó esta historia, dijeron. Una vez un bandido a punto de ser ahorcado pidió como último deseo que le acercaran a su madre, porque quería darle un beso. Cuando ésta llegó al pie de la horca el hijo se inclinó como si fuera a decirle un secreto. Y entonces, al sentir que ella se agachaba le dio una mordida atroz en la oreja. Los verdugos vinieron a retirarla, pero ella se resistió. No entendía nada. Deteniéndose la oreja sangrante la madre alcanzó a preguntarle al hijo: ¿por qué me haces esto? Y el hijo le respondió: porque por tu culpa me ahorcan. Me amaste incondicionalmente, y por eso, me volviste imposible para los demás.

Con todo respeto, no entendían qué había querido decir su mamá. Tampoco entendían ni media palabra de lo que decía su hermano. Sólo estaban interesados en saber si algún familiar quería ir por el joven a los separos porque de no hacerlo lo iban a pasar a refundir en un reclusorio.

Magdalena se concretó a escuchar. El cable del teléfono tenía un corto y hacía que se perdiera la voz, con todo y los esfuerzos de ella por mantenerlo inmóvil.

—¡Mierda! —dijo, y el agente del Ministerio Público, creyendo que se refería a él, colgó.

Se podía imaginar los hechos aunque no le hubieran contado los motivos de la detención en detalle. No sólo porque no era la primera vez que confundían a su hermano, sino porque era previsible que en cuanto salía del hospital a la calle se acercaba alguien dispuesto a aprovecharse de la circunstancia. El problema no eran los locos sueltos. El problema eran los cuerdos, que los explotaban. Una vez que dos policías lo encontraron en un mercado comprando huitlacoche lo detuvieron por tráfico de estupefacientes. Por un milagro que nadie se explicaba, el dueño del puesto había salido en defensa del detenido diciendo que los hongos del maíz se vendían en el supermercado y que por lo tanto eso era un atropello. Pero uno de los agentes respondió muy tranquilo, a modo de disculpa:

—No íbamos a arriesgarnos ¿no? Qué tal si deveras se hubiera tratado de un caso de narcotráfico.

Cuando Tobías les mostró la cartera con veinte pesos, su incapacidad del Seguro Social y la estampa plastificada del duodécimo apóstol, el otro policía dijo:

—Mi mujer también es devota de San Judas. Todos los viernes primeros de cada mes vamos a ponerle una veladora a la iglesia de San Hipólito.

El primer policía le dijo que cómo era bruto, que ése era otro Judas, San Judas Tadeo, y no éste, que era el Judas traidor.

Ocho cuadras más adelante los dos policías volvieron a darle alcance. Esta vez iban acompañados del vendedor, que les ayudó a golpearlo. Los tres entraron al lugar donde vivía su hermano, una accesoria con dos recámaras, baño y patio trasero, que había sido el domicilio del chofer de tía Amada y de Abuelita, donde sus padres —siempre en convenio con el doctor Fresnillo— lo habían instalado mientras lograban reintegrarlo a la vida social. Adentro era evidente el abandono provocado por la falta de ánimo y de bienes. Pero sobre todo por la precariedad mental del asaltado. Había montones de ropa sucia tirada por todas partes y entre ellos una siembra de zapatos comidos por los hongos y el sudor excesivo que provocaban los medicamentos. Un aparato de sonido había dejado en suspenso la aguja justo antes de caer sobre una base de plástico, como respondiendo a una orden superior de guardar silencio. Su hermano había hecho conmovedores intentos de ocultar la tristeza pintando cada una de las paredes de un color distinto: amarillo congo, gris rata, verde mentol, y se había quedado sin terminar el morado. Los tres asaltantes concluyeron que era la casa más deprimente que habían robado en su vida. Pero echaron la ropa, unos vasos, el tocacintas, un destapador, las almohadas y unos cascos de cerveza vacíos en unas bolsas de plástico.

En realidad, no habrían tenido necesidad de golpearlo. Tobías les habría dado lo que le pidieran, feliz, porque entonces tenía la obsesión de ser como San Francisco, el Hermano Sol. Había entrado en su fase maniática y tenía la costumbre de desnudarse donde fuera. De pronto, le daba por quitarse la camiseta sudada talla cuarenta y los pantalones de mezclilla y extendérselos al primero que pasara, obligándolo a tomar el paquete como si se tratara de un valiosísimo regalo.

—Es por el síndrome del desprendimiento —había dicho el doctor, cuando sus padres le preguntaron si había que internarlo de nuevo.

Su padre fue el de la idea. Pero no; no había necesidad de seguir hablando de la posibilidad de que arremetiera contra sí mismo o contra otros, dijo el doctor. Esta nueva fase no representaba en realidad ningún peligro. Tobías podía empezar a vivir solo. Antes, en el siglo pasado, por ejemplo, una persona como él se habría pasado la vida recluido en una institución mental, despertando a manguerazos de agua fría o viviendo amarrado a una silla. A principios de siglo, si hubiera tenido suerte, lo habrían sometido con electroshocks. O con camisas de fuerza. Se habría pasado la vida deambulando entre excremento y orines, en galerones atestados de alimañas y de enfermos violentos. Por no hablar de la Edad Media.

—Lo habrían metido en una jaula, dándole de comer pan en pedacitos.

Ahora ya no. Y qué bueno. La medicina moderna *sabía* lo que los hombres todavía ignoraban. Sabía que no se trataba de casos de posesión, por ejemplo. Ni de actos diabólicos. Estaba perfectamente al tanto de que no eran ilusos, ni endemoniados; que no eran malditos. Ni tampoco santos. Ahora eran sólo pacientes. ¿Y sus familias?, familias de pacientes. Muchos de ellos eran enfermos en tránsito. Entraban y salían del hospital, de uno y otro mundo. Varios vivían solos. Y se medicaban. Cuando su madre, angustiada, le había preguntado que cómo iba a lograr eso, el doctor dijo: muy fácil. Como un diabético. Un diabético sabe que tiene que inyectarse insulina todos los días, ¿no? Pues allí está. Es lo mismo. Y si vive solo, mejor. Qué mejor prueba de confianza.

Pero no había sido así. La ciencia médica podía ser infalible, pero la vida tenía otros planes.

—Es como estar dentro de una lavadora —le dijo Conchita un día que decidió probar con ansiolíticos, a ver qué se sentía.

Los medicamentos la volvían torpe y distanciada. La hacían sentir náuseas. Con una falta de interés por todo veía el mundo emerger a lo lejos, como una ilusión óptica.

—Es como estar siempre en el segundo mes de embarazo.

Cuando le avisaron que estaba detenido, su hermano tenía más de veintiún días de no estarse medicando. Por eso salía a la calle, porque se sentía bien. Lo que quería decir que estaría mal para los otros, es decir, raro. Los medicamentos no lo curaban, pero hacían que el mundo se sintiera sano.

Fue a recogerlo pensando en las distintas formas de abuso que habían hecho de su hermano lo que era. Como si todos estuviéramos destinados a alguna forma de descomposición. Por falta de amor o por sobra de él. Por demasiada estimulación, o por abandono y olvido. Como si el tiempo nos sometiera a una falta o a un exceso que nos volvería extraños con los que los demás aceptarían vivir.

Y ahora estaba detenido por secuestro.

La explicación del Ministerio Público no hablaba para nada de los detalles y ahondaba, en cambio, en las causas del secuestro en general. De todos los secuestros que había: a políticos importantes, a magistrados, a dueños de empresas, a empleados bancarios, a amas de casa a las que sorprendían viendo televisión y forzaban a empacarles hasta el último juego de cubiertos y meter todo en el coche como si fueran a irse de vacaciones con ellas; de todas esas variantes, incluidos taxistas y pasajeros y hasta —en menor escala, pero también— curas y voluntarios de la Cruz Roja, el más penado por la ley era el secuestro de menores. Y eso era lo que su hermano había hecho.

—Qué tan menores —preguntó ella.

Aunque no estaba interesada en la edad. Pero había aprendido de su padre a no mostrar sorpresa, ni duda, a no involucrarse emocionalmente con ninguna experiencia. «Ya hazte hombre», era la respuesta de él cuando ella lo buscaba, de niña, cuando mostraba cualquier manifestación de afecto o cuando tenía un problema. Y aprendió bien. Ahora no se cuestionaba nada que no fuera lógico o práctico o pertinente. Y esa pregunta, que parecía inteligente sobre todo porque le daba la razón al agente, era en realidad una forma elíptica de decir: «no le creo».

—Eran niños de primaria —le dijo él, quitándose los lentes oscuros y mirándola fijo, como para acentuar la gravedad del caso—. Y eso, usted que es una persona culta lo sabe, es un delito muy serio.

Ya habían empezado a tocarse. Ya había cuajado el momento de los subliminales escarceos.

—Mire comandante: ¿me permite que lo llame comandante? —dijo ella, como si no supiera que era un simple agente llegado y designado por cualquier razón menos por sus méritos—. Como usted ya se habrá dado cuenta, mi hermano, o sea el detenido, tiene un pequeño problema.

—Pues yo diría que tiene uno más bien grande —sonrió el agente, seductor.

En la esquina más visible del Ministerio Público, junto al escritorio donde una secretaria tomaba la declaración inicial, había una escultura de San Judas Tadeo de tamaño natural, que se veía desde la oficina del MP. Cuando ella llegó a preguntar por su hermano, y señaló la imagen, la secretaria le explicó:

—Es que arriba están los de la PGR.

Ella, sin saber qué decir, había asentido.

—Tiene ya años que pusieron esa estatua, por los torturados de la Procuraduría —le dijo la secretaria, y la remitió a la oficina central para que le leyeran los cargos.

Ahora, junto al MP le iba a ser falta algo más que acudir al santo de las causas difíciles y desesperadas.

—No me refería a este problema, comandante, sino a algo peor. Mi hermano está mal de sus facultades.

—Pues sí, pero eso no lo libera de los cargos —mirando el traje sastre de ella, atusándose el bigote, calculando—. Fíjese nada más lo que hizo: irrumpió en un recinto público, una escuela primaria, la Escuela Primaria Protasio Tagle, para más señas, metiéndose hasta la dirección. Amenazó al director con un pisapapeles, no, peor, aquí dice que con uno de esos cuchillitos con los que se abren las hojas de los libros, o sea, con arma blanca.

Magdalena quiso decirle que había un mundo de diferencia entre un cuchillo y un abrecartas y en cambio escogió la respuesta inteligente:

—Tiene usted razón.

—El director, que es amigo mío, me contactó en seguida, y aunque yo no tengo asignada la zona acudí como un favor. Y, la verdad, pude no haber hecho nada.

Se quitó los lentes, cruzó los brazos, se reclinó hacia atrás.

Total, me quedaba yo aquí viendo tele y qué.

—Pues sí, eso sí...

—Quién me va a decir nada.

—Pues no, nadie.

Se acercó, puso los codos sobre el escritorio, juntó las manos bajo la barbilla. Se le quedó viendo.

—Mire: yo llevo ocho años en esto. Trabajé en Guardias Presidenciales; conozco al subprocurador, a su esposa, conocí personalmente al licenciado Durazo, que no era licenciado; fui chofer de una hermana suya. Llevaba y traía a sus sirvientas al mercado. A su señora la recogía del club, y a sus niños. Los recogía a cualquier hora, de donde me dijeran.

—No, pues ni hablar.

—¿Sí me entiende qué quiero decirle? Mire: yo bien pude haber remitido a su hermano directo a los separos ¿y sabe qué le habrían hecho? Bueno, ahí está. Y además le digo otra cosa: yo apenas lo vi supe que venía mal. La verdad. Usted me dice que es porque está enfermo, pero, ¿quién le iba a creer que no se había metido algo? No; no se crea. No se distingue tan fácil. Un chemo, un craquero, un cocainómano, bueno, hasta uno que venga erizo puede reaccionar igual. Pues sí, si estaba totalmente en otro mundo. Imagínese: como vio que las paredes de la escuela eran grises pensó que estaba en un campo de concentración. Y le dio por salvar a los niños. Que según él porque se los iban a llevar a las regaderas. Cuáles regaderas, si eso es lo que les hace falta. Sí, eso dijo. Que por lo de las cámaras de gas de los nazis. Y luego, como la escuela está toda pintada de grafitis y el director le mandó poner la alambrada esa de púas por lo del asalto de la última vez, pues su hermano le fue a decir que su misión era terminar con los nazis y que como él era uno de ellos ahí mismo se encomendara. Imagínese. No; cómo cree. Cómo que no andaba tan errado. Ora sí me sorprendió, para que vea. No..., pero eso no es fascismo, es disciplina. Pues sí, yo de niño también me llegué a sentir así. Pero pues no; cómo voy a estar de acuerdo. Pues de qué me vio cara o qué. No, si ya sé para dónde va. Pues claro que todos nos sentimos así alguna vez, pero no por eso íbamos a dejar de estudiar tampoco. Sí, en eso sí tiene razón para que vea. Mire, yo cuando veo en las noticias que el «error de diciembre», que se roban la lana, en fin, que por todos lados hay miseria y que esos chavos no tienen futuro, que van a acabar en la calle, entiendo que dejen la escuela y se dediquen mejor a otras cosas. Bueno, es que hasta vendiendo autopartes robadas les va mejor, para no irse tan lejos. O limpiando parabrisas, de plano. No, qué va, cómo cree que va a ser mejor trabajar aquí. Si viera lo que gana un policía auxiliar. Y lo que hay que darle al de arriba, y luego al de más arriba y así. Y pues sí, para esto fuimos a la escuela. En eso sí concuerdo con usted. Visto así, sí. Pero sólo visto así, ¿eh? Sólo así resulta al final que el loco no está tan loco, deveras. Fíjese; qué curioso: lo primero que nos dijo su hermano fue que para qué había aquí tanto letrero de no fumar, que a quién le importaba la salud de los detenidos. Luego se puso a querer arrancar los letreros. Y fue cuando lo inmovilizamos y lo metimos donde está. Pero ahora que lo pienso pues sí es chistoso ese letrero en un lugar como éste. Capaz que es más útil tener la estatua esa de San Judas que los narcos trajeron cuando salió libre su jefe...

Viéndole las piernas, la clase. Viéndola asentir.

—Mire, yo quiero ayudarla. Por lo que dice de su hermano y porque usted, la verdad, se ve persona decente. Ándele, en eso también concuerdo: cuando hay modo y ganas, todo se puede arreglar.

Ella ruborizándose, sonriendo. Ella hablando. Él mirándola embelesado, interrumpiendo.

—Usted dirá.

El comandante se dio vuelta hacia la puerta, como cerciorándose, se echó hacia atrás. Quedó frente al retrato de Salinas de Gortari abanderado, el actual presidente. El comandante haciendo la pregunta y ella respondiendo: no, mientras no le faltara al respeto por qué iba a sonarle indecente.

¿Usted está por la Simplificación Administrativa o por la Renovación Moral de la Sociedad?

Ella riendo, no podía ser. No sabía qué era mayor en el heroico cuerpo de policía, si su cinismo o su ingenio. Y él que por qué se reía, que de qué. Que él sólo estaba repitiendo las consignas o sea los eslógans ¿no? de nuestros presidentes. Que es más, dijo.

—Para que vea que hay confianza, que hay amistad, se lo dejo a su criterio.

Ella extendiéndole cinco billetes de mil pesos. Y él diciendo:

—Óigame. Doble su criterio.

DIEZ

Que no pusiera palabras en su boca.

Ella no dijo que no iría a recoger a su hijo, por favor. Lo que dijo fue que no iría a recoger a ningún delincuente. Porque su hijo no era un delincuente. Pero es que los hombres tenían un modo de interpretar que. Dios, ella era la miope pero ellos la miopía misma. Sumada al desinterés, en persona. No es que padecieran de indiferencia; era más bien que la indiferencia había tenido que padecerlos por tanto tiempo que ya se le había olvidado que ahí podía caber alguien más, algo más que hombres. Hombres. Los únicos seres de la creación que habían nacido para mirarse el ombligo. Todo el tiempo viéndose con satisfacción, con azoro, como buscando la costilla que les habían quitado. Por supuesto; claro que había estado cerca de su hija Magdalena después de la detención, por qué. Por qué se lo preguntaba. Cómo que había tomado pastillas. Qué pastillas. Cómo que en un cuarto del Hospital Inglés. Claro que sabía que las tomaba. Era insomne. ¿Él nunca había estado tres, cuatro noches sin dormir? ¿Sabía el estado de un organismo después de casi ochenta horas sin dormir? Claro, por supuesto que el médico había aprobado que tomara estimulantes de día. De qué otra forma podía ser la supermujer que era. ¿Hasta dónde iban a llegar con esa clase de conjeturas? Primero su hijo mayor, ahora ella. No podían comprender que hubiera otras formas de vivir, eso era todo. El problema con la normalidad es que todo mundo tenía su modo particular de entenderla. Un modo distinto para cada uno. Que claro que no, por supuesto que no, que qué... ay, qué brutos eran. Qué pendejadas estaban diciendo. Reaccionar cómo. Que cómo querían que contestara si no pensaban lo que decían antes de hablar. Por supuesto que no, ninguno de sus hijos. Nunca, nunca habían mostrado ninguna de esas «tendencias».

Las flores llegaron a su casa cuatro días después. Flores y tarjetas prefabricadas con textos para toda ocasión: *Alíviate pronto. Las rosas son rojas, las violetas son azules, el azúcar es dulce y así eres tú. Los amigos son las flores en el jardín del alma.* La mayoría optó por hacer caso omiso de la razón por la que Magdalena había ido a dar al hospital y se referían de modo ambiguo a su salud. Que te mejores. Descansa. Como si hubiera sido un exceso de actividad lo que la hubiera llevado allí. Un exceso de vida. Algunos llamaron por teléfono a horas en que era difícil localizar a alguien y dejaron mensajes optimistas en la grabadora. Sólo las tías maternas tuvieron el valor de llevarle libros o chocolates y dárselos en persona.

Apenas entraron en el cuarto de la enferma, una de las tías (Melita) pidió que prendieran la televisión en el show de Cristina. Durante todo el programa se puso a narrar episodios pasados. Luego, las hermanas restantes (Pachela, Bicha y Popi Chula) hablaron de otras cosas.

Antes de irse, Melita volvió a lo de la televisión. Y con la televisión le dio de nuevo por el show de Cristina. Contó el caso de unos travestis que se habían hecho la operación completa. Por esa razón, y porque les habían quedado mejores senos y mejores narices y mejores nalgas que a las mujeres verdaderas —cosa que ella pudo comprobar cuando las vio en la pantalla—, ahora exigían el derecho de elegir. Ya no querían ser elegidas. Esos pechos turgentes, esas caderas estrechas merecían llevarse lo mejor del género. Nada de andarse quedando con las sobras.

Al final, las tías concluyeron que aunque el mundo había cambiado muchísimo era hermoso ver que las mujeres ya no tenían que vivir a la sombra de los hombres; que era muy hermoso estar con chicas profesionales y entusiastas y vitales como ella, como Magdalena.

Pero cuando salieron, todavía frescas y llenas de piedad como un ramillete de Divinas Flores, dijeron que así no valía la pena visitar a los enfermos. Para qué, si la sobrina había estado todo el tiempo en la luna.

Una de ellas (Pachela) le dijo entonces a otra (Melita):

—Pero tú hiciste muy bien. Fuiste muy clara con lo del programa.

Ése era el problema con las hijas de hoy, dijo, que ya no se sabían otra historia que la de la mujer de éxito. Que vivían para el aplauso, aunque el aplauso ya no significara nada. ¿De qué les servía ser mujeres independientes, profesionales con setecientos títulos y ningún hombre que las mereciera? Mejor las generaciones de antes, la verdad. No es que entonces vivieran felices, tampoco, dijo otra (Popi Chula). Pero al menos vivían una vida verdadera. En cambio, la hija de Encarnación vivía en un programa de concursos permanente. Y todo ¿para qué? Para hacerse acreedora de un aplauso vacío. Pero tal vez era algo distinto, dijo otra (Bicha), tal vez era lo de su hermano. Esas cosas afectaban mucho. Había que pensar. O tal vez lo que tenía a las chicas así es que ya no hubiera buenos partidos (fue de nuevo Melita), con eso de que los travestis se los estaban llevando todos. Quién sabe, dijeron las cuatro, una nunca podía saber.

El 2 de noviembre de 1994, doce años después del incidente de Tobías y uno después del de Magdalena, una tarde de lluvia con un clima capaz de quitarle las ganas de salir a cualquiera, cuando Encarnación fue a ver a su segunda hija que se había casado, divorciado, y estaba encerrada a piedra y lodo desde la última junta de avenencia, acababan de dispararle al candidato priísta a la presidencia de la República. Casi al instante, en las noticias dieron a conocer al culpable: Mario Aburto, un hombre que en cuestión de minutos se volvió célebre. Ante todo por ser, como en sus tiempos el Rey Pelé, muy bueno para los remates. Sobre todo los de cabeza.

A las seis veintidós dieron el parte médico: muerto de dos tiros, uno letal. A los dos días, las autoridades ya tenían resuelto cómo dar con el culpable. Habían acordado contratar a un fiscal especial, quien se valdría de la ayuda de una vidente (que luego fue mejor conocida como La Paca) para las averiguaciones. La investigación para encontrar al culpable del magnicidio significaba un esfuerzo mayúsculo.

—Esforzarse mucho, muchísimo, hijita.

Eso era lo que ella tenía que hacer. Su madre le dijo que si por su gusto fuera nadie en la vida haría un esfuerzo, que todos en el mundo nacíamos predispuestos a la hamaca. Que claro, qué daríamos por no levantarnos nunca, ni salir. Qué más que estar echados como una res, todo el día comiendo y rumiando con los ojos entornados al cielo, quién no quisiera ser una res. Un cerdo, en cambio, no. Los cerdos vivían al ras del suelo, mirando hacia abajo, como los derrotados. No le extrañaba nada que los judíos tuvieran sus suspicacias sobre esta especie.

—Además, los cerdos viven hechos un asco.

A esa misma hora, en todos los canales, los encargados de dar la noticia empezaron a mentir. Hablaban a trompicones, se revolcaban, lanzaban al aire las hipótesis más peregrinas esperando a que las autoridades les dieran línea; queriendo cada uno añadir una frase que pudiera acabar con la sensación general de estupor y de pánico. A los tres días de ocurrido lo que se dio en llamar «magnicidio» ya se había tomado una decisión. Después de setenta años de fraudes y asesinatos sin móvil, sin responsabilidad y sin agente, por primera vez en la historia del país se iba a llegar Hasta las Últimas Consecuencias.

—Porque lo que hacemos repercute en otros, hijita.

Y porque no éramos cerdos. No éramos ni reses, ni tampoco cerdos. Éramos seres que habíamos aprendido por generaciones a sobreponernos. Lo que nos diferenciaba de los micos no era el pulgar móvil, sino que ellos deambulan por ahí, se rascan o se ponen a pelar plátanos y después se echan, de modo muy natural. Y luego, así como se echaron se levantan. Sin necesidad de imponerse disciplinas, ni despertadores ni nada. Sin que nadie venga a levantarlos. Y en cambio nosotros nos teníamos que poner horarios. Y ver gente. Era muy difícil convivir, ella lo entendía, la convivencia humana era lo más difícil que los seres humanos debíamos enfrentar. Ahí la tenía a ella. Ya un poco más descansada, desde que se había ido su papá, eso sí, pero con todo. Haciendo sus ejercicios de convivencia.

En realidad, el único ejercicio encaminado a la aclaración de los hechos tuvo lugar el 9 de octubre de 1996, cuando el fiscal especial dijo haber encontrado por interpósita persona (una vidente) un cráneo enterrado en la finca El Encanto, un rancho propiedad del hermano del ex presidente. Según predicciones de la vidente se trataba del ex diputado M.M. Rocha, cuñado del anterior, y había muerto a manos del dueño de la finca. Según informes, los hechos se desarrollaron así:

En septiembre de 1996 el fiscal especial recibe una llamada. Del otro lado de la línea se encuentra la vidente Francisca Zetina, mejor conocida como La Paca. Con la voz fantasmal y veleidosa que caracteriza a quienes tienen experiencia en comunicaciones con el más allá, La Paca informa al fiscal que en la finca El Encanto se encuentra enterrada una osamenta. «Veo un cráneo en el corral, debajo del zacate», dice. Y enseguida añade: «es el cráneo que todo el país anda buscando». «¿Un cráneo? ¿Pero cómo?», pregunta atónito el fiscal y no atina a decir más. Una frase espectral, atribuida al presidente que volvió perros a los ciudadanos bajo su gobierno despliega una curva en la mente del fiscal: «¡Claro que soy supersticioso!»

Después de un silencio que es la suma de todos los silencios, La Paca continúa: «el muerto es el ex diputado M.M. Rocha y fue asesinado por el hermano del ex presidente». «¿Está usted segura?», pregunta el fiscal. «Esa pregunta me ofende», responde La Paca. «Mi deber es informarle que veo una osamenta, que el muerto es M.M. Rocha y que murió a manos del hermano del ex presidente de muerte natural.» «¿Cómo de muerte natural?», brinca sorprendido el fiscal. La Paca hace acopio de paciencia: «Con todo respeto. No hay nadie que resista un golpe con un bat de béisbol en la cabeza. Con un golpe así es natural que uno se muera.»

Los periódicos empezaron a venderse como nunca. La ciudadanía estaba interesada en seguir el argumento de la realidad que, de pronto, se había convertido en un thriller gótico, una historia gore, en un cómic. Después de la miseria y la falta de esperanza generalizadas, junto al crimen organizado y la sensación de que en cualquier minuto se podía perder la vida, lo último que quería el pueblo era un desenlace. Por primera vez el gobierno parecía estar de acuerdo: nada más lejano a su interés que descubrir a un culpable. No se trataba de señalar a nadie; se trataba de especular. Y entre más insólitas las variables, mejor. Porque la finalidad de buscar razones era hacer de la realidad una novela.

—Y si ellas no vienen hay que inventarlas, hija.

Había que inventar razones para vivir y para estar con los demás. Sobre todo en su situación, o sea, un divorcio. Encarnación miró a Conchita a los ojos: eso es lo que a ella le había hecho mucho bien. Y ahora tenía una razón magnífica para estar bien; para querer salir, con ella. No su trabajo, porque eso, al fin y al cabo, era una obligación. Con todo y lo que compensaba trabajar en el Consejo de Mujeres Abusadas A. C., de aconsejar a mujeres golpeadas, a mujeres que estaban en una situación peor que la de ella. Con todo y el bien que le hacía ayudar a las parejas con problemas, ahora que ya ella no los tenía (ni las parejas ni los problemas). Su razón era más fuerte, más poderosa. ¿Se la decía? Bueno, ese día iban a poder visitar a Tobías. ¿Ya veía qué bien? ¿Qué buena noticia? Que ya aceptara visitas. Su hermano no sólo estaba magníficamente en el hospital, sino que se había vuelto algo así como el líder de los internos. Sí, ya veía que él siempre tuvo esa cosa como mesiánica, como de conducir masas en su fantasía. Pues allí lo podía desarrollar magníficamente bien ese talento. Lo habían hecho el monitor, así se llamaba, el monitor de los enfermos. Él era el encargado de prender la tele, de apagarla, él les escogía el canal, todo. En la reunión colectiva era el que más participaba. Bueno, hasta tenían que arrancarle el micrófono, es un decir, porque de que se emocionaba participando ya no lo podían parar. Se sentía como conductor de programas de esos donde presentan a los artistas. Pasaba a cada uno de los enfermos al centro, como si fuera un panel, los ponía a contar su historia y hasta quería obligarlos a cantar o a bailar. Al principio a la doctora le había parecido un exceso y las enfermeras habían dejado de tejer sus carpetitas y se habían puesto a verlo sorprendidísimas, como quien se ve delante de una aparición. Pero luego ya hasta lo esperaban, deleitadas. Porque no hay nada más aburrido que la sala de los enfermos con daño cerebral severo. Ahí nunca pasa nada. Y cuando pasa, es como en un partido de béisbol: todos corren hacia distintas partes, a uno le da por aventar algún objeto que por lo regular va dirigido a darle a otro, los demás siguen corriendo, alguien derrapa y se cae, otro grita, llega la enfermera y pone la inyección. Y luego todos otra vez a sus bases y otra vez a tejer y a esperar. Así que cuando vieron que Tobías no sólo no les hacía daño a los demás sino que hasta los entretenía, lo dejaron disfrutar de lo que más le gustaba en la vida que era, en riguroso orden: hacer rondines, hablar en voz alta y espiar. A veces ella pensaba, hijita, si tu hermano hubiera nacido en otro país sería predicador, en vez de enfermo. Sería un predicador de esos que están felices en las calles parados en su caja de jabón y ni quien les diga nada, hasta les dan dinero. O si hubiera nacido en otra época. Sería como Gandhi o Demóstenes sin las piedras. Porque Tobías no tartamudeaba nada, sólo que hablaba a tal velocidad que era dificilísimo entenderlo. Bueno, sí, estaba exagerando. Tenía hijitis, y qué. Era la alegría. La alegría de saber que a su hijo ya lo dejaban ¡por fin! recibir visitas. Qué decía, pues, iban a verlo sí o sí.

Al principio, permaneció callada. Le pareció que era como seguir una telenovela. ¿Quién hubiera dicho que los enfermos nerviosos entendían tanto, que se fijaban tanto en los detalles, que tocaban el mundo como si tuvieran el cuerpo lleno de dedos? Sin embargo, seguían la noticia con la misma curiosidad o aún más que el resto de la gente. El enfermo encargado encendía el monitor y ahí estaban, pegados a la televisión como la lengua al hielo seco. La doctora Minerva veía a Tobías Martínez, el muchacho de la cama 23, acomodar las sillas, hablarles a los demás de lo que pasaba en el país y lo que se sabía hasta el momento; discutir con ellos, mezclando rezos y eslógans, cópula y cúpula, hasta ayer eran tres Marioaburtos y un Abel, y abel con qué nos salen ahora. A-hora, a tiempo. A la hora. Aló. Ah. Lo veía a él, a Tobías, lo escuchaba en silencio y observaba la reacción de sus compañeros, sus otros pacientes, los veía gritar, unirse al coro, callarse unos a otros, agitarse en movimientos atetósicos, desgobernados, mirando atentos, atentísimos, la tele, pensando, queriendo entender; qué

pasa, qué chingados está pasando en el país, doctora. Y
después de verlos ya no estaba segura de que «hacerlos
aterrizar», ponerlos en contacto con el mundo real fuera el mejor de los métodos. Que evitarles el aislamiento,
que no segregarlos como leprosos, fuera realmente un
camino menos cruel, más acertado de la medicina moderna.

Con frecuencia le resultaba difícil saber cuál de todos era el que más se emocionaba con las noticias del
país: el crimen, el examen del cráneo, la maldición de la
médium a sus televidentes. La reacción de euforia colectiva la hacía pensar en un animal mítico de veintidós ca-
bezas que diera aullidos y agitara violento sus cuarenta y
cuatro brazos al oír que el fiscal estaba siendo acusado
de sembrar las pruebas. ¿Por qué no se podía creer que
los muertos se desenterraran para evitar conspiraciones?
¿Por qué no podía pensarse que un miembro del mismo
partido hubiera asesinado al candidato presidenciable
que había elegido? ¿Por qué iba a ser un método dudoso
confiar en una vidente?

El 2 de diciembre de 1996 se dio la noticia. Las
pruebas del cráneo demostraban que no era del ex diputado M.M. Rocha porque la osamenta tenía pelo café
y no entrecano. No había sido el gobierno el perpetra-
dor del crimen, había sido quiensabequién —nadie, tal
vez—, porque el cráneo encontrado no era el del pre-
sunto asesino.

Don Pascualito Estévez, un enfermo hasta hacía
poco inerte, se veía ahora cargado de una animación
inexplicable: ¿qué mechón de pelo?, repetía, desesperado, ¿qué no un cráneo es pelón, y si es pelón es que no
tiene pelo?, ¿qué un cráneo tiene pelo, doctora?

La tarde del sábado 1 de febrero de 1997 todos los

bípers de todos los ciudadanos con este sistema de telefonía emitieron a la misma hora el mismo mensaje. «Urgente. La osamenta no es de M.M. Rocha sino del consuegro de La Paca.» Y días después apareció La Paca en un programa de noticias negándose a responder preguntas. En cambio, lanzó una maldición al periodista que la entrevistaba y después al público televidente. Ebenezer González (cama 14) se cubrió la cara con un brazo, como si se tratara de un golpe, y José Pablo Zepeda y Nélido Vázquez se negaron a seguir viendo el programa. El muchacho de la cama 23 (Tobías Martínez) perdió el juicio (es un decir) que ya tenía perdido: no sólo reconocía a los sujetos que aparecían en televisión —eran sus parientes—, sino que los juzgaba. ¿Por qué le hacen esto a la tía Amada?, decía, mezclando los hechos, ¿por qué no pueden dejar que los muertos se mueran; por qué no dejan en paz a Abuelita?

Al día siguiente apareció el conductor del noticiero diciendo que aunque él no creía en las brujas, la verdad, prefería curarse en salud frente a su audiencia. Y procedió a hacerse una limpia en pleno programa de noticias.

Fue en ese momento cuando la doctora Minerva Cifuentes decidió hablar.

Ese día, después de la transmisión *real* de un suceso *real* visto, oído y vivido como *real* por ciudadanos reales fue que decidió que era imposible seguir callada. ¿Cómo iban los locos a querer salir al mundo de los cuerdos? ¿Cómo iban ellos, los médicos, los psicólogos, los terapeutas, las mentes lúcidas y notables detrás de la investigación neurofisiológica, los cerebros privilegiados que se dedicaban a regular el comportamientos humano a partir de la ciencia; cómo iban los filósofos, los sociólogos, los humanistas, cómo iba nadie, ni el ciudadano más simple, a explicarles a estos pacientes la diferencia entre realidad y fantasía? ¿Cómo iba a convencerlos de que lo que pasaba en el noticiero era real, que ese crimen y esa maldición y esa limpia era el mundo lógico al que debían aspirar, y el otro, el de sus reacciones, el anormal, el enfermo?

¿Cómo podía prohibirle, a ver, con qué argumento le iba a negar al paciente de la cama 23, Tobías Martínez, que se sentía orgullosísimo de prender y apagar la tele el privilegio de hacerlo; cómo le iba a decir al enfermo de la cama 11, Alfonso Mendoza Cuautecutli, un pacifista sometido a la violencia de su lóbulo temporal, que había participado en el movimiento del 68 y era experto en armar bombas y había estado ocho años preso y había vivido en Nicaragua y en El Salvador, donde recibió el golpe que lo obligaba a ver conspiraciones políticas cada diez metros; cómo iba a decirle a ese paciente al que había preparado tanto para reintegrar a la sociedad que esa sociedad había enloquecido y ahora sí había que verla como la había estado viendo él durante todo ese tiempo? ¿Cómo iba a decirles que *siempre sí* había que narrar el mundo como lo narraba José Octavio Méndez, alias el Joven Bacha, que oía a The Cure y a Police a todo volumen y sólo sentía serenidad frente al descontrol súbito y peligroso y ahora estaba feliz con lo que ocurría, como si el mundo hubiera recobrado el juicio y estuviera en su mejor momento? O como la refería El Locatel (Ricardito Ruiz), que vivía sometido a fuertes dosis de Amital con la esperanza de que pudiera recordar por qué había matado a su hermana. Igual que Ricardito, el gobierno responsable del crimen inventaba recuerdos, daba acciones por hechas, creaba situaciones donde sólo había un vacío. Para que los ciudadanos pudieran entender qué ocurría en el país, el gobierno no sólo necesitaba recobrar su memoria; como Ricardito, necesitaba primero descubrirla. Dar con ella.

Intentó explicarles; convencerlos. Dividió el mundo en anaqueles. Tomó toda clase de objetos. Puso las manzanas con las manzanas y las peras con las peras. Prendió y apagó la luz; explicó que el mundo sólo podía ser blanco o negro. Trató de convencerse ella misma. Extirpó cuestiones. Puso de este lado sólo las del mismo orden, las que correspondían al mismo género. Pero se tardó; se había tardado. Para ella era también demasiado tarde. Así que no pudo hablar. Por más que buscó no pudo encontrar el modo de explicar lo que creyó que sabía y empezó a decir cualquier cosa, lo que fuera y no lo que todos querían oír y no podían porque había una interferencia en el aire que era la interferencia de siempre, el silencio. Y el silencio era tan increíblemente estruendoso, tan necio, que hacía cualquier cosa con tal de no dejar que le cerraran la puerta. Así que como todos, tuvo que oírlo. Por más que se hablara, en ese país no había más que silencio.

Y si había permanecido así, callada frente a su hija, si todo lo que Encarnación pudo hacer en cuanto volvió fue ver a Concepción echada como un animal en el mismo lugar donde la había dejado, en su cama, entre sus cobijas, y si Conchita no pudo hacer más que seguir a su madre con los ojos, sonriéndole a veces, o entristeciéndose, según la posición del observador, como un holograma, fue a causa y por culpa del famoso silencio.

¿Qué era lo que querían?

Esto fue lo que Encarnación quiso y no pudo decir. Que qué bueno que no había ido a ver a su hermano y que era mejor quedarse así, echada, y no oír, ni ver, para lo que hay que ver en el mundo, total, hijita. Que qué bueno que ya había perdido toda esperanza, toda expectativa. Porque a ella las suyas ¿de qué le servían? De qué le servía haberse curado. Dejar de beber, sobreponerse. Para qué había aprendido a ser feliz. Qué iba a hacer con tanta felicidad si no podía compartirla con ellos, con sus hijos.

¿Qué era lo que querían?

Primero Tobías, luego Magdalena, ahora ella. Y así, hasta que cada uno fuera a dar ahí, como un rito de paso. Felizmente, su padre se había ido, hijita. Felizmente la había dejado por una mujer menor. Que le había enseñado a llenar la casa de espejos, para evitar la energía negativa; y a comprar lechugas orgánicas; y a meditar.

Y aunque Rodolfo había vivido con ella veinte años y aunque veinte años eran muchos, ella pensaba en ese tiempo como un ataque súbito que hubiera durado un segundo, aunque dejara una profunda huella.

—A veces pienso que lo soñé —dijo, recordando la voracidad de aquellas manos.

¿Con quién había vivido?

Rodolfo, cuando pensaba en él como Rodolfo y no como el padre de ellos, era una idea. Era la ilusión que había puesto en vagar, en buscar perderse. Y luego, al volver al mundo de los vivos, de noche, rozándolo apenas, con un pie yaciendo junto a él, era la necesidad de sentir el calor de ese otro que no es planta, ni roca, ni agua, sino alguien como uno en quien reconocernos. Es decir: su padre, para ella, había sido un deseo.

—Qué te dijeron —madre e hija, las dos rondándose, tratando de acercarse, sin hablar.

—Que Tobías no podía salir ni recibir visitas ni se le

podía escribir ni podía ver tele. Ya no era monitor (se quebró) ni era nada. Ni siquiera tenía posibilidades de una recuperación más o menos pronta porque lo que ponía a los enfermos mal era la locura de afuera.

—¡Qué tienes mamá, qué te dijeron! —incorporándose, levantándose por fin, hablando, como si la caída de otro fuera el único móvil capaz de impulsarlo a uno a cobrar las fuerzas.

Como si al caer los sanos pudieran devolverle al enfermo la salud. Como si al adoptar la enfermedad de otro el sano no estuviera haciendo más que redimir al que aparece en el espejo, él mismo, al ser carne de su carne y sangre de su sangre, al beberse una sopa de su propio chocolate.

—Que somos nosotros quienes necesitamos la terapia.

—Quiénes nosotros.

—Nosotros. Es decir: Ustedes. Ellos.

Todavía no se acababa de sentar y ya estaba llorando. Dijo que se llamaba Concepción Martínez y que lo peor que podía hacer una con sus ojos era llorar. Que arrugar el gesto y frotarse los párpados sólo hacía que se marcaran las líneas de expresión. Que según la revista *Vanidades* llorar acababa con la elasticidad de la piel. Y que además de tristeza, lo único que queda después son signos de vejez prematura y fatiga. Si lloras poco, no, dijo. Al contrario, llorar un poco abrillanta la mirada. Pero ella tenía meses de no parar. Empezaba por hacer cualquier cosa, cantar por ejemplo, *Eres una muñeca de plástico fino*, y las lágrimas brotaban solas, como si alguien les hubiera abierto una llave. Y luego unas empujaban a las otras y ya no había forma de parar y seguía así por horas.

Ella siempre había estado orgullosa de sus ojos. De sus ojos y, sobre todo, de su boca. De chicas, cuando su madre las mandaba al jardín de atrás, de donde ni ella ni su hermana Magdalena podían escapar porque tenían prohibido asomarse a la calle o entrar a la casa, buscaba un rincón y se sentaba a esperar que su mamá la llamara. Se distraía haciendo dibujos en la tierra con un palito y sin darse cuenta empezaba a chuparse el labio inferior hasta que se hinchaba. Le decían «boca de corazón», porque siempre la tenía muy roja, dijo, como muy dibujadita, aunque nadie sabía por qué. Era su secreto. Y podía estar así, chupándose el labio las mañanas enteras. Los sábados, o en vacaciones, hasta que llegaran sus primos o hasta que a su hermana Magdalena se le ocurría inventar algún juego y obligarlos a ella y a Tobías a jugar. Les preparaba una misa, con rezos y confesión y todo, y los hacía comulgar. Cortaba hojas secas en pedacitos y les decía que era bueno que practicaran a tomar la sagrada eucaristía como es debido para que el día que comulgaran en la iglesia no la fueran a morder (porque se condenaban) ni se fueran a ahogar (porque morir así era acabar en el infierno). A ella le entraban unas náuseas espantosas, unas ganas enormes de vomitar por el sabor a tierra y la sensación de las hojas secas en la lengua, pero hacía esfuerzos por resistir, porque sabía que lo contrario era quedarse sola, sentada contra el muro, sin hacer nada más que chuparse el labio y sentir cómo los ojos se le ponían aguados y empezaba a llorar. Cuando no le decían Boca de Corazón le decían La Polla, porque decían que tenía corazón de pollo, que por cualquier cosa se asusta.

Dijo que ahora le gustaría asustarse por cosas concretas, como entonces, y no sentir la angustia difusa de algo que la oprimía por dentro y no la dejaba estar. Se pasaba los días frente a la televisión, sin atreverse a salir. Sin siquiera descorrer las cortinas. Cuando era niña, le asustaba tener que quedarse en el jardín, sin un horario fijo, le asustaban las arañas, los alacranes, los azotadores, los caradeniño, la pípila, todos los animales con los que tuvo que compartir obligadamente su infancia. Le asustaba pensar que su madre se moriría algún día. Y que ese día ya nadie la obligaría a nada. Pero sobre todo, le aterraba pensar que cuando le entrara el miedo no la dejarían entrar a su casa y refugiarse en una habitación cerrada.

Tal vez de allí le venía el terror a los espacios abiertos.

Siempre que entraba a un restaurante, dijo, buscaba las mesas del rincón, donde se sentía segura. Sus primos le decían La Muñeca Fea, porque como la canción de Cri-Cri, siempre estaba escondida por los rincones. Si ella o su hermana iban a alguna reunión, Magdalena se ponía a hablar con el primero que se encontrara, y si era hombre, mejor. Ella, en cambio, entraba despacito, sin hacer ruido, tratando de pasar inadvertida y se quedaba en algún lugar del fondo observando la fiesta, pegada a la pared.

Le daba angustia que la gente se acercara. Tanta, como quedarse sola.

Al principio, sus padres tenían la costumbre de salir los viernes por la noche. Cuando su papá cambió los experimentos por los negocios, un poco antes de cerrar la planta, empezó a salir más, pero sin compañía. En esa época su mamá habló de trabajar, de ponerse a dar clases de algo, de ganar algún dinero por su cuenta, pero su padre dijo que ni se le ocurriera. Él no iba a estar dispuesto a llamar a la casa y que ella no estuviera. O que estuvieran solos, como están ahora todos los hijos, y empezaran a dar problemas. Entonces decidió que mamá debía involucrarse en su trabajo, apoyarlo. Desde su casa. Sin desatenderlo a él o a los hijos. Uno de cada cuatro sábados le tocaba preparar la cena del Club de Leones y los tres restantes acompañarlo a otros compromisos, dependiendo del negocio que estuviera haciendo en esos momentos.

Conchita creía que había sido en esa época cuando a su madre le dio por cocinar como manía. Siempre supo hacer cositas sencillas, pero entonces empezó a experimentar con platos exóticos. Lomo en pulque; chiles rellenos de escamoles en salsa de aguacate. A ella le encantaba verla en la cocina, pidiéndole a Aurelia toda clase de cuchillos, el pelapapas, el exprimidor de ajos, como un cirujano muy concentrado en su quirófano. Su hermana Magdalena, en cambio, odiaba a esta segunda mamá, la que recibía en su casa y daba consejos de cocina. Porque mamás habían tenido tres. Su madre había sido, como la Santísima Trinidad, tres personas en una. A esta segunda, Magdalena le puso La Encarnación de Chepina, y en cuanto la oía pontificar sobre las bondades del Sole Meunière o pedirle a Aurelia unas *crudités* en lugar de unas jícamas y zanahorias crudas se iba al baño como si fuera a vomitar. La primera mamá, la que se arreglaba como si su padre fuera a contratarla para un concurso de belleza, era la Cocotte Chanel, y la tercera, la que acabó en el hospital, La Amarga López.

En los años de su segunda faceta las dos veían a su madre con un delantal que decía «*Women's Lib*» pararse a dictar cátedra frente a Aurelia. No entendía cómo fue que Aurelia aguantó tantos años con ellos. Se acordaba de su madre insistiéndole en que ya le había dicho que el queso debía servirse a la temperatura ambiente. Que cuántas veces le tenía que repetir que era importante sacarlo de treinta a sesenta minutos antes de servir y dejarlo a unos veinticuatro grados. Cualquier queso menos el queso cottage o el ricotta, ésos no, ésos los debía tratar como si fueran leche fresca. Decía «una omelette» en vez de una tortilla de huevos, y cuando servía helado de chocolate decía «una mousse».

La pobre Aurelia la miraba como a un enigma, que está allí para no ser resuelto. La inspiración culinaria en lengua extranjera de mamá le causaba el mismo asombro que el padre Luisito preguntándole a sus fieles cuántos ángeles caben en la punta de un alfiler.

Pero incluso en esas circunstancias ya querría ella tener la fuerza que tenía su madre entonces y la presencia de ánimo para arreglarse, para soportar la vida, con todo y sus manías. Y en cambio ahora veía con tristeza que lo único de lo que su madre podía hablar era de enfermedades y métodos terapéuticos y diagnósticos. Dijo que lo que su hermano tenía era un exceso de historias. Las de ahora, terribles y envueltas en una jerga médica. Pero las de antes no. Antes Tobías fue el consentido de su madre, que pasó su infancia contándole historias. Conchita dijo que esto era lo que más amaba en su madre, que estaba llena de historias. Y sobre todo amaba la manera que tenía de contarlas. Hasta el hecho más intrascendente ella lo convertía en algo fantástico, como si todo lo que le ocurriera realmente fuera interesantísimo, como si su vida fuera más intensa que la de María Callas y Jacqueline Kennedy juntas. Envidiaba que fuera a Tobías a quien se las contara mientras se arreglaba.

Ni a Magdalena ni a ella las dejaba entrar al baño. Sólo al Nene, porque era muy chiquito y la podía ver desnuda, y a Tobías, porque según ella estaba más allá del bien y el mal y podía ver cualquier cosa. Conchita dijo que amaba su olor, su dedicación para ordenarlo todo, cualquier parte de la casa, hasta el último rincón. Y de ir haciendo una historia con lo que se encontraba. Los cuentos chinos que hacía cuando veían las fotos de alguno de los álbumes en los que fue guardando su vida hecha de Momentos Kodak. «Ésta era mi hermana Talita, tu tía. Se la llevó la bruja Isisiu. Se la encontraron un día en Chihuahua, fíjate, tirada en un cuarto de hotel, mordida por una rata. Cuando nos avisaron para ir por ella ya era muy tarde. Nunca más la encontramos. Se la chupó la bruja.»

Una tía que no era Pachi ni Bicha ni Melita ni Popi Chula. Que un día dejó de visitar a su mamá y desapareció sin dejar rastro.

Su madre le contó que lo peor del día de su boda fue que al entrar a la iglesia sintió que algo le picaba debajo del vestido. Era el liguero. Así que cuando ya no aguantó más, en plena elevación, se lo arrancó y todos le miraron las piernas, incluido el sacerdote, que no supo si detenerse o seguir con la comunión porque ya estaba en pecado por haberle mirado a la novia, aún virgen, las piernas. Su madre era así. Hacía cosas locas, inesperadas, y ella la amaba por eso. Si algo le picaba, se lo arrancaba enseguida, si algo no le parecía, lo decía, a quien fuera.

Aunque su papá y sus hermanos no opinaban lo mismo.

Ellos pensaban que lo hacía por llamar la atención. O porque no estaba a gusto con lo que hacía. Pero ella no, dijo. Ella no pensaba así. Ella creía que mamá simplemente hacía lo que quería. Que su madre era uno de esos seres privilegiados que siempre habían confiado más en lo que sentían que en lo que pensaban. En cambio ella ya no sabía discernir entre lo que sentía y lo que pensaba. Las dos cosas se habían fundido irremisiblemente. No quería salir, no contestaba el teléfono. Lo único que hacía era quedarse en su cama, todo el día, oyendo *Eres una muñeca de plástico fino*, y en la grabadora, las voces de los que la llamaban, a quienes no les iba a contestar el teléfono. Su padre, que se había vuelto a casar y le hablaba por culpa. El Nene, que la llamaba por compromiso, porque su madre se lo había pedido. Una antigua amiga del trabajo, que preguntaba por qué no aceptaba ser madrina de bautizo de sus hijos. Y Magdalena, que le dejaba números telefónicos de hoteles en distintas ciudades de la república. De todas ellas, la única llamada que significaba algo, la única que esperaba oír, aunque no contestara, era la de su madre. No sabía por qué, porque tampoco tenía ganas de hablar con ella. Pero oír su voz en la grabadora era como entrar de niña al refugio; era volver a su infancia y darse cuenta de que esta vez mamá le abriría la puerta y la dejaría entrar a su casa a resguardarse. Y le pediría algo: que la quisiera.

Cuando ella iba a una fiesta, de niña, su madre le decía siempre: me traes algo, Cronch. Acuérdate quién te quiere. Y eso era para ella la prueba de que su vida era imprescindible: debía vivir porque mamá la necesitaba. Así que se pasaba toda la fiesta esperando que se acabara para llevarle el pastel que le había guardado. El mejor momento llegaba cuando veía a su madre comérselo feliz, con los ojos relucientes, como si estuviera frente a una joya. Que le contara de la fiesta, decía. Que un momento feliz constaba de tres etapas: planearlo, vivirlo y relatarlo.

De esos días, dijo, era de donde le venía la afición de llevarse siempre algo de los lugares a donde iba, de guardar algún detalle de recuerdo. Tenía cajones llenos de menús, programas de teatro, folletos turísticos, ceniceros, silbatos. Como si su madre, al abrir alguno de sus cajones fuera a preguntarle qué había hecho en la fiesta de fin de año en Huatulco, la última que pasó con Retes antes de divorciarse. Porque en vez de llamar a su ex marido por su nombre le decía por el apellido. Como una forma de nombrar el desprecio sin tener que referirse a él. Por qué guardaba esa cresta de plástico con plumas que le habían dado los músicos cuando tocaron «pajaritos a volar»; o la foto donde aparecía rodeada de unos gringos que nunca volvió a ver en su vida, antes de que se le corriera el rímel y Retes y ella se fueran al cuarto y empezaran a gritarse, como siempre, y ella le dijera que su padre era un muerto de hambre y su madre una infeliz; antes de que le hiciera obvio que aunque él intentara hablar como si se hubiera educado en Oxford lo que se hereda no se hurta y que tenía la medialuna de las uñas morada, y no blanca, y los pezones oscuros, y no podía impedir que su madre dijera «trajistes» y «afueras», «voy a las afueras del país», como si no supiera que no había más que una: afuera o adentro, antes de que se hiciera patente que entre él y ella había una distancia más grande, si esto era posible, que la falta de entendimiento. Como si al ver la fotografía puesta en el álbum (en uno de los veintitantos que tenía en un librerito donde estaba todo lo que había sido, las fiestas, la gente que la había rodeado en sus mejores momentos, que era cuando se había vestido y arreglado y se había ido a peinar con Xavier, dijo, con wafflera, de tenazas, de chongo o frizzeado, con rayitos de color azul, con luces, con reflejos, para sorprender a los amigos, a la familia, como una prueba de que estaba bien), su madre fuera a decirle: a ver, Cronch, este fin de año, cómo te fue, qué hiciste. Mira qué bien estabas aquí, aquí sí, ese arreglo sí te va, para que veas. Pelo suelto, así, desmelenado, no como cuando te haces tus tirabuzones de loca, perdóname, tus chinelas de Pekín, esos como resortes horrorosos que dizque porque ahora viene lo Renacentista, como madonna, según tú, de Leonardo, y que perdóname Cronch pero parece más bien hijita como que te hubieras dado una descarga eléctrica.

Como si ya sólo pudiera vivir para su madre. Lo peor era que no vivía para la de ahora, dijo, sino para la que fue, viéndola crecer y aprobando en cada etapa la conformación de sus rasgos, el crecimiento de los senos, el estallido hormonal que había dado como producto a la más bella de sus hijas. Tan bella, que ningún hombre la había merecido. Se había quedado esperando entre sus conocidos una oportunidad mejor. Y como según la revista *Hogar y Vida* después de los treinta y cinco años es más fácil que te caiga lluvia ácida que un hombre encima, porque en este país a esa edad el que no está casado es gay, tullido, tiene mamitis o está buscando una de diecisiete (a gato viejo ratón joven) estaba tan desmejorada y tan triste que no se perseguía ni a sí misma.

La soledad es más grande cuando se tiene tiempo completo para vivirla. Y cuando existen todas las posibilidades de ser feliz, y no se puede. Si tuviera una enfermedad mortal, dijo, sentiría un apremio por llenar su soledad con algo; se sentiría acompañada de las personas que no conocía y de las que se tendría que despedir. A veces le gustaría descolgar el teléfono y contestarle a su hermana. Tal vez ella supiera por qué se sentía tan lejos del mundo, como exiliada, y por qué no podía parar de llorar. Al fin y al cabo Magdalena era la rara, ¿no? Moderna, decidida y natural: la imagen más triste del éxito. Ella, en cambio, se había casado, aunque durara poco.

Cuando se separó de Retes su madre le aconsejó que viera a un psicólogo. El día que firmó el divorcio sintió que se quitaba un peso de encima. Pero su madre, siempre tan preocupada por la normalidad, insistió en que su alegría era una forma oblicua de vivir el duelo, que es lo que viven todas las personas cuando se separan. A ella le parecía un poco absurda aquella obsesión de su madre con lo del psicólogo, como si las cosas no pudieran ocurrirle a uno más que como le ocurren a los demás. Pero fue, con tal de darle gusto. Una vez más, como si vivir no tuviera más sentido que darle gusto a alguien. Mamá. Y resistió la primera sesión, y algunas otras, aunque desde el principio supo que aquello no le iba a servir. Y fue sintiéndose peor cada vez hasta caer en el estado en que estaba ahora. ¿Por qué pensar que eso era *parte del proceso*, por qué suponer que *ese estado sí era normal*? ¿Por qué no pensar que lo normal le ocurría antes, cuando se sentía feliz y libre de una relación de la que se había podido zafar a tiempo y de la que no le interesaba hablar? Que tenía una fijación con el útero, ésa fue la conclusión del psicoanalista. Que por eso no había conseguido formar pareja. Y que de seguir así, no lograría entenderse con ningún hombre. ¿Por qué no pensar que esta conclusión era lo descabellado, lo anormal, y que ella lloraba porque ya no podía ser como fue un día, antes de ser un caso clínico, una patología, un diagnóstico, antes de que entrara la rareza en su vida a través de las teorías de otros, antes de que le hubieran dado cabida a tanta anormalidad en el mundo?

Llegó vestida con un traje Armani marrón, blusa de seda color crema y un par de zapatos Loewe, de ante, totalmente fuera de lugar como pudo percibir apenas se sentó en medio de nuestro grupo, en la terapia. Magdalena. Se llamaba Magdalena Martínez del Hoyo y era hermana de Tobías. Eso dijo. Y también que había tratado, por todos los medios, de olvidar el episodio aquel del baño. Ahora estaba curada, ahora estaba bien. No tomaba estimulantes para ayudarse a vivir de día, ni tranquilizantes para dormir de noche. Ahora sólo manejaba kilómetros y kilómetros, los ojos fijos en el parabrisas del coche tragándose inmensidades de asfalto. Oyendo, percibiendo a través de ese silencio el mundo, mirando al frente durante su travesía hacia ninguna parte.

Ya no tenía malos pensamientos, ni los consentía.

Ya lo había entendido.

El analista decía que su afán de acostarse con más de un hombre cada semana, buscando adueñarse esas virilidades sin poseer ninguna era una compulsión. Promiscuidad emocional, decía. Que la había afectado mucho que su padre se hubiera ido de la casa de esa manera, así, tan silenciosamente, sin decir nada. Sin sacar sus cosas, incluso. Sin dejar una carta al menos, como en las telenovelas, donde hay algo que leer y modo de llorar por ello, y realmente no sirve de nada preguntar por qué, porque está escrito en el papel que el villano deja sobre la mesa. Decía que lo que hacía no era otra cosa que buscar al padre. Pero, o no discriminaba, o estaba dispuesta a pensar que cualquier cosa podía ser un padre: adolescentes de arete, micos rapados, con la mollera decolorada, pintada de azul, viejos verdes con panzas descomunales que exigían ser masturbados todo el tiempo, a riesgo de perder la erección. Niños bien, hombres casados, oficinistas de última, hasta un chofer de taxi. Magdalena devoraba todo lo que surgiera a su paso. Era una aspiradora sexual, una isla a la espera de algún conquistador que viniera a liberarla de sí misma.

No se administraba.

Desde los catorce años, es decir, desde que la prueba fehaciente del pecado original había hecho su aparición bajo la forma de una mancha lodosa entre las piernas, pareció descubrir algo que había ignorado hasta entonces: estaba sola. Desesperada, ansiosa, vorazmente sola. Y el único modo de hacer que el resto de calor que aún la mantenía con vida no fuera a escapársele era tapiar el acceso a su interior con una válvula de amores apasionados y efímeros. Los había errantes, como almas vagando en el limbo de su cuerpo, o rígidos y violentos, como puños. Gruesos y brillantes o frágiles; discretos. Unos intrépidos, culebreantes, otros agazapados, tímidos. Devoradores, como la edad, o tristes como la lejanía. Mientras estaban dentro los amaba por siempre y para siempre. Pero en cuanto volvían a ser parte del cuerpo original, su hospitalidad se hundía en el vértigo de las promesas incumplidas.

Pero ya no; pero ahora ya nunca. Ya estaba curada, eso dijo. Les dijo también que estaba ahí por su hermano, que se llamaba María Magdalena y estaba ahí por

Tobías. Qué chistoso, ¿no? Yo una pecadora y mi hermano un santo.

Muy bien, le dijeron, muchas gracias por su testimonio.

Ella no sabía por qué actuaba así, les dijo, aunque ya nadie le estaba preguntando. Era una energía brutal, una atracción enloquecida por ellos, desde que era niña. No lo podía evitar. Le encantaban. Grandes, cortos, como fueran, una promesa que nunca acababa de cumplirse, virilidades entrantes, salientes, estallantes, una alegoría del fin del mundo.

Primero se quedaron callados. Se voltearon a ver. Luego el terapeuta los animó.

¿Alguien aquí tiene alguna pregunta?

Tal vez lo que tenía era culpa, dijo uno. Tal vez por algo que había hecho de niña, podía ser.

—O envidia —dijo Margarita—. Podía ser envidia del hermano, que se llevaba toda la atención.

O tal vez no era nada de eso.

Por qué no decía un poco más de ella. Por qué no decía cómo había sido la relación con su papá.

Magdalena sonrió, y cuando lo hizo, se dio cuenta de que ya se había puesto de nuevo por encima de los demás. Y así no servía de nada la terapia.

Mi padre adoraba, sobre todo, los cuerpos más bien llenitos, dijo, las caderas y los pechos exuberantes. Alguien le hizo una pregunta y ella dijo que no, claro que esto no lo habían sabido por él. Que él siempre decía que mamá tenía unos ojos preciosos, y cada vez que estaba cerca de ella, con otros, hablaba de su elegancia y de su clase, pero en realidad las que le gustaban eran las mujeres morenas. A mi madre ese tipo de mujeres le parecía vulgar. Prefería los restaurantes y los hoteles donde iban sólo extranjeros y familias bien, aunque ya era muy difícil ir a un lugar que no estuviera infestado de gente «fea». Así decía: «de gente fea». Todo en el mundo era simplemente o «mono» o «feíto». Cuando salíamos de vacaciones, nos ponía trajes de baño completos, nunca nos dejó usar bikini, ni de niñas, y a mis hermanos, nada de cadenitas y corrienteces. Ella se ponía un elegante maillot negro, de una pieza. Pero a mi padre se le iban los ojos por las adolescentes a las que les reventaban las hormonas debajo del brasier, por las jovencitas que se untaban bronceadores con yodo y Coca-cola, por las morenas que se pintan las uñas de los pies. Se metía a la alberca con visor, para verles las piernas. Le fascinaban los cabellos largos, ensortijados, las bocas muy pintadas de rojo. Y que conversaran ligerito, eso decía, nada de complicaciones ni de «pláticas inteligentes». Lo decía con sus amigos en son de burla: ésa es de las de «plática inteligente, tú», como si fuera una enfermedad, como si fueran ronchas contagiosas.

Mi madre, que se pasaba la vida encerrada, o leyendo, o hablando eternidades con Tobías mientras se arreglaba, o llevándonos y trayéndonos a clases de esto y de lo otro, o llamando al doctor si mi hermano se caía de un árbol, o se encajaba algo, o se había dado en un ojo con el rifle de postas, empezaba siempre a hablar de cualquier cosa, tratando de hacer una abstracción y de llevarla a una de las tan temidas «pláticas inteligentes». Y mi padre le contestaba:

—Ay, Güera, ya vas a empezar con tu terapia intensiva.

Todavía me acuerdo de un día en Cuernavaca cuando mi madre decidió llevar a una amiga suya, una mujer altísima de piel transparente, esposa del director general de la Euzkadi, una vasca a la que apodaban «la Sueca». Mi padre estaba jugando dominó con mi tío Manolo, con Malagón, al que también llamábamos tío, de cariño, y con el dueño de FEMSA, José Ignacio Petrides, que era vecino en la casa que teníamos allá. Cuando salió mi mamá con la Sueca, las dos muy alaciadas y muy dignas a tomar el sol, y la Sueca se paró junto a mi papá, él tomó sus fichas, hizo como si se levantara y les dijo a sus amigos:

—Mejor ya vámonos, porque aquí ya empezaron a crecer.

Y mi madre, que siempre era una dama delante de otros, hizo como si no hubiera oído. Sacó un espejito que abría cuando se ponía nerviosa y se miró los labios y el maquillaje de los ojos, para cerciorarse de que estaban bien. Cada vez que la veíamos hacer eso Concha o yo le decíamos que se veía muy bien, que estaba muy guapa, pero era como si no nos creyera. Como si tuviera miedo de que si no se mantenía en guardia la criatura horrenda que tenía dentro saldría y la transformaría a la vista de todos.

Y volvió a sacar el espejito después, cuando mi padre se hizo el chistoso y se tiró a la alberca fingiéndose el monstruo de Loch Ness y luego se puso a perseguir a mis primas, para abrazarlas y a la Sueca, que por cierto estaba encantada. Pero en cuanto se fueron todos, mamá, que pareció que había estado guardando ofensas que le había hecho no sólo mi padre sino la humanidad entera desde la Edad de los Metales, empezó a gritar y a decirle que no tenía un pelo de imaginación, que era el típico macho sin añadidos novedosos, briago y corriente, y que ya quisiera. Que qué más quisiera que una mujer como ella. Eso fue hace muchísimo, cuando mi madre todavía tenía amigas como la Sueca, o sea, amigas que mi padre no soportaba. O que decía no soportar. Antes de que empezara a llevarse con una tal Cuquita Bedoya (ésa sí una mujer de quinta, de las de chicle y tacón dorado), porque entonces le dio a mamá por decir que también en esa clase social se encontraba gente con valores y, sobre todo, gente de gran corazón.

Pero ni entonces ni después logró hacer que mi padre cambiara. Se pasaba la vida —cuando podía, porque la mayor parte de esa vida él no estaba— persiguiéndolo y llorándole, en realidad, aunque lo que veían los demás fuera otra cosa. Rogándole que se quedara un día en casa, con ella; que la abrazara.

Y yo pensaba que yo no sería así, nunca. Por nada del mundo. Que yo no haría nada por retener a un hombre. Ni siquiera casarme. Yo no quería estar, como la Virgen, paradita y sufrida en su media luna. Yo quería estar fuera del nicho, donde estaba la vida.

—Lo que querías era distinguirte de tu madre, fuera ella como fuera —dijo alguien—. Eso es algo muy natural. Nos pasa a todas.

Pero el terapeuta, que era más afín a las leyes de la ciencia que a las de la convivencia, le recomendó a Magdalena que se hiciera un recuento de hormonas. Nada garantizaba que siendo hermana de Tobías no hubiera algún tipo de disfunción. Nada grave, quizá un exceso de testosterona. Por lo de la actividad sexual, le dijo. Él no creía tanto en lo de la búsqueda del padre y esas historias. Para él, Freud era un gran escritor y un viajero audaz que veía criaturas fantásticas por dondequiera. Sobre todo, en las mentes de otros. Su hermano tenía falta de litio. Y las neuronas de su hermana Concha, cerradas como vírgenes ante cualquier extraño, no permitían la absorción de serotonina. De allí su depresión.

Por qué no hablaba más de ella, sugirió el señor García Reyes. De ella en relación con sus padres, no de sus padres aislados; de ella en la escuela.

Magdalena trató de controlar la postura de las piernas. No debía empezar con la agitación aquella del pie, o de una pierna sobre otra. Se reacomodó en el asiento, cruzó los pies a la altura de las pantorrillas. Mientras papá y mamá peleaban, ella leía. Era lo único que le había heredado su madre y lo que compartían. Eso y la desconfianza mutua. Cuando la obligaban a estar en la infinidad de comidas que su madre organizaba en su casa pensando en las relaciones de papá, ella se encerraba en el baño y leía. De otra forma, la vida le era insoportable. Todos los días iguales, unos queriendo suplantar a los otros. Papá y mamá discutiendo por las mismas cosas, las largas ausencias de papá, las farras y las cenas tardísimas dizque de negocios, ambos gritando, explicando y hasta recordando —estuvieran de buenas o de malas— las mismas cosas. Y en la escuela era peor. Las trataban como a retrasadas mentales. Les medían las faldas, las hincaban para ver que el dobladillo tocara el suelo, les revisaban las uñas. A ellas, puras hijas de políticos y de empresarios ricos, les contaban la historia de Benito Juárez, el indito que llegó a ser presidente. Según miss Hotscotch, si eras alguna de las allí sentadas, te esperaba lo peor. Tu vida sería una ruina. Pero si eras pastor y tocabas la flauta y te ocupabas de cuidar borregos, un día te acababas sentando en el sillón presidencial.

Cuando creció, supo que todos los hombres que rodeaban a su padre, los que estaban al frente de los grandes negocios, los que dictaban las normas del país, los que mandaban en las secretarías de Estado eran todo menos pastores que cuidaban ovejas. Más bien hacían su fortuna de ellos, de los obreros y la gente del campo. Pero esto, siendo un secreto a voces, no se podía decir. Cuando estaba con sus padres, o en el colegio, o cuando estaba con otros, debía mentir. Mentía con todos, menos con Tobías. Con él se podía decir cualquier cosa, y, sobre todo, se debía decir eso: cualquier cosa. La más loca y terrible, la más desquiciada. Podía no ser niña buena, podía no ser. Y descubría en esos juegos, en esas conversaciones donde les hablaba a sus hermanos y a los primos que iban a jugar por las tardes de una religión inventada por ella de la que en seguida los hacía feligreses y los hincaba a rezar, que sólo así, que sólo de esa manera, era ella. Ella no era ella. No era eso que le enseñaban a ser. Y ya que nadie estaba dispuesto a admitir que ninguno era quien era y todos mentían a fin de sobrevivir entre el resto, ya que nadie se atrevía a decir que era otro, estaba condenada a sentir dolor y vergüenza y a saberse extraña y a tratar de llenar ese hueco a través de vivir una y otra vez en el único momento en que uno era quien era: cuando soñaba en otro, y era ese otro. Una y otro; otra y uno. Tú, yo, y ese otro. Tres personas distintas y un solo fantasma verdadero. Amaría a ese dios sobre todas las cosas y al deseo de poseerlo como a sí misma, amén.

Por eso entraba a hoteles de paso. Había empezado desde muy chica, de adolescente, les dijo. Salía con hombres mayores, o con novios que tuvieran coche. Primero iban al mirador de la carretera a Cuernavaca. Luego se especializó en moteles. Con cristales en el techo, con jacuzzi o sin jacuzzi, de imitación mármol verde, con columnas para el champú estilo imperio romano. Alguna vez fue el papá de una compañera, luego un maestro, más tarde un amigo de su padre. Qué hubiera dicho papá, si hubiera sabido que Giancarlo Mendicutti, un cincuentón, un político al que invitaba mucho a su casa cuando traían lo de la apertura de mercados iba a recoger a su hijita a la escuela. Empezó por llevarlas a ella y a Conchita a su casa, por lo de su mamá, dijo, que estaba indispuesta, en el hospital y eso, y no era lo mismo estar siempre con un chofer que con familiares y amigos, que trataran a las hijas de sus amigos como seres humanos. Pero luego pareció olvidársele que existía su hermana. La invitaba a ella sola, a comer a su casa, con su hija. Se les aparecía de pronto, con cualquier pretexto, mientras conversaban echadas encima de la cama, o cuando estaban haciendo algún trabajo. Y un día la invitó a comer a un restaurante y otro, al Cerocero, a bailar. Le pidió unas «medias de seda», un brebaje espantoso que según él era un cocktail muy dulce, muy suave, de un color rosa muy apropiado para las jovencitas. Y que le puso la cabeza a girar. A partir de entonces se veían a unas cuadras de allí, en una calle solitaria y cerrada. La llevó a un departamento alfombrado en blanco, con bar y antena parabólica al que hacía llamar «el séptimo cielo». Hasta que su presencia empezó a ser abrumadora. Lo veía en todos lados, en casa de amigas a donde había ido a estudiar, a la salida de las fiestas. Se estacionaba detrás de su casa, para verla llegar, o a unas cuadras del colegio cuando ella se negó a que la recogiera. Hablaba a todas horas por teléfono, colgaba si contestaba alguien más, aunque quién iba a contestar que no fueran Conchita o Aurelia, porque el padre estaba en la grilla, el hijo más chico en el limbo y al espíritu santo lo habían mandado a casa de la abuela. Le tenía conocidas las rutas, la obligaba a subirse al coche con el pretexto de que lo único que quería era hablar con ella.

Y cuando trató de decírselo a su padre, porque no podía más, y tenía miedo, una noche en que lo esperó hasta verlo entrar en la madrugada, lo encontró furioso. Porque habían quitado la exención de impuestos a empresas nacionales, porque habían devaluado de nuevo la moneda, porque habían entrado al GATT, porque no había mecanismos de mediación de retorno a lo invertido, porque el Nuevo Orden Mundial imponía sus leyes y la pequeña y mediana industrias estaban reventando como ejotes. Y qué iban a poder competir ellos, si les estaban cobrando hasta el aire y les evitaban la forma de conseguir insumos. Y cómo iban a salir del agua, a respirar nomás, si para obtener la materia prima se habían endrogado en dólares. Por eso a él no le iba a quedar más remedio que vender la planta. Y a ver si podían sobrevivir de otro modo. Y adiós escuelas privadas y uniformes y clínicas y choferes. Que lo supieran de una vez. En ese momento estaba vendiendo la planta, librándose de esa bigornia, y ellos, los cuatro, aprendiendo a vivir de otro modo. Y eso, si es que alguien la compraba. Y a ver quién era el ingenuo. Qué tratos iban a poder hacerse así, con un país como el nuestro. Y cuando ya se había hecho al ánimo de decirle a su papá que algo estaba mal, que no podía dormir, que tenía pánico, no de esta situación expresa, sino de algo más con lo que no podía, que se le había ido de las manos, era ya demasiado tarde. Ya se había acostumbrado a usar las palabras que los otros esperaban oír: «debacle», «año del perro», «recesión», «bienes incautados». Y aunque nadie hablaba, nadie podía hablar de otra cosa. Era una pandemia verbal, un contagio colectivo. El país se hundía y los gritos se oían en los lugares públicos, en la calle, en los mercados, en el metro. Y en medio de la desesperación había todavía un espacio para bromas. Los periódicos hablaban del desastre y el presidente reaccionaba. Le pusieron El Perro, porque decían que sólo entendía a periodicazos. Cuando terminó su mandato se fue del país, como luego harían los demás presidentes. Pero éste fue el primero que no pudo volver. Cada vez que volvía, cuando entraba en un restaurante, en un teatro, la gente le ladraba. Fue un año de perrunización masiva: todos nos volvimos perros. No sólo los pobres-pobres sino los solamente pobres, los empleados, los oficinistas, los comerciantes, los pequeños y medianos empresarios. Fue el año en que aprendimos a estar más solos y tristes que perros apaleados y confirmamos nuestra lealtad a ese destino porque sí, porque es vocación de perro. Fue el Año del Aulladero.

Fue el año en que ella entendió por qué en México había tantos perros; perros en la literatura, en la pintura, en la escultura. Observó como nunca antes los perros de Tamayo como si ella los hubiera pintado, como autorretratos. Como una perra que sale a la calle y es perseguida por los de su especie y se deja montar por todos, mientras espera, aguardó a que su madre volviera. Hizo lo que tenía que hacer. Se ocupó de cuidar al Nene y de compartir la limpieza con su hermana Concha, que se pasaba el tiempo tallando, ordenando, como si así pudieran evitar un derrumbamiento interior, en cuanto volvía de la escuela. Cuando Tobías volvió hecho un espectro de casa de Abuelita, con dengues y tics nerviosos por las medicinas que debía tomar, diciendo consignas raras, que sin embargo eran nada junto a las que la gente empezaba a decir: «el que no transa no avanza»;

«éste es el año de Hidalgo, y chingue a su madre el que deje algo»; «en esta vida el dinero es lo importante: la salud va y viene», ella ya se había acostumbrado a no oír. La tarde en que fueron por su madre y la vieron salir de la clínica caminando como en cuatro patas, con algo de melancolía canina, se dobló un poco. Volvió a sentir esa punzada que todo lo derrumbaba, la confirmación de que por más esfuerzos que hiciera aún podía sentir. Pero se repuso. Y para cuando supo que su padre no iba a volver, que se había ido para siempre, porque quería aire, dijo, respirar, ella respondió con una traición igual: se graduó en una carrera que odiaba, con todos los honores. Administración de Recursos. Por su padre. Contra él. Trabajaría para las empresas con las que él había pactado, daría cursos de cómo salir a flote, reorientando las velas hacia el Norte, el país vecino. Iría por todos los estados del país llevando, como hizo Nuestro Señor Jesucristo, la buena nueva: *El Pensamiento Sistémico. La Maximización de los Recursos. El Emotional Working Enhancing. El Brake Through Model.* Ya que su padre renunciaba al papel, ella tomaría la estafeta. Sería la Nueva Mesías, sin paraíso y sin fe.

Ahora tenía un departamento inmenso, para ella sola, en la colonia Condesa. Doscientos cincuenta metros cuadrados en colores monocromáticos, *high tech*. Cristales de piso a techo en la estancia y una terraza interior con todo tipo de cactus. Ambiente monacal: sobrio y distante. Tenía jornadas laborales de doce horas, o más, con viajes intermitentes a los puntos importantes del país y del extranjero. Comunicación digital, salas de viajero frecuente, conexiones en Dallas, en Delhi, en Hong Kong. Llegaba molida a su casa, con la sensación de extrañeza de quien llega a un hotel. Oía los mensajes de su grabadora, casi todos de trabajo, y una que otra vez su madre, diciéndole que aunque no sirviera de nada decirlo, la quería. Se quitaba la ropa, la dejaba encima de una silla diseño bauhaus, con respaldo curvo, se ponía el camisón corto de satín blanco, se tomaba un Ativán o un Tafil, se acostaba a dormir. La Bella Durmiente a la que ningún príncipe vendría a despertar.

Y ese día decidió hacerle caso a su madre, dijo. Por eso estaba allí. En la terapia de los familiares de internos, con la única condición de que no estuviera presente ningún miembro de su familia. Para poderse expresar, dijo, para hablar claro.

—¿Y cómo te sientes ahora? —le preguntó el terapeuta.

Dijo que ya estaba curada. Que ya estaba bien. Pero dijo también que si lo que querían era una respuesta sincera, se sentía más sana antes, cuando estaba enferma.

Rodolfo, Rodolfito, Fito Martínez del Hoyo, cincuenta y ocho años, padre de Tobías, dijo que era un convencido de que el destino humano estaba marcado, más que por el sexo, por el lugar que uno ocupaba en su familia y por el modo en que ese lugar se relacionaba con la posición de los padres de uno en sus familias. «Bienvenido» en su caso no había sido una invitación, había sido una orden. Aunque en el último momento se hubieran decidido por ponerle Rodolfo. Un primogénito es la suma de lo que los padres han querido de un hijo. Y es también el producto de la etapa marital de los padres de uno al momento de nacer. Uno era, sin duda, resultado de la situación económica de la familia en el momento de su llegada al mundo y lo que esa familia había querido hacer de su economía a través de uno.

Cuando heredó la planta, entonces un laboratorio de colorantes y saborizantes, él cursaba apenas el segundo año de carrera. En aquel entonces tenía ideales, quería dedicarse a la investigación. Desde chico, había desarrollado una curiosidad por las sustancias, especialmente cuando cambian de forma o de color. Las visitas al laboratorio de su padre, de niño, fueron el despertar a un mundo fantástico donde cualquier cosa podía ser transmutada en otra, donde un hombre enjuto que vivía entre matraces, y al que su padre llamaba el Químico Atanor, podía convertir un trozo de goma gris en el más extraordinario alimento. Allí aprendió que las cosas no son como las vemos. Que hay una realidad que el mundo oculta detrás de la apariencia y que esa realidad sólo se revela a unos cuantos. De hecho, el recuerdo más vívido de su niñez tenía que ver con esa suerte de metamorfosis insólita.

Un día en que el país amaneció con la noticia de que los alemanes habían bombardeado otro buque tanque petrolero y que por esa razón había que unirse a los aliados, su padre, furioso contra la noticia, prohibió a sus hijos ir a la escuela. Se había pasado la mañana diciendo lo que todo el mundo decía: que los buques los habían hundido los norteamericanos y que como siempre, lo que querían era involucrar a los demás en sus malditas guerras. Luego de dar vueltas y vueltas, asomándose de vez en cuando al jardín para ver pasar, según él, los aviones del Escuadrón 201, su mamá salió a decirle a su padre que estaba mejor perdiendo el tiempo con sus agüitas de colores que enseñándoles a sus hijos a odiar a un pueblo que no tenía remedio. Así que su padre se los había llevado al laboratorio y los había dejado con el Químico Atanor.

Desde el primer momento se sintió inmerso en un mundo sobrecogedor y mágico, como dentro de la ballena de Jonás. No sólo lo maravillaron los serpentines de vidrio y los mecheros, el laberinto de frascos bulbosos y la serie de polvos que cambiaban de consistencia y se volvían hilos de seda, estalactitas y finalmente joyas brillantes de caramelo que se podían probar. El personaje que precedía la ceremonia de trocar un puño de gránulos despreciables en una canica roja que hacía funcionar las papilas gustativas igual que si fuera un limón verdadero lo hechizó tanto o más que sus maniobras. Ya desde que su padre había dicho: se quedan con el Químico Atanor, a él ese nombre le había sonado a un cargo importantísimo, algo así como El Gran Mago de Honor. Y luego, cuando le encargó a ese personaje que se ocupara de ellos advirtiéndole: *haga el favor de cuidarlos que voy a haceros fortuna* el sortilegio quedó confirmado. Su padre iba a tierras lejanas y seguro volvería cargado de talegos de oro. Y ese secreto, que no lo sabía ni su madre, se lo había confiado al Químico Atanor. Fue hasta mucho tiempo después que supo que su padre adonde iba era a Aceros Fortuna, una fábrica de metales donde mandaba a hacer, entre otras cosas, las parrillas, los lavabos metálicos y los mecheros bunsen.

Hasta antes de que terminara la magia él no tenía idea de cómo se administraba un laboratorio, ni le interesaba. Cuando empezó a ceder la fiebre alquímica, el deseo de ese mundo extraño vino a sustituirlo la compañía de su madre, que por las tardes dejaba a su hermana enferma con Amadita y se lo llevaba a él a uno de sus pasatiempos favoritos: las subastas. Allí aprendió cómo despertar en los otros la necesidad de poseer un objeto que no vale nada. Cómo hay que ver a los ojos al que puja; cómo hay que atraparlo contándole historias sobre el objeto y cómo despertar su avaricia y su confianza. Y supo, tal vez desde los catorce o quince años, que lo suyo iba a ser el verbo. Su rollo era su valor. Además de esto no tenía más, salvo el deseo de imaginar (lenguajes, experimentos, filosofías de vida) y la urgencia de evitar a toda costa cualquier actividad de índole práctica, sobre todo el trabajo.

Y no obstante, cuando murió su padre, se vio obligado a heredar un negocio que ni quería ni podía administrar. La planta, en el momento de la muerte de don Bienvenido, estaba en números rojos. Al estado prácticamente de quiebra se sumaban las políticas de importación de productos extranjeros que empezaron a gestarse uno o dos gobiernos antes del Sexenio del Perro. Así que además de pensar en cómo saldar las deudas, cómo hacer para no verse obligado a liquidar a cuarenta y dos empleados contando obreros, gente de limpieza, choferes, laboratoristas y contadores, cómo solventar los gastos de la familia que iniciaba (la suya) y aquella otra que se había quedado en la ruina (su madre y su hermana Amada), debía presenciar los estertores de un elefante blanco, la planta, sin poner en riesgo el honor de su difunto padre ni la estabilidad de su nueva familia.

Y luego de salvarlos a todos del naufragio debía hacer que una empresa aún más compleja (la educación de sus hijos, especialmente el mayor) pudiera llegar a buen término. Como se había casado con una mujer difícil lo primero que debía lograr era que Encarnación estuviera de acuerdo. Y ahí estaba el problema. Su primera esposa era la clásica mujer que vuelve imposible hasta las tareas más simples, la típica representante de su sexo que un día oye la palabra feminismo y no sabe ni qué es pero desde entonces anda por el mundo viendo moros con tranchete. Para ayudarse un poco a armar una estrategia acudió a la lectura de Heal Carnegie, *Cómo hacer amigos sin tener que involucrarse con los demás*. Empezó por el capítulo octavo: Cómo criticar y no ser odiado por ello. Lo usual, decía Heal Carnegie, es que los otros estén equivocados por completo. Pero ellos no lo creen. Trate de comprenderlos. Descubra la razón oculta por la cual esa otra persona piensa como lo hace y tendrá la llave de sus acciones y de su personalidad.

No había que devanarse los sesos para saber que una mujer que pasa el día sin hacer mucho, llevando a los hijos a la escuela y recogiéndolos, cuidando de que coman, no peleen y cosas así aprovechará la llegada del esposo para volcar su frustración en él. Lo mejor que puede hacerse en este caso es cambiar el discurso negativo por uno positivo y desviar el camino del desastre por una ruta más promisoria. Por eso, al detectar la infelicidad de su esposa trató de interesarla en algo más que la rutina doméstica. En el *Scientific American* y en el *Time* se hablaba de lo rápido que estaba cambiando el mundo, en los límites rotos hasta ahora y las situaciones inéditas que empezarían a vivirse con el Nuevo Orden Mundial. Le habló de sus proyectos personales. De algo más que salir a trabajar por la mañana y llegar de trabajar por la noche. Trató de involucrarla en su deseo de conjuntar interés personal y rentabilidad; la única vía para no vender su alma y verse obligado a renunciar a sí mismo. Y aunque ella no mostró el menor interés y aunque eso fue muy descorazonador él se olvidó de él y la animó a intentar algo así para ella. Buscar un hobby, algo que la interesara y le perteneciera. Pero nada. Ella no estaba interesada más que en quejarse. Todo en su existencia eran quejas, recriminaciones, desgracias. El problema con Encarnación era que resultaba una excelente compañera de infortunios, que siempre era solidaria para compartir la desdicha. Lo que no sabía cómo compartir era la fortuna. Pero él no se descorazonó. Alentado por un programa de radio que escuchaba todas las mañanas rumbo a su trabajo comenzó a ayudarse a través de la lectura. En su libro *Cómo convertir a la gente en oro y hacer que resplandezca su interior* el doctor Ken Goody aconsejaba bloquear las ideas y sentimientos adversos alentando una conversación interesante. «Se coopera eficazmente en la apertura a nuevas ideas cuando dirigimos lo que nos comenta el otro hacia un nuevo campo de interés: el nuestro.» Y esto fue lo que trató de hacer. No una vez sino diez, cien, mil veces. Trató de interesarla en los asuntos del país, en la situación de la planta, en los negocios en los que estaba metido. Como no obtuvo ningún resultado (de hecho no consiguió siquiera que ella rotara su visión hacia el nuevo campo de interés también llamado «escenario», según pronosticaba la lectura que ocurriría) decidió reunir a sus socios y colegas en casa. Pero esto sólo ocasionó más quejas y amargura. No tenía caso detenerla; ni siquiera iniciar una contraofensiva. «Si quieres algo de miel no des puntapiés a la colmena.» Él sentía la cabeza como una bomba de tiempo donde cualquiera de los elementos que conformaban eso que llamaba su vida estallaría de un momento a otro. Y entonces tuvo un instante de iluminación. «En todo trabajo de genio reconocemos nuestras propias ideas desechadas.» La idea era de Ralph Waldo Emerson y comprobaba, una vez más, que siempre hay alguien antes que ha pensado las cosas mejor que uno. No era suficiente con cambiar la dirección de los pensamientos y el estado de ánimo de su mujer; más bien debía convencerla de que esas ideas eran suyas. «Permita que la otra persona sienta que la idea es de ella. Si desde el principio obtiene usted una serie de *síes*, la bola de billar de la persuasión se habrá puesto en movimiento.» La dejó hablar. Estuvo de acuerdo en todo. Sintió tanta alegría de escucharla expresar su propio interés de saber más de él, de conocer su trabajo, y era de tal modo inédita esta situación en ella que sintió una ternura enorme, como cuando uno descubre en un niño pequeño un inmenso talento que no imaginaba. Sin dejar de mirarla, llevó la mano de Encarnación a su mejilla y la apretó contra su cara. Siguió asintiendo, luego intervino un poco, le dio la razón. Y repentinamente sintió un deseo irrenunciable de estar metido en la cama con ella. Después de todo, por más violentos que fueran los pleitos una pareja podía seguir siéndolo a condición de que fuera capaz de arreglar sus diferencias en la cama. El sexo es el ring de boxeo; el circo romano de tres pistas donde hombre, bestia y fantasma integran el espectáculo. El altar donde el verbo se hace carne y sangre, para deleite y comunión de quienes al amarse se transforman. La seducción era el arma más acabada de Encarnación, su propia fuerza. Así que él no estaba haciendo nada que ella no le hubiera enseñado. En realidad, al acercarse todavía más para que olvidara esa tonta conversación y se concentrara en el roce eléctrico entre ambos no hacía más que proponerle lo olvidado como desconocido. No hacía más que recordarle algo que había aprendido de ella: que ésa era la forma que tenían los seres humanos de reconocerse y afirmarse. Cuando ella lo miraba adentro de los ojos como diciéndole: todo esto, el mundo, sí, es cierto; de esto hablamos, por eso nos afanamos, pero no, tampoco, hablamos de eso como un mero contexto, como un punto de referencia inevitable, porque lo que realmente queremos decirnos está en otra parte..., caray, en esos momentos mágicos lo de menos eran sus problemas, incluida la enfermedad de su hijo mayor. Lo decía sinceramente, dijo, a él no le hubiera importado enfrentar eso y lo demás por el resto de su vida como un mal necesario, una desgracia inevitable, nadie dijo que la vida fuera sólo rosas, ¿no? Como decía el poeta: nadie nos prometió que mayo fuera eterno. No le habría importado lidiar con el peso del hijo y los problemas de la planta si Encarnación hubiera seguido siendo la misma. Pero es que no era la misma. Cambió. Empezó a convertirse en esa materia dura, inflexible, en que acaban los hombres convirtiendo a las mujeres luego de varios años de relación. Ya no podía encontrar en ella a la Encarnación blanda y maleable de los primeros años, donde él se descubría como posibilidad pura.

Y claro que trató por todos los medios de recobrarla.

Le acariciaba los senos en algún elevador, en el coche, evocando la temeridad de los primeros meses. Porque además su mujer le gustaba. La verdad es que las mujeres le gustaban. Hasta trató de darle celos. Con lo que tuviera a la mano. Una secretaria, la esposa de algún amigo mutuo, bueno, hasta una amiga desleída y sin chiste con la que a Encarnación le dio por andar un tiempo, hasta se la llevaba a la casa que tenían en Cuernavaca. Una española de ésas rubias de farmacia, grandota como percherón que para colmo de males decía «seso» en vez de «sexo». Lo peor fue que la pobre tenía tanta necesidad que empezó a tomarse el asunto en serio y luego ya no hallaba cómo ahuyentarla. Viéndola cada vez más distante, empezó a usar psicología inversa. Trató de convencerla de que tenía un sentido natural para las relaciones y comenzó a llevársela a todos los eventos públicos a los que asistía, dándole su lugar de primera dama. En esa época su vida era una fiesta. Incluso llegó a pensar que su matrimonio era lo más grande, lo único sólido que realmente tenía en su vida. Junto a los vaivenes económicos del país, junto a la inestabilidad de su trabajo, Encarnación y sus hijos eran su baluarte. Cómo iba a sospechar que ella estuviera haciendo algo que odiaba, o que pudiera tomar los elogios que él le hacía como una burla. Tal vez le dirían que era un ingenuo, dijo, pero hasta le pareció por entonces que su hijo Tobías había superado su problema. De verdad. Se desvivía por la madre, ayudaba en todo. Ahí iba, como el Patito Feo, siguiéndola por la casa, escuchándola, procurándola. Él creía que Encarnación lo había logrado. El amor de su mujer por su hogar y sus hijos como que lo habían curado. Habían sacado adelante a una familia; habían sabido educar, cada uno a su modo, a un hijo con necesidades especiales. Y él, no por nada, de una empresa en quiebra había hecho un negocio próspero. Había logrado estabilizar a su madre, con los medicamentos y el psiquiatra adecuados; su hermana Amada estaba tranquila, tenía el respeto de sus amigos y de gente importantísima con la que trabajaba, no había problemas económicos..., bueno, lo tenía todo. Había alcanzado el éxito. O eso creyó. Pero el día menos pensado recibió una llamada telefónica del doctor García Reyes. Creyó que se trataba de algún accidente relacionado con Tobías. Una complicación menor, pensó. Porque él tenía el mal hábito de hacerse toda clase de heridas cada vez que su madre lo regañaba. De llamar la atención. Pero no. Esta vez no se trataba de su hijo, sino de Encarnación. Según García Reyes su mujer debía ser internada de inmediato. Tenía una severa intoxicación. Llevaba meses en un limbo, bregando en las corrientes de un remolino de benzedrina y alcohol, de nembutales y vodka. No debía ser nueva, dijo, esa afición a combinar alcohol y fármacos. Esas amas de casa convencionales que se paseaban entre las lechugas con gesto aburrido eran el dígito más alto en el expediente de los enfermos depresivos. La enfermedad típica de fin de siglo era la depresión. Una epidemia que se había visto venir desde los setenta, cuando el mundo entendió que no era posible vivir de amor y paz, cuando probó sustancias alucinógenas y extáticas, y prefirió el poder, su estado normal de convivencia; una de las siete plagas que asolarían a una sociedad imbuida en la fatiga, la competitividad y el consumo. Ese fantasma afectaba a todos: ancianos, adultos, jóvenes y niños. Pero con las amas de casa se ensañaba de un modo especial.

¿Cómo era posible que no se hubiera dado cuenta? Después de aquel día se sintió engañado, dijo, como si hubiera vivido privándose del horror que lo habitaba y que acabaría por apoderarse de él. «Yo soy una negación», pensó. «Mi única verdad es la mentira que he estado viviendo.» Ese día, al ir al hospital donde Encarnación ya estaría internada, cayó en la cuenta de que ese círculo estaba cerrado. Había llegado a la meta, y estaba derrotado. «Podemos gozar del más grande éxito y, sin embargo, sentirlo como fracaso», decía Carl Covey. Él había caído en el peor y más estrepitoso fracaso. «Nuestro cielo, visto desde el otro lado del espejo, es el infierno.» Nunca había leído una verdad que lo impresionara tanto. De pronto, había atravesado ese umbral; se había visto del otro lado del espejo. Y se odió. No sólo no había sido capaz de hacer de Encarnación y sus hijos lo más importante, sino que ni siquiera había sido capaz de quererlos un poco, y demostrárselos. Y su ceguera había sido tan grande como la de esos peces que viven en las profundidades abismales y creen que ésa es toda la luz que hay en la tierra. Él había dormido, caminado muy cerca de la felicidad, rozándola; había transitado todos los días durante catorce años sobre un terreno minado. Vivía con una alcohólica.

Lo impresionó lo silenciosa, lo siniestra que podía ser la vida de una mujer como Encarnación. Lo aterró. Y lo único en lo que pudo pensar a partir de ese momento fue en huir. Abandonarlo todo. Irse. Y tuvo entonces una certeza: nadie abandona si no ha sido previamente abandonado. Esto es lo que aprendió. Así que cuando Encarnación volvió, rehabilitada; cuando supo que estaba fuera de peligro abandonó su casa, cargando consigo esa frase, no supo si para terminar de convencerse, para poder sobrevivir o para soportar la culpa.

¿Ahora...? Ahora su vida era otra; había dado un giro de ciento ochenta grados. Se alimentaba muy bien, hacía ejercicio. Hasta meditaba. Se dedicaba a dar asesorías a empresas, era consultor. Por fin trabajaba en lo que siempre había querido. Había vendido la planta. Daba charlas para aumentar la productividad, para fijar prioridades. Para establecer mecanismos de medición de retorno sobre la inversión, en fin, cosas de ésas. Sabía que su trabajo no valía un cacahuate, pero su chamba consistía en convencer a otros de lo contrario. Pues sí, su verbo era su valor. Lo que siempre supo. Sí, exactamente: era un predicador de los nuevos tiempos.

En cuanto a su vida amorosa, se había vuelto a casar (la verdad, dos veces) pero ahora *sí* estaba feliz. Y su actual mujer le había traído la paz. Lo había involucrado en el Feng Shui, lo había convencido de viajar, de conocer lugares. Este otoño iban a ir a la India juntos. Su esposa lo había preparado todo. Con un guía, un profesor de Zen, porque si no la experiencia podía ser deprimente. Lo bueno de que ella fuera muchos años menor que él (sí, dijo veintitrés) era que le sobraba lo que le faltaba a él: ganas de vivir la vida y energía para hacerlo. Hasta se habían construido una nueva casa. Diseñada por un arquitecto pero construida por un ingeniero, porque eso sí: no quería que se le cayera. Claro que eso había sido un motivo de nuevo pleito con Encarnación. Pero esas cosas ya se le resbalaban. Algo que había aprendido con Jacqueline (su nueva esposa) es que para pelear se necesitan dos. Y como él ya no estaba dispuesto a darle un gramo de su energía a su ex mujer, los problemas eran sólo de ella. Aunque a veces todavía tenía que luchar contra el disgusto o la culpa. Se metía a meditar en la pirámide que había puesto Jackie en un cuarto especial de su nueva casa. Y se concentraba en pensar en lo que importa: quién era él y qué quería de la vida. Sobre lo primero no tenía problema. Porque sí, en un sentido se había pensado más que como un predicador de nuestro tiempo, como una especie de profeta. Un profeta que no creía en el Paraíso. ¿Y sobre qué quería de la vida? Bueno, esa cuestión todavía estaba como el ahorcado: pendiente.

Ahora ya los conocíamos. Sabíamos que lo primero que hacía Magdalena al llegar sola de noche era encender las luces de toda su casa; conocíamos su costumbre de aventar el saco y la bolsa de piel al sofá de la salita donde nunca se sentaba nadie. Aprendimos cuáles eran los trucos de belleza de Conchita, sus técnicas para sobrellevar la vida en el día a día, «salvo en lo importante», como hizo notar el padre de Carlo, porque el desánimo y la derrota se ven aún más claramente a través del maquillaje y de las frases típicas de los manuales de autoayuda.

Sabíamos que el padre de Tobías se teñía el pelo de negro pero que se dejaba cuidadosamente las canas en las sienes y tomaba antioxidantes y fibra de salvado en cada comida. Sabíamos que se guardaba el salvado en esos botecitos de plástico donde vienen los rollos fotográficos, que los rellenaba todas las noches y por las mañanas se los atoraba al cinturón como un soldado zapatista o un vaquero del espacio, junto al celular y el estuche de lentes y las llaves. Ignorábamos todo acerca del Nene, incluso su nombre de pila, porque nunca nadie se refirió a él más que como «el Nene» y porque no vino a ninguna de las terapias. Según supimos estaba demasiado ocupado haciendo ejercicio, relaciones y dinero. Pero lo más impresionante era que después de casi dos años y medio aún desconocíamos los verdaderos móviles, lo que llevaba a Tobías a ser quien era. Y lo mismo que Encarnación desconfiábamos del último diagnóstico dado por los médicos: «esquizofrenia paranoide», porque coincidíamos en que un diagnóstico tiene el objeto de explicar el mundo de una vez y para siempre y, sobre todo, porque termina con la posibilidad de *ver* más allá de la sala de electroshocks y el sonido de una sirena de ambulancia.

No conocíamos a la nueva esposa de Rodolfo, aunque Carmencita Riestra, madre de Gonzalo, uno de los pacientes más asiduos (entraba y salía del hospital con una regularidad casi empresarial), creyó verla un día en que fue a recoger a su esposo vestida en pants de ejercicio y con el cabello recogido en un plumero.

—Tenía los ojos vacíos —nos dijo.

No la impresionó tanto el hecho de que su rostro de treintañera no reflejara ninguna emoción, ningún signo de la edad, sino que junto a la vida tan llena de Rodolfo la de su nueva esposa pareciera no haberse estrenado todavía.

—Era como si nunca la hubiera atravesado una idea —nos dijo Carmencita—. O como si ya lo hubiera visto todo y mirara su futuro con horror, como pasmada.

Sabíamos (por él mismo) que Rodolfo rara vez comía algo que no fuera macrobiótico. Y que sentía una tentación inmensa de tacos de carnitas y jaiboles, de todo aquello que tanto le gustaba cuando vivía con Encarnación, antes de sucumbir a Jacqueline y su fiebre aeróbica. Sabíamos que había empezado a levantar pesas, fenómeno que identificamos como enajenación de la angustia y narcisismo exhibicionista, aunque eso sólo lo comentamos entre nosotros. Imaginábamos la edad de su nueva esposa, y sus medidas, y la hermana del Joven Bacha se atrevió a decir que apostaba lo que fuera a que tenía un tatuaje en alguna parte del cuerpo. Desconocíamos los pormenores de la relación que le había devuelto las ganas de vivir al padre de Tobías, pero después de todas esas sesiones en que lo vimos ir recobrando la figura podíamos hacer apuestas sobre su obsesión por la juventud y adivinar que pronto nos daría la sorpresa de su primera cirugía plástica.

En cuanto a lo demás, nada estaba aclarado y eso era lo que hacía de nosotros lo que éramos. Lo que hacía de nuestras vidas algo incierto, y de la vida, en general, algo angustioso y a la vez fascinante. Habíamos aprendido a vivir el misterio como algo cotidiano. Y eso hacía que tuviéramos ganas de seguirnos viendo en aquellas terapias sin que a ninguno se nos hubiera arreglado nada, sin que hubieran dado de alta a nuestros hijos o hermanos, a nuestros familiares. Al pariente que tuviéramos internado. Y que esperáramos con tantas ganas a Encarnación, o a cualquier otro miembro que faltara por llegar, o que no hubiera asistido, para oírnos decir lo que habíamos hecho desde el último encuentro, las estrategias que habíamos empleado o descubierto para saber, para entender un poco más, fingiendo, cada uno de nosotros al ver entrar al ausente, que habíamos estado hablando de otra cosa.

Cada sesión Rodolfo era más esbelto y más tenso. Su presencia nos hacía sentirnos permanentemente en el zoológico, viendo al coyote en su jaula. En cambio, el cuerpo de Encarnación había decidido conspirar contra los dictados de la moda. Y eso nos encantaba. Esa mujer de cincuenta y tantos años en la que ningún signo estaba oculto, nos permitía sentirnos cómodos. Su cuerpo alegre, con cierto sobrepeso, nos recordaba el placer de comer, de ir de un lado a otro y gastarse, sin miedo, poco a poco. A diferencia de esos cuerpos perfectos que, como dijo don Pascualito, «nos hacían sentirnos impuros en los nuestros», ella nos hacía sentir el gusto de estar vivos. Su rostro marcado por los gestos y los días anticipaba la intensidad con la que nos hablaría de su forma de vivir, de sus historias. No era un cuerpo hecho bajo pedido. No se parecía a ningún otro. Era un cuerpo único, acorde con lo que había dentro de él: un alma auténtica, conforme y segura. A veces explosiva, llena de recovecos. Muy defectuosa. Pero libre y palpable. Y que ese día llegó hecha jirones.

Al verla entrar, el terapeuta le dio la palabra y ella empezó como era usual:

—Soy Encarnación Aldecoa (qué raro seguía siendo no oír el Martínez del Hoyo), soy madre de Tobías y esta vez traigo el alma en los pies.

Su hijo había estado viviendo con ella, dijo, como sabíamos, durante los últimos ocho meses, bajo medicación, controlado. Y durante ese tiempo ella había experimentado una alegría muy grande, compartiendo la vida con su hijo amadísimo, alguien que la percibía de un modo distinto, único, como nadie más podía percibirla. Junto a él tenía la sensación de estar en el mundo de una forma más auténtica y además, cosa extraña, de no estar sola. Tobías caminaba a su lado, aun en los peores lugares, paseando entre los puestos de fritangas, sorteando tianguis, entre el gentío, aunque lo empujaran, le gritaran cosas, feliz en el caos, como un gurú en Calcuta. Miraba todo sin querer poseer nada, sin oponer resistencia; no quería comprar un coche, una casa, un viaje todo incluido a algún lugar del mundo a donde ir a comprar más. Veía un jardín y no le entraba la compulsión de hacerlo fraccionamiento y construir condominios. No hablaba de hacer relaciones, ni de quedar bien con nadie, no arrojaba nombres como quien extiende cheques, para obtener algo a cambio. Simplemente estaba. Y todos los días le enseñaba eso: que estar es lo que importa.

Pero hacía apenas unos días le había vuelto ese estado raro, esa posesión que no era posesión y no había cómo nombrar. Estaba en crisis. Traía metida entre ceja y ceja la idea de la Segunda Venida de Nuestro Señor profetizada en *La Biblia*. Y estaba por ahí, dijo, perdido, quién sabía dónde.

Pero cómo es que había llegado a eso, dijo alguien. Cómo le había dado por allí.

La idea se le había metido en la cabeza por un programa de televisión que había visto en el Discovery Channel. La cosa ocurrió así:

Como se le había quedado la costumbre de encender la tele a cierta hora de la tarde en el hospital, y quedarse con el control remoto, dijo Encarnación, y manejar él los canales, ella había visto en esa costumbre parte de su terapia. Así que había dejado que al regresar a su casa siguiera haciendo lo mismo. Hasta se había acostumbrado a sentarse en la salita con él, sin ver nada, hecha a la idea de que en cualquier momento él cambiaría el canal, en una interminable sucesión de cortes que hacían de su «hora de tele» un programa hecho de fragmentos y ruido, como una copia, tal vez, del mundo mismo que él veía.

Pero de pronto se había detenido en ese programa que llamó su atención.

—Era un programa sobre las profesías de *La Biblia*. Y sobre los locos que andan por ahí augurando desastres ahora que llega el fin del milenio.

Pero Tobías se lo tomó al pie de la letra. Y no le cambió una sola vez al canal. Y se quedó hechizado, con el proyecto de clonar a Jesús, con las técnicas que proponía el Roslin Institute de Escocia. En el programa, unos médicos explicaban cómo había que tomar una célula incorrupta de las santas reliquias de la sangre y el cuerpo de Nuestro Señor que se preservan en las iglesias del mundo, extraer su DNA e insertarlo en un huevo humano no fertilizado a través de un proceso biológico muy probado que se llamaba «transferencia nuclear».

—¿Y a quién demonios le iban a meter eso? —preguntó el padre de Carlo, escandalizado.

—A una mujer virgen.

Aurorita se lamentó de que un nacimiento tan santo se tomara a chunga.

—Con tal de hacer sus experimentos ya no saben ni qué inventar —dijo.

Lo más impresionante era que si todo salía bien, la voluntaria traería al Niño Dios a término el 25 de diciembre del 2000, y que sería un segundo nacimiento virginal. Era la sangre de Cristo, las células de Cristo, las fechas, en fin.

—Ay, Dios. ¡Todo concuerda! —dijo alguien.

Don Pascualito, que había sacado de internet varias páginas de información sobre las afecciones nerviosas y había hecho unos paquetes con ilustraciones escaneadas para regalar de Navidad a los que asistían a la terapia, dijo:

—Podríamos añadir un apartado con noticias como ésa. Algo que se llamara «Crisis Apocalípticas» o algo así.

Animados por el comentario empezamos a hablar de varias experiencias de este tipo vistas en la televisión. Asesinatos en serie, misas negras con sacrificios de animales, casos de estupro y trata de blancas con rituales religiosos incluidos. Se nos había olvidado, como siempre ocurría, que lo más importante era el drama que estaba viviendo aquel al que le tocaba narrar su caso. El terapeuta, que se dio cuenta en seguida, nos interrumpió:

—Es muy bueno que ya hayamos aprendido a hacer broma de nuestra circunstancia y a tomar la vida como viene. Pero ahora lo que importa es que Encarnación nos termine de compartir su experiencia.

A los dos días de ver el programa Tobías había empezado con la necedad aquella de organizar a la gente y comunicarse con el Instituto Roslin de Escocia. Dondequiera empezaba a preguntar por el lugar ese, y a hacer proselitismo. En el banco, entre las mesas de un café, entre las frutas y verduras del súper. Decía que ésa era su gran oportunidad de conocer a Nuestro Salvador, aunque él ya lo conocía de otro modo. Ella creyó que era cosa de hacer acopio de tolerancia, como siempre, de no hacer caso y ya. Como había aprendido con ellos: «no cargo todo el problema sobre mis hombros. Dejo cínica, pero amablemente, que la carga sea también de los demás.» Lo que nunca imaginó fue que algunos le pusieran atención, y lo tomaran en serio.

—¡Se suponía que mi hijo era el lunático! —dijo.

Y en cambio una pareja de novios que estaba peleándose hasta interrumpió su pleito y acabó tomando los datos del lugar de internet donde se podían obtener más informes. Ella le sugirió a Tobías que mejor se regresaran a la casa. Pero todo empezó a ir peor. Entre más trataba de alejarlo de la gente más hablaba él y entre más hablaba y exageraba, más convencía.

—Ya estaba en plena fase maniaca —comentó alguien.

Aunque logró subirlo al coche y llevarlo de regreso la fase se había iniciado y ya no lo detenía nadie. Gritaba, pateaba las cosas, la jaloneó y amenazó con golpearla si no lo dejaba «irse a difundir la fe». Al llegar a su casa lo encerró como pudo. Y trató de localizar al doctor García Reyes, pero no lo encontró, por las vacaciones, y fue entonces cuando lo llamó a él (se dirigió al terapeuta), y tampoco lo encontró, y le dejó varios mensajes, y a Margarita, que aunque no pudo ir a su casa cuando menos por teléfono le dio tanto consuelo. Ni modo. Volvió a medicarlo con la dosis más alta. Y claro, la medicina lo tumbó. Lo volvió a dejar en el limbo. Y mientras él flotaba en aquella nube de Haldol, cosa curiosa, habían ido a tocar a su puerta cuando menos dos de los tantos a los que su hijo les había dado la dirección para lo del «proyecto de clonar a Jesús».

Y bueno, eso era todo. Eso era lo que había pasado en las semanas en las que no se habían visto. Como veían, nada y todo. Lo de diario. Ya sabía que así iba a ser siempre. Lo de Tobías no tenía remedio, igual que lo de los parientes de todos los que estaban allí. Y eso era duro, durísimo. Y con todo, siempre había algo nuevo. Algo que aprender. Esa vez lo que se había quedado pensando mientras pasaba la crisis, si pasaba, era algo que la había inquietado mucho más. El poder de persuasión que tenía la locura. El increíble arrastre del loco que nos lleva a su esfera y la incapacidad del cuerdo para sustraerse a él. Porque aun cuando lo que hacemos es darle por su lado, seguir la corriente para no violentarlo, es él quien está en pleno dominio de la situación.

—Tan es cierto lo que dices que si no estuvieras a las vivas tu hijo ahorita ya estaría dirigiendo una secta —dijo la hermana de Uriel.

—O ya le hubiera pasado lo que le pasó al Joven Bacha.

Recordamos el día en que bajándose del metro lo habían detenido por agarrar del brazo a una mujer a la que amenazó con «comérsela». Y cómo no había manera de sacarlo del lío, y cómo había empeorado el problema porque no aceptaba ante la justicia que había querido decir «comérsela a besos» y no «comérsela», literalmente, y cómo agentes, testigos y la propia involucrada, es decir, toda la gente que se decía normal estaba más que intrigada, fascinada con el caso, y preferían creer en el cuento del «caníbal» o del «violador» que en ese tipo de pacientes para los que el lenguaje es una materia móvil, nunca literal, y si era así, qué otra cosa podía significar sino que la distancia entre unos y otros no era tan grande como se imaginaban.

—Es que el tema del canibalismo es más escandaloso.

—Y más improbable.

Pero en una sociedad ávida de escándalos, dijo el terapeuta, lo insólito es lo único plausible.

Don Pascualito sacó su libreta y apuntó esa frase.

Lo malo con Tobías y el lugar donde estaba ahora, ese punto muerto desde el que habría que comenzar de nuevo era que la junta directiva del hospital había decidido que el paciente había recibido «todo el beneficio posible del tratamiento» y el seguro se negaba a pagar un solo centavo porque el enfermo nervioso no es en rigor un enfermo, aunque lo sea. La razón que se escondía detrás del dictamen del hospital era que después de los asesinatos políticos, las crisis financieras, el aumento a los impuestos y la consecuente aprobación gozosa de los miembros del partido en el poder, la política económica de los hospitales había cambiado. El empresario Vasco Riaña había comprado un número considerable de hospitales privados cuidando de mantener altísimos costos (que cubrirían sólo los muy ricos o los asegurados) y poniendo énfasis en la zona de estacionamientos y la tienda de regalos. Las salas de operaciones y la atención médica eran un desastre. Pero eso era menos visible, a su modo de ver, y menos importante. Lo esencial aquí era ser fieles a la ecuación que la economía nos había planteado. Si el país era un país de gente sana las compañías de seguros vivirían boyantes. Si era un país de enfermos los que vivirían boyantes serían los dueños de los hospitales. Los únicos incapaces de vivir eran los enfermos y los sanos.

Al vernos discutir tan unidos, tan hechos a una vida común, a pesar nuestro, confraternizando sin que nos cuestionáramos siquiera nuestras diferencias nos dábamos cuenta, cada uno a su modo, de que el milagro se había operado. En el caso de Encarnación, se había vuelto la discípula, y su enfermo, el maestro. Y el paciente que nada podía nos guiaba y nos forzaba a contemplar, sin permitirnos emitir un juicio.

—¿Se dan cuenta de que este año faltamos menos? —dijo el cuñado de Mario.

Era verdad. No era una fiesta pero esperábamos el día de la terapia. Había dejado de ser doloroso y se había vuelto reconfortante. Para algunos, casi adictivo. Heriberto daba vueltas a la ciudad en su taxi, Margarita seguía con sus catorce horas de clase en la secundaria, Nicole secaba flores y las montaba en los cuadros que colocaba a consignación, Carlo hacía ropa bajo pedido, don Pascualito pasaba los días de su jubilación en el internet. Pero algo había cambiado radicalmente en cada uno de nosotros. Desde el día en que Encarnación nos contó los pormenores del parto y la dificultad de Tobías para salir, y cómo la enfermera dijo «útero», con qué rapidez, como si dijera «otro», y que el niño no quería salir por lo que iba a tener que ver, dijo la enfermera, nada anormal, sino el mundo tal y como es y eso era lo malo, y cómo el doctor la calló y le dijo que sus opiniones las dejara en el lócker junto con su ropa y que le pasara los fórceps y que para qué se había dedicado a enfermera con esa visión del mundo, que si no se había dado cuenta de que presenciaba un milagro, la vida que nace, y después jaló y volvió a jalar, y dijo que era el niño más grande y más rozagante que había visto nunca, desde ese día, después de casi dos años y medio de oír a Encarnación cada jueves, nos dábamos cuenta de que el contacto humano consistía en sorprendernos siempre del otro cuando ya no hay nada que nos sorprenda. El mundo se había vuelto un jardín Zen: todo era previsible en él y cada una de sus partes nos causaba un inmenso azoro.

Entre todos, parecíamos entender que no había nada que pudiéramos cambiar y nada que no estuviéramos dispuestos a aceptar. Veíamos al resto del mundo ahogarse con cualquier cosa, y sabíamos que algo nos había dado el ser copartícipes de nuestra peculiar situación. Que algo nos había dado el tenernos. Y esa superioridad, esa sensación de flotar por encima de los demás no consistía más que en sabernos felices e infelices, víctimas y verdugos, libres o alienados, es decir: iguales a los demás. Pero de un modo distinto.

ONCE

El día 31 de diciembre del año 2000, último día del siglo XX, a las diecisiete horas con quince minutos, Concepción Martínez del Hoyo apagó el horno, se arrancó los guantes de cocina y los arrojó sobre el fregadero, subió a su cuarto, se quitó los zapatos y se echó a descansar. Le quedaban cuando menos tres horas antes de tener que empezar a vestirse comenzando por el refajo, la crinolina, el vestido de terciopelo rojo y espeso, la toca, el velo de tul finísimo salpicado de encajes negros. Los botines con terminación de púas para clavarse con facilidad en la carne de los muslos, en los vientres atados con cuerdas. En los pechos y los brazos que se agitarían (inútilmente) pretendiendo esquivar sus pisadas cuando ella les caminara encima. Qué placer. Las jaulas con las mujeres dentro, como fingidos canarios obligados a cantar cada vez que ella las azuzara con aquel palo con punta de acero, y los recipientes para recibir la sangre. Y el látigo. Todo estaba listo.

Miró entre los múltiples retratos distribuidos por la recámara (la mayoría fotografías de ella) los de dos hombres: uno sentado en la cubierta de un barco, saludando, con un nombre y una fecha impresos en la fotografía: *Luna de Miel con Retes*, diciembre 1987. El imbécil se había insolado. El otro sostenía en brazos a una niña de unos dos años; no tenía inscripción. La misma niña, un poco más crecida, aparecía en otras fotos, sólo que sin el hombre que la cargaba en la foto anterior. Una tarjeta con el dibujo de una casita y dos monigotes (uno era una bola —la cabeza— con falda y arracadas, el otro, una mujer chiquita, idéntica a la anterior pero sin arracadas) que decía: «*Te quiero tía, de: Mara*».

Sonó el teléfono y Conchita, apresurada, se levantó a contestar. Del otro lado una voz infantil contestó a su pregunta:

—Con abela.

Y sin permitirle decir nada, interrumpió con tono impaciente:

—Que ya vengas.

El mismo día 31 de diciembre del año 2000, sólo que a las dieciocho horas con diez minutos, el Pabellón Nueve, Sala para Enfermos Nerviosos del Hospital Español transmitía una calma tensa. Todos los pacientes estaban en sus cuartos. Al fondo, se oía el monótono sonido de un televisor que alguien había dejado encendido.

El referido día 31 de diciembre del último día del siglo, dos horas y cuarenta y ocho minutos después de que su hermana se hubiera puesto el disfraz, el Nene miró por última vez el saldo de la jornada de ese día en la Bolsa de Valores, salió del programa, apagó la computadora. Bajó dos pisos y se dirigió al garage donde su esposa lo estaba esperando desde hacía más de veinte minutos. Había cargado el Audi con toda clase de paquetes envueltos para regalo. El Nene preguntó a su mujer si se había acordado de meter su abrigo negro en el coche, ella dijo que sí; si tenía las llaves de la casa, ella volvió a decir que sí. Se sentó en el asiento del conductor, se puso el cinturón de seguridad, arrancó y se dirigió por primera vez en los últimos seis años a casa de su madre.

El mismo 31 de diciembre del año 2000, a las nueve y doce, Tobías se encontraba echado, como un animal.

A la misma hora, Encarnación, seguida de su única nieta, iba y venía de un lado a otro de la casa. Acomodaba los platos, ponía velas en los candeleros, escogía los cubiertos. Sacó unas servilletas de papel grabadas en púrpura y oro que decían: «Feliz Nuevo Milenio», le dio unas cuantas a la niña y las dos se pusieron a acomodarlas en forma de abanico.

Al cuarto para las diez Tobías seguía echado, como un animal.

Siete minutos después el Nene daba vuelta en Avenida Constituyentes porque el Periférico iba lleno. Pensó: tomar los antioxidantes, tomar la pastilla para la energía, tomar tres cucharadas del limpiador de colon con tres vasos de agua. Rebasar los límites (propósito). Escaladora, nivel de esfuerzo seis, programa Montañas Rocallosas, tiempo cincuenta minutos. Once días para el maratón, quería correr en el maratón, *Vamos Nene, Vamos, ¡Sí Se Puede!*, ¿no había votado contra setenta años de dictadura populista? ¿y se había podido o no se había podido? ¿No había ganado la derecha?, Tenis Nike Air, rodilleras, ABS shaper, noventa y nueve abdominales, poleas de Nylamid, vencer los propios límites.

Descansó mentalmente:

El Golf.

Analizó las jugadas de la última vez: mal el swing, se balancea demasiado, el hoyo seis en veinte minutos es mucho. Bajó la velocidad a 60 km por hora, Constituyentes también estaba congestionado, pinche ciudad. MariFá seguía viendo por la ventanilla. Analizó el juego en general: Luis Octavio: radiante, acababa de ganar la licitación a sus competidores *y se notaba*. ¿Cuánto le habría dado al gobierno? Ni idea, pero un buen. Armando: impecable también, iban a pasar Navidad y Año Nuevo en La Jolla, en casa de su suegra, con Debby y los niños, la frente cada día más amplia, tal vez acabaría injertándose pelo, su cuate Armando, ah, qué Armando, entre los dos se habían metido cien mil dólares en una semana con la venta de dos grupos de acciones que no tenían pierde, ahora iban por dos más modestas: Ferrioni y Aurrerá. Muy buen amigo, la verdad, Armando.

Pensó: así no se descansa la mente, cuando se jubile en seis años más, a los treinta y seis o treinta y ocho, volverá trabajo hasta su tiempo libre porque todo lo vuelve trabajo. Entró al sur de la ciudad: todo lo que no era Tecamachalco y Lomas era Calcuta. Odiaba ir al sur de la ciudad. O al centro, para el caso, al oriente, o al norte, él sólo salía de su rumbo para tomar un avión. MariFá le decía: ay, qué exagerado. Dos de sus amigas del Francés vivían en el Pedregal y cuando iba a verlas y todo, bastante bien, la verdad. Otro semáforo en alto y otro limpiaparabrisas y él que no, chingada, cuándo vas a entender que se raya el cristal. Pero a ti te encanta el sur, ¿no? ¿MariFá? y MariFá oyendo a Bjork, su Schnauzer gigante, su Golden Retriever, su tenis en el Club Lomas Virreyes, sus amigas del Colegio Francés, sus veintitrés años, su regalo de cumpleaños: un peeling completo y como no había llegado a los cincuenta y seis centímetros de cintura, una segunda liposucción, bueno, lipoescultura. Lo único bueno de los pobres es que todos viven del centro para arriba —salvando el bendito cordón de Lomas y Tecamachalco— o del centro para abajo, en Héroes de Padierna en la Agrícola Oriental en la Doctores Tepito la Alfonso XIII Lomas de Plateros El Reloj, al poniente en el sur drogadictos jodidos malditos el crimen organizado y no hay un solo güey, uno solo, al que no hayan asaltado, vaciado su casa, tratado con lujo de violencia en esta reputísima hija de su chingada madre ciudad. Pero a ti te fascina ¿no?, ¿MariFá?

El 31 de diciembre del año 2000, poco después de las diez (un minuto o minuto y medio a lo más), la maleta negra de Magdalena iba dando tumbos en la cajuela del taxi que se dirigía del aeropuerto al sur de la ciudad. El problema era el taladro (que golpeaba contra la tela de la maleta) y las herramientas con que el taxista hacía trabajos simples (cerrajería, plomería) cuando no estaba de servicio. No era problema si al bajar el equipaje ocultaba el agujero hecho al cliente (como ya había hecho algunas veces) y subía el equipaje hasta el departamento. Es más: era amabilidad. Si llegaba a tiempo a la dirección que le había dado la pasajera (una casa construida en los sesenta, al sur de la ciudad) era puntualidad, eficiencia. Y si le hacía un poco de conversación (sólo un poco, sobre el clima y el tráfico y ya) y luego le ponía música de esa de supermercado, bajita, era ya un servicio como del Primer Mundo, con propina y todo, y un poquito de aprensión nada más, porque los asaltos se daban hasta en los taxis controlados del aeropuerto, había oído ella. Pensó: se podía ser madre y padre a la vez, se podía trabajar igual (y mejor) que un hombre, se podía vivir sin un hombre al lado (aunque el taxista que la llevaba a casa de su madre era hombre, pero eso era circunstancial, porque si fuera mujer ella se sentiría mucho más segura). Miró el reloj: diez cuarenta y ocho, iba retrasadísima. Fecha: 31 de diciembre del año 2000, último día del siglo. No era verdad: el siglo cambiaba hasta el primero de enero del año 2001, eso estaba diciendo el taxista, pero a él no le importaba nada estar de turno mientras los demás se disponían a celebrar éste como el último día del siglo.

Razones por las que la gente iba a celebrar el 31 de diciembre del 2000 como el último día del siglo: porque terminaba en ceros.

Circunstancia en la que iban a celebrar el fin de milenio: en casa de su madre, disfrazados, con su padre, sus hermanos y su hija Mara.

Tipos de disfraz: Erzebeth Battory, la Condesa Sangrienta (Conchita); Parte Superior de un Chile o Rabo Verde (su padre); la Bella Durmiente o mujer contemporánea que de día triunfa en el ámbito profesional y de noche toma pastillas para dormir (ella); Sí Mismos (su hermano el nene y su cuñada MariFá, por considerar el acto de disfrazarse «una mamada y una corrientez» —en palabras del Nene); Fe, Esperanza y Caridad (su hermano Tobías, su hija Mara y su madre, respectivamente). El primero, por *creer* compulsivamente: en santos; en caballos que se ponen a correr cada vez que prende el radio; en sectas; en que él era Gorbachov; en que el Popocatépetl estaba erupcionando porque él se lo había ordenado; en que el objeto de la policía era perseguirlo (no por nada se encontraba un policía en cada esquina cuando salía a la calle) y todo por haber hecho que el Popo hiciera erupción; en la clonación de Jesús; en que para acabar con la sobrepoblación debíamos arrancar a hachazos la hiedra y los geranios del jardín, porque al ser plantas que se reproducen como los pobres los incitan a reproducirse a ellos; en nada.

La segunda, su hija Mara, porque había nacido dentro pero fuera de esa familia: había esperanza.

Y la tercera, su madre, porque se había empeñado en ser buena a fuerzas, como quien se aferra a un clavo candente.

Motivos que definieron el disfraz: lo que cada uno quiso ser en la vida y no pudo (salvo su padre, que sí era un rabo verde aunque no lo admitía).

Estado en el que se encontraba: ya casi en paz, aunque levemente aburrida.

Palabras que la definían: Autosuficiente. Planificación. Dividendos. Maximización de los recursos. Tendencias de Mercado. Bienes sustentables. Actitud Inspiracional. Excelencia.

Frases: Obtén el éxito que mereces. Prográmate. Esfuérzate por ser la mujer que quieres ser.

Su éxito había sido meteórico.

Su éxito (que le llevó toda la vida) había sido meteórico.

Su éxito (que estaba consumiendo cada minuto de su vida) había sido meteórico.

Predicción del *I Ching* o *Libro de las Mutaciones*: «Al atravesar el páramo helado, el zorro viejo cuida a su progenie y no se moja la cola. No hay defecto.»

Causa principal de la catástrofe: su ignorancia para interpretar el *I Ching*. Como no conocía el lenguaje simbólico de oriente leyó la frase «no hay defecto» creyendo que quería decir: «no hay problema».

A las diez y veinte Encarnación oyó el sonido del agua saliendo de la llave, la tina que se llenaba.

En sí la PNL o Programación Neurolingüística funciona de la siguiente manera: se imitan los patrones de conducta de las personas exitosas. De la misma manera en que aprendimos de nuestras madres a estar dominadas totalmente por la figura paterna, nos encaminamos ahora a imitar a un gran hombre que haya alcanzado el éxito personal y profesional. La observación es la que va moldeando nuestros patrones; observamos con curiosidad de chino; con meticulosidad de japonés; inventariándolo todo, como alemán en el Tercer Mundo. Nos mimetizamos, como actor de Hollywood, en nosotros mismos: proyectamos seguridad, como Churchill cuando ya se lo había llevado el diablo en la guerra, como Versace, que convenció a todos de tener buen gusto. Como el PRI, que nunca se rindió, ni ante la evidencia. Reproducimos gestos y conductas, cuidamos sobre todo nuestra imagen. Exigimos respeto. Con base en ese «yo merezco»; «yo puedo» modificamos nuestras creencias y eso nos da la oportunidad de acceder al mismo nivel de éxito que la persona que admiramos.

Lo que Magdalena nunca dijo fue «¿qué pasa cuando no admiramos a nadie?», «¿qué pasa cuando, una vez que hemos alcanzado el éxito, no somos para nosotros mismos sujeto de la menor admiración?».

En lugar de eso empezó con este tema: ella había nacido por parto natural, por eso sabía que las cosas se consiguen a través del trabajo arduo. En cambio, su hija Mara no; su hija había nacido por cesárea, así que sería una persona que tomaría decisiones de modo impulsivo, drástico. Estaría segura de sus acciones. El Nene fue el que provocó la discusión, no había venido hasta el sur de la ciudad para oír las estupideces seudo-científicas de su hermana, pero ella ya estaba diciendo que si Tobías no había salido de bañarse todavía era porque su hermano era el más nacido por parto natural de todos, Tobías era el más naturalista de todos los hermanos y la vida no le era nada fácil. ¡Dios mío, ya están hablando igual que su padre!, gritó Encarnación, ¿qué no hay manera de cerrarle la puerta a los malditos genes? ¿Ni siquiera el último día del siglo? Como empezaran el año iban a seguirse el milenio completito, dijo Conchita, y volvió a lo de sacar las maletas vacías y darle la vuelta a la manzana, para tener muchos viajes, dijo, y traerse la cubeta con agua de trapear y echar el agua afuera de la casa, para que ahí se quedara la mala suerte y prender velas moradas para los buenos efluvios y ni así distrajo al Nene que volvió a decirle a Magdalena y Magdalena al Nene no, claro que a él no le costaban las cosas, él hacía así y ya estaba. Porque era inteligentísimo, claro. Sí, nada más por eso. No tenía que ir diciendo estupideces llamadas cursos por el mundo, de sanación, de superación, de desinfelización. Que aprendiera a hablar español siquiera. Para qué. Con lo que sabía estaban aseguradas la suya y tres generaciones más.

MariFá quiso una aspirina, Conchita pensó que eran insoportables sus hermanos triunfadores, y pensándolo bien no sólo ellos, sino todos los triunfadores del mundo, Mara empezó a llorar y todos acordaron de que ése era uno de los momentos más trágicos del ser: cuando los niños se cansan y no saben que están cansados y no se les ocurre más que llorar, y Encarnación orbitando, dando más vueltas que el planeta Tierra en toda la creación, subiendo al baño, poniendo mil veces el oído al lado de la puerta para ver a qué horas, por qué no salía, qué estaría haciendo Tobías.

Dónde estaba El Ruco, ¿quién? La Canica, así le decía él a su padre, estaba explicando el Nene, porque cada día estaba más cerca del Hoyo.

¿Se habría atorado en el tránsito? ¿O entre un par de medias? De su ex o de la actual. ¿Cuál? La Última Cocacola en el Desierto. ¿Dónde la había conocido? En un antro. En el coche. En casa de un cuate. En Acapulco. Haciendo bisnes. No. En su clase de meditación. ¿Era cierto que ahora El Ruco iba a los Ashrams a conseguirse jovencitas? Así era. Las de los bares y restaurantes ya le daban miedo, por lo del sida. Y qué relación había entre comer triplay con lechuga y no tener sida. Pregúntale a él no a mí. Oye, tú comes por hambre, estrés o tristeza. Me vale, yo como (fue Cronch) y MariFá: no, lo digo por tu bien, deveras. Es mejor vomitar que tener el cuerpo lleno de toxinas. Pero si son nueces (fue Cronch) y orejones, y ciruelas pasas; pero qué está diciendo (pensó Magdalena), lo peor con MariFá es que ya no se da cuenta de lo que piensa; no es eso, es que si la deja el Nene se muere (fue Encarnación) y lo peor es que de todos modos acabará por dejarla y no lo sabes MariFá, ahora no lo sabe, pero cuando eso suceda se va a sentir liberada. ¿Cuándo?

Cuando vomites. Ése es el problema con la bulimia: que te sientes liberada. Por eso es adictiva.

Y Tobías en la tina, mirando.

¿No es verdad Ángel de Amor, que en esta apartada orilla, más clara la luna brilla y se respira mejor? ¡El ruco! ¡Ya llegó el ruco! Saluda a abuelito. Abuelito ni madres. Y enseñó el músculo. Bíííceps. Se llama bíceps, repite. Ay, papá, si tiene tres años. ¿Cuántas horas de gimnasio? Todas. El Nene retando y Rodolfo aceptando el reto. A ver, tú, cuántos abdominales te avientas, cuántos push ups, cuántos bench press. A ver. Y con cuánto peso. Ay Dios, ya están otra vez compitiendo y por pendejadas, y el Nene, no, yo no, es mi padre que tiene la necesidad de demostrarme quién sabe qué, demostrarte nada, a ver cuántos haces, ya ves, ya lo viste, te dije, yo uno más que tú. Siempre haré un abdominal más que tú y a los sesenta y... ¡no digas! tú ponte los años que quieras pero no tienes por qué decir los míos (fue Encarnación). ¿No es verdad Ángel de amor, No es verdad que... ay, ya se me olvidó, y eso que me estuve anoche horas, y ¡es el alemán! ¡el maldito Alzheimer! y a pesar de mi Omega Tres y mi Ginko Biloba y mi todo, y MariFá quiere una aspirina, tiene pena ajena, ¿serán así todas las familias? piensa él, piensa ella, piensan todos a su pesar y aunque ella misma lo piensa, aunque MariFá no hace más que pensarlo, dice: las personas que por estrés comen de manera compulsiva lo hacen de diferentes maneras: *a*) pueden comer todo el día, *b*) comen cuando no tienen hambre, y *c*) comen a ratitos; seis piezas de pan, chocolates, un litro de helado. Las hay que prefieren lo dulce (carbohidratosas) o bien lo salado (tacos, tostadas, garnachas de puesto blanco). Cuando nuestro cuerpo experimenta estrés libera una gran cantidad de hormonas, como la hormona Cortisol o la «hormona del hambre», que aumenta los niveles de insulina y disminuye los de serotonina u hormona del placer. ¿Y los que prefieren beber? Ésos son alcohólicos. ¡Qué güeva, qué güeva, las viejas hablando de dietas! No es eso (fue MariFá, disculpándose), es que cuando llega el invierno, la tristeza es horrible. O sea que en verano es hermosa (fue Rodolfo, su suegro); mira no (fue Conchita), que el día sea gris no significa que tengas que ponerte igual. ¿Por qué no? (Magdalena), ¿qué no estamos hechos de tiempo y espacio, no somos el tiempo que habitamos? Un truco es bailar; pero el Nene se ofende; otro es darse un masaje; tocar es políticamente incorrecto; uno más es hacerle el amor a tu esposo; mi esposo no tiene tiempo; comer chocolates; engorda; te sientes como te ves; por eso.

Tobías mira la noche y el día, todo ese tiempo y después; el tiempo que está debajo de su vida vacía (felizmente). Como un descanso al final de la escalera, como una vela en una iglesia vacía, como una vacación.

Hacia las dos de la madrugada, después de haberse rellenado con dulces y pierna mechada y puré de nuez y champaña alguien propuso bailar La Múcura. El Nene se negó por considerarlo «de otro nivel»; a las dos treinta y uno alguien quiso hacer una insinuación sobre el miembro de la familia que se bañaba y se bañaba (Conchita), pero recordó las consecuencias de ocasiones anteriores; al diez para las tres Rodolfo consideró que ya era tiempo de retirarse sin levantar sospechas. De tanto negar a sus amantes había llegado a convencerse de que no tenía ninguna. Y al convencerse él convenció a los demás de que pasaba los días meditando y repitiendo su mantra, y las tardes llenando crucigramas. Así que los hijos se despidieron de un padre tan incomprensible como el de antes pero mucho más aburrido. A las tres y veinte ya todos se habían ido a sus casas, incluida Mara, que había preferido pasar esa noche en su casa con su madre; a las tres y veintiocho Tobías se estremece. Mira la puerta del baño y tiembla al ver que las orillas del futuro se asoman al final de la tina. Es demasiado; piensa. Tiene que apurarse. Recuerda: Las Paperas, mamá yaciente, Abuelita; hace un esfuerzo por seguir adelante e intercala: tía Amada, cree comprender, comprende, mamá internada, «tuviste una infancia privilegiadamente individualista, por no decir: sola»; papá en su vida, yéndose, aún no puede llegar: Concha y Magdalena prohibiéndole entrar al baño, besuqueando novios, siendo vírgenes a su pesar, usando brasier; Aurelia desesperada, amenazándolo con que se va a ir para siempre ahora que se ha derrumbado esa familia y él a punto de llegar, y él a un paso del momento que espera, levantando los ojos: ahí están los barrotes del baño, piensa, al alcance, y es inevitable acudir porque es el único recuerdo que falta, y entonces extiende una mano aunque algo le impide llegar porque mamita abre la puerta a fuerzas, Tobías, qué te pasa, y él incapaz de fingir, carente de la esperanza en una racionalidad, incapaz de inundarse de futuro, por qué no has bajado, hace horas, esperándote, acabando con la paciencia de cualquiera, ella hablando de límites y él desnudo de pie frente a su madre y (por primera vez) confrontándola:

—Quién.

—Quién qué.

—Quién me va a estar esperando a mí.

Ella lo miró desde el lugar donde el dolor agita signos para conquistar su autonomía. Y se atrevió a decir:

—Ay hijo y quién va a ser. La vida.

ÍNDICE

Impreso en el mes de abril de 2002
en Talleres LAVEL, S. A.
Gran Canaria, 12 - Pol. Ind. Los Llanos
28970 Humanes de Madrid (Madrid)

80 a congojar, grieve, stressed

81 skill, cunning maña